大話英雄
4 治亂興亡
龍人 策劃
易刀◎著

故事背景

神州八六二年。

魔人肆虐，寇邊長達十三年，其中爆發數次人魔大戰。

神州英雄因而輩出。

其中最為後人傳頌不止的，是一位名叫談容的大英雄。

與此同時，臥龍鎮上的如歸樓中，亦出現了一位名不見經傳的丑角人物：談寶兒。

雖然姓氏相同，但長相、武功、性格、命運截然不同的這兩個人，在如此群魔亂舞、晦暗不明的亂世中，將有著什麼樣的交集？

又將帶給神州大陸什麼樣的衝擊？

談寶兒的人生又將產生什麼樣的巨變？

重要地標

＊臥龍鎮——

一個接近龍州前線的邊陲小鎮。

＊如歸樓——

臥龍鎮上唯一的客棧，也是酒樓和茶社。老闆名談松。為當地人打發時間的最佳去處。

＊九靈山——

南疆十萬大山中最有名的一座，共有九峰，峰峰不同，鼠、牛、猴、蛇、龍等，各有肖似，因此得名。最高峰為飛龍峰。

＊天河——

位於葛爾草原旁，是神州子民心中最重要的一條河，有「天下第一河」之稱。

＊困天壁——

號稱天下第一堅壁。為蓬萊三十六島之天然屏蔽。

＊凌霄城——

建於瀛州山巔，海拔兩千丈以上，自古被稱為仙城。通往凌霄城的石梯「登雲梯」，共有九千九百九十九級，非常人可達。

爆笑小字典

＊雲騎——

大夏國最神駿的馬。通體雪白，四蹄上各生有一圈如鳥羽似的長毛，奔跑的時候，幾乎足不沾地。萬馬馳騁時，遠遠看去像極了天上白雲奔流，並且無聲無息，因此得名。

＊葛爾草原四大部族——

分別是莫克族、龍血族、天池族和胡戎族。

＊神州三大門派——

爲禪林寺、天師教和蓬萊島。分別代表了神州三種主流的法術形式精神術、符咒和陣法。

＊四大天人——

人族公認的四位最頂尖的高手，分別爲楚接魚、枯月禪師、張若虛和羅素心。

＊「觀海雲遠」——

指京城四大美人，「觀海雲遠」則是四個人的名字縮寫。「觀」指城外水月庵的秦觀雨，「海」指怡紅樓的頭牌駱滄海，「雲」指大夏永仁帝的幼女雲蒹公主；「遠」則指戶部尚書楚天雄的女兒楚遠蘭。

＊夜騎——

大夏朝廷最秘密的情報機構，爲天子御用。

＊《御物天書》——寒山派的鎮山寶典，內容除爭鬥之術，並包含許多修行之要，是寒山派門人修成正果之不二法門。

＊《河圖洛書》——上古時候禹神治水時所留下，記載了神州所有明流暗河的位置，像極了一副脈絡圖，故被稱爲《河圖洛書》。與廣寒仙子的《星河璀璨譜》共稱爲天文地理界的至寶！

＊昊天盟——神州三大黑幫之一最厲害者。由楚接魚領導，敢於直接對抗朝廷，被朝廷稱爲盟匪。

＊聽風閣——以武風吟爲首。專門從事暗殺、投毒、買賣情報等恐怖活動。亦是神州三大黑幫之一。

＊偷天公會——神州三大黑幫之中最爲神秘者。該組織以努力保障每個小偷和強盜能善終爲最初宗旨，後來竟發展成一股神秘而強大的勢力。

＊凌煙雙相——追隨大夏開國太祖李元的七十二賢中最有名的天機軍師莫邪和無方神相蕭圓，共稱「凌

爆笑小字典

煙雙相」。

＊雲臺八將——追隨大夏開國太祖李元的七十二賢中最著名的八名武將，人稱「雲臺八將」。

＊血海——亦稱「孽海」，乃蓬萊禁地。海裏的血水爲上古神魔大戰時所遺留，怨氣極重。蓬萊的無極祖師找到後，用道藏乾坤陣法將其封印住，列爲蓬萊的禁地。由守護至尊負責守護，非掌門玉符無非進入。

＊雲臺——又叫白玉雲臺，乃是大夏開國皇帝所建，和凌煙閣一樣，分別是爲了表彰當初開國有功的七十二賢中的武將和文臣所建。

＊雲手——狀如玉手，內藏雲臺點將錄，可召喚雲臺三十六將之魂魄，但只有皇室女子才能使用。

＊八大魔族——包含蛇族、鼠族、狼族、鷹族、虎族、骷髏族、人族及魚族。

人物簡介

◎神州英雄

＊羿神——

人族所信奉的眾神之王。與天魔為死對頭，水火不相容。

＊聖帝——

大夏王朝的開國大帝。

＊白笑天——

人稱「戰神」。以一人之力死守鎖龍關，力阻魔族三十萬大軍七日，最後光榮殉國。

＊談容——

年僅十七。身高八丈，目似銅鈴，拳大如斗，通天文地理，會五行遁甲，揮手生電，呵氣成雲。曾孤身一人闖入魔人百萬軍中，摘下了魔人主帥厲天的頭顱，名震天下。其「蹁躚凌波術」獨步天下。

＊談寶兒——

「如歸樓」中的小夥計。原為流浪孤兒，被「如歸樓」老闆談松好心收養，長大即成「如歸樓」的店小二。其相貌平平，大字識不到一籮筐，通的是骰子牌九，會的是偷奸耍滑。卻因陰錯陽差，搖身一變，成為大英雄談容的分身，也因此展開他爆笑無賴的一生。

人物簡介

◎傾城紅顏

＊若兒——

年約十六七歲，明眸皓齒，瓜子臉，並有一頭如墨雲似的長髮。英姿颯爽。燎原槍爲其隨身武器。

＊秦觀雨——

京城四大美女之一。居於水月庵中。

＊駱滄海——

怡紅樓的頭牌。亦爲京城四大美人之一。

＊雲蒹公主——

大夏國永仁帝的幼女。京城四大美人之一。

＊楚遠蘭——

談容的未婚妻。當今朝廷戶部尚書楚天雄的女兒，亦爲京城四大美人之一。

＊吳月娘——

昊天盟分堂「明月堂」堂主。年約二八，丰姿撩人。

＊楚小菊——

楚接魚的女兒。昊天盟三十六傑中的高手人物之一。擅使天月珠。

＊武風吟——

聽風閣閣主。潛蹤隱匿之術冠絕天下，擅長暗殺之術。

＊黃疏影——

疏影門當代掌門人。乃一奇女子，以排解天下紛擾為己任。

＊媚娘——

獨門法術為千嬌百媚術。

＊羅素心——

蓬萊島的代表人物。雖已年長，外貌卻似妙齡少女。

＊柳巧巧——

聽風閣主的親傳弟子。也是永仁帝的愛妃。

人物簡介

◎當代豪傑

＊枯月禪師——
禪林寺的代表人物。禪林寺四大長老之一。無法和尚的師父。

＊張若虛——
天師教的教主，亦是天師教法術集大成之代表人物。名列四大天人之一。法力通神。

＊楚天雄——
大夏國戶部尚書。楚遠蘭之父。與談容之父爲多年知交，因而結下兒女婚事。

＊屠瘋子——
蓬萊山天音上人門下首席大弟子。因和張若虛打賭能破其九九窮方陣，竟自願藏身天牢長達三十年，苦心鑽研陣法。後將一身絕學盡數傳給了談寶兒後不幸離世。

＊楚接魚——
神州武學第一人，黑道第一幫派「昊天盟」的魁首。

＊無法和尚——
禪林門下弟子。被佛祖欽點爲繼承人，卻自願拜談寶兒爲老大。於星相之術頗有專精，

有「天文達人」之稱。

＊凌步虛——

賀蘭英的師父。原是張若虛的師弟，因和張若虛意見不和，後來離開天師教，闖蕩到南疆時被南疆王收留，留在王府中倚爲臂助，成爲王子少師。

＊冰火雙尊——

外型特異的兩個奇人。玄冰離合盾及冰火神劍是他們的拿手兵器。

＊商山五皓——

爲五個同門師兄弟。陷地之術爲其絕招。

＊況青玄——

「神州十劍」之一。以操作風的力量而排在第六位，人稱「依風神劍」。

＊軒轅狂——

名列「神州十劍」之首。是十劍中唯一使用真劍的人。號稱「真劍無雙」。

＊問月——

「神州十劍」排名第五。以月光爲劍，號稱「問月神劍」。

＊楚問魚——

人物簡介

楚接魚的弟弟。號稱「鐵甲神」，一身護體真氣出神入化。爲昊天盟三十六傑之一。

＊楚小魚——

昊天盟少盟主，楚接魚的兒子，楚小菊的哥哥。曾破張天師的火龍地蛇陣。與談寶兒面貌神似。

＊九靈真人——

南疆奇人。曾在九靈山修煉，最後在飛龍峰上的羽化臺羽化飛升。傳說九靈山上的九座山峰，即爲九靈真人座下的九隻靈獸在其飛升後所化。

＊圓圓大師——

白馬寺住持。

＊滄浪子——

神州十劍之一。

＊空雨禪師——

禪林高僧。號稱神州念力第一。四大天人之一。

＊清惠師太——

寒山派掌門。秦觀雨的師父。

＊無極真人——

蓬萊派的創派祖師。因領悟五行之陣而開闢蓬萊一派。

＊渺渺真人——

蓬萊派高人。找到星之力，發明六合之陣。

＊玄清真人——

亦爲蓬萊派之人。曾觀北斗七星，找到月之力，發明七星伴月，故蓬萊派以七爲極。

人物簡介

◎相關要角

＊范正——
大夏國太師。

＊范成大——
范太師的獨子。

＊張浪——
國師張若虛之子。與范成大為無惡不作的好友。

＊永仁帝——
大夏王朝當今天子。對談寶兒寵愛有加。

＊賀蘭耶樹——
南疆國王。久有謀反之心。

＊左連城——
羅素心最傑出的七名弟子「蓬萊七星」的老大。

＊夜無傷——

大夏開國三十六名將之一，號稱「唇刀舌劍」。

＊陳驚羽——

雲臺三十六將之一，號稱「邪王」。

＊皇甫御空——

雲臺三十六將之一，號稱「天王劍」。

＊張揚——

雲臺三十六將之一，人稱「拳神」。

＊趙五——

雲臺三十六將之一，號稱「雷王」。

人物簡介

◎大漠兒女

＊黃天鷹——
馬賊首領。橫行葛爾草原。

＊桃花——
胡戎女子。艷若桃花。胡戎族長之女。

＊蘇坦——
胡戎族族長。桃花之父。

＊哈桑——
葛爾草原上另一支民族莫克族的族長。

＊木桑——
莫克族第一勇士。

＊莫邪——
莫克族昔年最偉大的神使。

＊煙霞——
爲莫克族人，曾爲草原神使，因和屠龍子的一段情緣而離開草原。

◎神秘魔族

＊天魔——

傳說中魔族至高無上的信仰偶像。

＊厲九齡——

魔教教主。人稱「魔宗」。創立拜月教。

＊厲天——

魔人主帥。厲九齡的第四弟子。魔人集結百萬大軍大犯龍州時，被談容摘下頭顱，魔人士氣大落，被龍州軍追殺出八百里，損失了五十多萬人，連失七座城池。

＊謝輕眉——

一代魔女。亦爲厲九齡的徒弟。風華絕代。曾施出劇毒「碧蟾冰毒」，使大英雄談容不幸身亡。

＊天狼——

魔宗門下第三弟子。

人物簡介

◎其餘配角

＊胡先生——「如歸樓」的說書先生。

＊談松——「如歸樓」的老闆。談寶兒父母雙亡後收養談寶兒，是談寶兒的衣食父母。

＊關小輕——隨軍參謀。禁軍中最有潛力的年輕將領。

＊黃公公——永仁帝身邊的親信太監。

＊布天驕——京城兵馬大元帥。

＊劉景升——西域國王。

＊小青——
水羊城中的小混混，後被談寶兒所救。

＊衛容——
蓬萊七星中排名老七。負責守衛蓬萊派的入雲閣。

＊布善——
大風城百夫長。

＊蒙田——
禁軍百夫長，負責守衛雲臺。

＊胡風——
大風城東門守將。

通靈神獸

＊黑墨——

談容的坐騎。通靈善解人意。健步如飛，快如黑色旋風，是百年難得的神駒。愛喝烈酒，被世人引為神奇傳說。

＊小三——

為談寶兒用羿神筆畫出的三足神龜。嗜吃肉，食量驚人。乃昔年羿神座下四大神尊之一，本尊名萬相神龜，羿神曾賜名為玄武神尊！

＊九陰神蜈——

可吞噬所有猛獸，其血霧乃天下至陰，專汙一切咒法，是九靈召喚術的剋星。為凌步虛所御。

＊九木神鳶——

一身金色，雙翅如垂天之雲，左右各約有百丈，鳥身碩大無比。為昔年無方神相蕭圓所造。建造時，分別採集了生長於神州東西南北的九種神木，聚以能工巧匠十年方成，因此得名。已絕跡江湖兩百年之久。

＊蹁躚凌波術——

爲談容的獨家絕技。此術步履飄逸，起落之間，只如行雲流水，故名「蹁躚凌波」。

＊千山浮波陣——

被布下此陣後，所在空間頭頂天空只如千山壓頂，蒼鷹難渡；足下地面則如浮波逐流，落羽可沉，青萍難渡。

＊太極禁神大陣——

以八卦陣法爲基礎。施陣者所踏每一步，都是八八六十四卦其中一卦。這套步法踏完，便已布好。

＊移形大法——

談容從羿神筆裏領悟出來的一種法術。能將兩個人的五官、臉形、頭髮、指甲、皮膚和聲音等一切體現於外的特徵完全對移。如欲恢復原狀，需和神筆心意相通，其中方有破解之法。

＊一氣化千雷——

一門將體內真氣化作雷電外放的法術。練成後，招手之間便能放出上千道雷電，威力驚人。

＊石化符——

能瞬間使被施者僵硬如石，再也動彈不得分毫。

＊蓬萊陣法——

按五行分類，依次是分金、握木、封水、聚火和裂土之陣。另有嫁衣之陣、天雷之陣、萬星照月大陣和呼風喚雨之陣，皆是涵蓋天地，包舉萬物，牽一髮而動全局的大陣。

＊九九窮方大陣——

乃國師張若虛集前人法術之大成所創，爲天下罕見的奇陣。後竟被談寶兒意外破解。

＊裂土之陣——

裂土之後能將活人埋進去，然後再將土地復原。只要布陣者再次施法，這些人就可以從地底冒出來。多於兩軍交鋒時用來設置埋伏。

＊封水之陣——

全名「北斗封水大陣」，是蓬萊五大基礎陣法之一。

＊九鼎大陣——

上古之時，神州被稱爲九州，因洪水席捲。水神大禹受羿神之命治水，發現是九條魔龍搗亂，他耗時三十年，開出了貫通神州的天河，一面採集藏於東海之底的大地精鐵，以無上神力引來九天之火，費時九九八十一天，終於煉成了九只巨鼎，分別放置在九州大地，鎮住了九條魔龍，洪水乃止。此九鼎彼此牽引，組成了神州最大的陣法「九鼎伏魔大陣」。

＊燎原符——

屬天師教符咒之一。能夠召喚地火，即使沒有可燃之物，也能在一丈方圓內燃燒一刻鐘，威力強大。

＊冰凍之符——

被施者身中此術即會立刻全身凍成如冰雕一般，動彈不得。

＊畫皮之術——

乃移形大法基礎。以羿神筆臨摩他人形象，可以假亂真，猶如今之化妝術。

＊嫁衣之陣——

可以轉借功力，一是直接吸收別人的真氣為自己所用，另外一個則是將自己的功力暫時或者永久借給別人。又號稱「永不停息之陣」。

＊九靈大陣——

九靈真人親自所布，以九大靈峰為骨，天地靈氣為基，九靈真人自己的金身為引，一旦發動，九峰合圍，形成一個巨鼎之形，以天地為洪爐，但凡陣中之物，便如鼎中之食，只剩下被煮的份。九靈真人飛升之後，歷五百多年，無一人可發動這陣法。

＊渾圓神光罩——

羿神的獨門法術。只要修煉羿神訣的人遇到危險時，本身真氣自然會放到體外，形成光球，抵擋一切攻擊。

＊三頭六臂術——

即分心三用之法，可以讓人在一段時間內具有三個頭，六隻手臂。

＊一法萬相術——

是一種精神術，可以影響和你接近的人，使他認為你和他自己記憶中的人完全一樣。

＊萬星照月大陣——

即是引天上星月之力為陣，陣眼就是天上的明月。是蓬萊幾乎要失傳的一種陣法。

＊迷魂陣——

屬蓬萊陣法的一種，是一種古老的土系防禦類陣法，可以讓進入陣中的人像陷入迷宮一樣，以為走了很長的路，其實仍是在同一個地方繞圈。

＊七星誅神大陣——

全稱為「七星伴月誅神伏魔大陣」，號稱蓬萊第一殺陣。據說此陣由七人組成，借的是明月的晦氣和北斗七星的煞氣，一旦運轉，便是神魔都難逃一死，因此威震神州。

＊揠木之陣——

是木系的基礎陣法，取意「揠苗助長」，是以本身真氣強行催動大地中的木元素力量，借草木生長時的勃勃生機爲己所用。

＊天河長流掌——

其力可如河水奔流般連綿不絕，爲楚接魚的獨門之法。

＊分金之陣——

五行陣法的一種。以本身真氣聚集大地中的金元素，形成金色颶風襲敵，適合以寡敵眾時使用。

＊六合星芒陣——

與「七星誅神大陣」並稱爲蓬萊殺陣之首。

＊千里獨步，縮地成寸術——

能將十里百里的路程縮短到只有一寸那麼短，千里的距離只需要走一步就可以到。

＊定神咒——

凡被咒光掃中的人，三個時辰之內不能動彈。屬天師教的法術。

＊九天雷動符——

天師教最厲害的殺符之一。

＊三昧真火之陣——

蓬萊火系陣法的極致，無堅不摧，無所不融。

＊渾元神光罩——

羿神的獨門護體神功。

＊吸星大法——

一種妖術，可將被施者的真陽內力全部吸走。

＊御風弄影術——

施展此術，施法人會變成一陣風或者一個影子，旁人根本無從發現。

＊斷念符——

一種比燎原符還高級的火符。一旦燃燒起來，只燃燒能思維的生物，對於不能動的生物卻可以無傷。

珍奇寶物

＊乾坤寶盒——

長方形，非金非玉，不知是何物造就。會放出金色閃電。需念咒語才能打開。原爲談容所有。

＊羿神筆——

長約三尺，筆身巨大，乳白色，有竹結，毛筆通體漆黑，光滑如錦，上面還隱有金光流動。傳說原爲上古時羿神所有，不知何因，流落人間。

＊落日神弓——

弓身通體漆黑，弓弦則呈紅色。據說能射下天上紅日。亦稱「英雄之弓」。與閉月箭互爲神器。

＊雕翎箭——

亦爲神器。不只能射物，更兼有拔毛的神效。

＊酒囊飯袋——

可裝眾多物品，卻不會有重量。是胡戎族的寶物。

＊天月珠——

形爲一月白色的光球，會發出一道道白光，凡被白光所射中的地方，皆會化成粉末。

＊無縫天衣——

近乎透明，水火難侵，法術難傷，是上古武神的隨身戰衣。穿上這件衣服，所有的精神

珍奇寶物

攻擊和低等級的法術攻擊都會失去效果。

＊吸風鼎——

上古九鼎之一。念動咒語，可轉掌控大小，吸納風流。

＊神靈膏——

爲靈龜小三所拉之物，專門治療皮肉之傷，用聚火陣將它熔化成膏狀，塗抹在傷口處，傷口便會自然痊癒。

＊裂天鏡——

傳爲上古時代爲共工所有。此鏡具有破碎蒼天的力量，故而有女媧補天的傳說。

＊碧潮劍——

是上古魔人刑天的佩劍。刑天被天魔攔腰斬斷而死，死時鮮血曾噴到此劍上，從此此劍被傳爲不祥之物。

＊登雲靴——

由瀛州山上的一種神奇古木製成，這種古木被分割成塊之後，插入地面就能生長，即使做成鞋，依舊能保持生機達十年之久，一旦將真氣按揠木陣的排布釋放進去，立時就能引出木中生機，蓬萊弟子便能借助這種生機之力飛躍。

＊洪爐鼎——

除了可以用來煉藥之外，還可吸收控制一切火的能量。

＊周天水鏡——

具有洞徹陰陽之效，只要將鏡置於水中，便可以隨心意觀照到方圓百里之內一切動靜。

＊孽海果——

乃上古諸神所流的血所化，藏於孽海花中，凡人吃下一顆能增加十年功力，天資最好的人，最多可服用三顆。服時需以九陰流水陣爲輔。

目錄

第一章　淩霄之城　033
第二章　力挽狂瀾　061
第三章　一代狂人　089
第四章　懷璧之罪　114
第五章　血海飄香　147

第六章　孽海花開　176
第七章　大亂之源　202
第八章　閉月神箭　231
第九章　天之裂痕　264
第十章　魔人攻城　291

第一章　凌霄之城

巨人們被楚接魚一招擊成粉，昊天盟眾人先也是一愣，隨即歡呼如雷，殘餘的三十多艘巨艦紛紛移舟靠岸，而海中劫後餘生的其餘弟子也紛紛朝瀛州島游了過來，眾弟子登岸之後，跟隨著談寶兒諸人的腳步，朝著瀛州山頂撲了過去。

談寶兒聽到身後呼聲，回頭看去，只見漫山遍野皆是昊天盟弟子的身影，如蝗蟲一般，燎原而過，暗自叫苦不迭，蓬萊只有三千弟子，如今護島陣法被破，讓這麼多的昊天盟的人衝上去，還不得將瀛州給踏平了。

卻在此時，奔跑著的昊天盟弟子忽然聽到背後如有雷鳴，知道異變又生，慌忙回頭去看。只見海天相接之處，陡然生起一條白線，那白線快如閃電，眨眼間從遠方席捲到了三十六島之前，細細一看，卻是大海潮生，萬馬奔騰。

這海潮來得是如此的突然，剛才還風平浪靜，怎麼眨眼之間就變成了大浪滔天？昊天盟人眾都正自奇怪，那海潮卻已挾帶著颶風，席捲到瀛州島上來，眾人猝不及防，被浪潮一捲，頓時站立不穩，幾乎被海潮捲回海裏，一時哭爹喊娘之聲不絕於耳。

談寶兒又驚又奇：

「難道蓬萊還有別的威力巨大的護島陣法？」

話音未落，秦觀雨卻已歡喜叫了起來：

「是師父他們！」

談寶兒啊了一聲，定睛看去，只見海潮上方，一隻金色巨鳥展翅翺翔而來，正是九木神鳶。

原來這九木神鳶雙翅各長百丈，身重萬斤，一旦貼著海面飛行，頓時便捲起旋風，帶動海潮奔騰。

眼見九木神鳶朝自己這方飛來，談寶兒忙扯著嗓子喊道：

「快回去，別撞到山上！」

神鳶上的清惠師太等人似聽到他的話，神鳶到達瀛州山那面刻著對聯的絕壁前，頓時扶搖直上，上飛千丈，隨即折返，立時又是捲起一頓狂風，將剛剛站起的昊天盟眾人再次刮倒在地。

九木神鳶飛到大海千丈之外，復又折返，再次帶回旋風和海潮，於是昊天盟數萬人頓時再次被海水淹沒，如此反覆。

談寶兒看得目瞪口呆，對一旁的秦觀雨道：

「你師父他們不是吃飽了沒有事幹吧？這樣浪費念力，來回折騰有什麼意思啊？」

秦觀雨白了他一眼，道：

「這是師父的慈悲之心。出家人不殺生，但若是任由昊天盟眾人上山，只怕又是一場殺孽，所以師父才借神鳶的威力，想將他們折騰得沒有力氣上山！好了，這裏交給他們，我們先上山去看看楚接魚吧！」

談寶兒自然是巴不得如此，當下三人以最快的速度，風馳電掣一般向著瀛州山頂而去。像上次來蓬萊一樣，沿途並無一人防守，三人一路來到瀛州廣場。

望望那高入雲端的石梯，三人便要飛身而上，卻忽聽與去困天壁方向相反的右側山道中，有人長吟道：

「禪林如紙，天師是塵，糞土蓬萊昊天無奈；

神劍空利，人面照雪，宇內無雙十年寂寞！」

話音落時，大道方向，緩緩轉出一個人來。

「禪林如紙，天師是塵，糞土蓬萊昊天無奈；神劍空利，人面照雪，宇內無雙十年寂寞！」這句話一出口，簡直是擲地有聲，將談寶兒三人震得只差沒有從地上跳起來。

談寶兒一聽這兩句話，更是暗讚一聲：

「好厲害的人！」

這句話淺顯明白，大意是說禪林、天師、蓬萊和昊天盟這神州四大門派在他眼裏全是大便，而他自己空有一柄神劍，卻沒有對手，足足無敵寂寞了十年。但等這人從瀛州廣場的北邊走來，身形出現在視線中時，三人卻都不由齊齊愕然。

這人面容約莫四十來歲，鬍子參差，髮絲凌亂。一身灰布風衣，已是破爛不堪，四處都是漏洞，行動間衣柳扶風，說不出的灑脫。

最讓談寶兒鬱悶的，還是這人背上的劍。這人自稱有把神劍，亮得能照出他如雪的頭髮，但這把劍竟是一把木劍，上面烏漆漆的，一看就是多年沒洗留下的污垢。

風衣男見到目瞪口呆的談寶兒三人，也不由的一愣，隨即伸手將白髮朝腦後一撥，很是瀟灑地甩甩頭，臉上露出中年男人成熟的微笑，直接朝三人走了過來，卻完全無視談寶兒和無法的存在，朝著秦觀雨拱手道：

「這位姑娘容貌清麗，氣質脫俗，不知小生是否有幸和你交個朋友？」

這人如此裝扮，不料是個書生！

談寶兒和無法愣了一愣，這才發現秦觀雨的臉已回復原貌。畫皮之術雖然變化萬方，幾可以假亂真，但唯獨不能見水，想來是秦觀雨之前在水裏時忘記使用青龍訣，畫皮不小心觸到了水，自動給消失了。

談寶兒心說：你這個老窮酸真有種，竟然敢當著老子的面找我身邊的女人，最讓人生氣的是，搭訕的方式還這麼老土，也不待秦觀雨反應，一閃身擋到她面前，笑嘻嘻道：

「對不起，你很不幸！」

「爲什麼？」風衣男一愣。

談寶兒一本正經道：

「因爲閣下這副尊容實在是生得太有挑戰性了！」

「有挑戰性？」風衣男覺得自己的智慧瞬間接近豬頭。

「是的！你的容貌生來就是爲了挑戰人類的忍耐極限的！」談寶兒嘆氣，「說起來，我不得不佩服你的勇氣。我要是生成你這樣，早撒一泡尿將自己淹死了。但閣下從出生到現在，居然健健康康、平平安安、有滋有味地生活了幾十年不說，並且還有臉光天化……那個月，嗯，光天化月之下勾引良家少女，我只能用一個詞來表達我對您的敬仰之情，您老真是……」

「英雄啊！」最後一句是無法和談寶兒一起說的，說完之後，兩個惡棍還互相擊掌，爲這次心有靈犀的默契配合慶祝。

秦觀雨聽談寶兒言辭粗俗，本想發笑，但想起這樣很不禮貌，只能憋住，一時好不辛苦。

風衣男自取其辱，臉漲得通紅，手指顫抖，指著談寶兒道：

「你……你……士可殺不可辱！小生和你拼了！看我無雙神劍三大絕招之白虹貫日！」說時猛然拔出背上長劍，雙手持劍，快步朝著談寶兒猛撲過來。

談寶兒看這一劍來勢洶洶，正在考慮是否要出落日弓，耳裏卻聽見「哎喲」一聲，再看時卻是風衣男一腳踩到自己風衣上，「砰」地一聲栽倒在地，那把宇內無雙十年寂寞的神劍直接被摔出老遠，在地上跳了跳，徑直摔成了兩段。

無法和談寶兒捧腹大笑。

無法邊笑邊道：「你爺爺的，這就是你那個什麼無雙神劍，什麼白虹貫日，我看你這是白狗找日！哈哈！你還知道太陽在哪邊不？」

秦觀雨皺皺眉頭，就要上前去攙扶。

談寶兒忙一把將她拉住，正色道：

「觀雨妹妹，你不要過去！這位先生現在全身已經充滿真氣，簡直是神擋殺神，佛擋殺佛，等閒人一靠近他，立時就要灰飛煙滅！」

「真的？這麼厲害！」秦觀雨嚇了一跳，頓時止步。她精通的是念力，對真氣只是略知皮毛，竟聽不出談寶兒在亂扯。

這時候，風衣男自己拍拍屁股站了起來，找到斷劍，指著談寶兒，洋洋得意道：

「還是這位小兄弟有見識！小姑娘，你以爲小生剛才是不小心摔倒了嗎？那你就大錯特錯了！小生告訴你，我剛才這一招叫白虹貫日，這個日呢就是太陽，太陽嘛，當然是在天上的，所以小生剛才這一招好像是摔倒，但其實是劍尖上指，只要有敵人一到我上方來，立時會被我發出的白色劍氣給轟成粉碎！幸好你剛才沒有上來，不然誤傷佳人，小生可就要抱憾終生了！」

談寶兒和無法對望一眼，都是面面相覷。秦觀雨卻是一副將信將疑的神情。

風衣男又道：「看在這位小兄弟這麼有見識的份上，小生就吃點小虧，一併結交了！不如咱們三人今日就在這廣場上結爲兄弟如何？」

談寶兒直接對這傢伙佩服得五體投地，拱手道：

「好！看你也嘴上長了幾根雜毛，不算無知少年，那哥哥我就勉爲其難收你爲小弟，好了，咱們青山不改，綠水長流，後悔無期！」

說時抓起秦觀雨的手，展開凌波術，朝那入雲的石梯之上的凌霄城飛去，無法緊步跟隨。

身後傳來風衣男的叫聲：「明明小生比你大，憑什麼要我做小弟……喂，我也要去凌霄城，你們等等我，大家結伴同行嘛，這石梯這麼滑的，哎喲……」聲音至此已是慘不忍聞，隨後卻是連串的「咚咚」的滾動聲。

談寶兒回過頭去，只見風衣男正冬瓜似地從石梯上朝下滾，不由哈哈大笑。

秦觀雨急道：「這位先生該不會摔傷了吧？不如我們回去看看吧！」

無法正色道：「觀雨師妹，你看這位先生叫聲連綿不絕，陽剛中透著陰柔，擺明了是一種行功口訣，而他朝下滾的時候都是頭向下，以我行走江湖多年的經驗判斷，他一定是禪林鐵頭功速成班的優秀畢業學員，石頭碎了他都沒事！咱們別管他，走吧！」

「可是……」秦觀雨本來還想說什麼，卻被談寶兒和無法這兩個沒有人性的傢伙一左一右拉著朝山頂飛去，身後隱隱約約傳來風衣男的慘叫……

凌霄城建在瀛州山巔，光憑名字就有一種高不可攀之感。事實上，瀛州全島常年都是雲霧繚繞，而瀛州山海拔更有兩千丈以上，在山巔建築一座城池，自然顯得仙氣逼人，是以凌霄城自古被稱爲仙城，而蓬萊更是被認爲是仙人遺地，也就在情理之中了。

早在瀛州廣場的時候，談寶兒已經發現通往凌霄城的石梯高入雲霄，只怕不是一時半會兒能走上去的，但當他真的踏上這石梯後，卻開始懷疑這石梯是不是真的通到天上。

談寶兒爲秦觀雨重新畫了張畫皮之後，三個人展開身法，足足向上奔行了有一個多時辰，卻發現前面的石梯依舊不見盡頭。

三人停在一個石臺上休息。

向上望，只見月光下雲嵐悠悠，卻不知尙有幾許之高，而向下望，曲曲折折，卻是如有空谷，難知其深。如果不是這石梯並非筆直向上，而是曲折蜿蜒，三人此時的處境，真的好似懸著半天，上不挨天，下不著地。

經過這一頓大耗功力的飛奔，三人都覺得有些口渴了，談寶兒從酒囊飯袋裏拿出酒和水，分別分給無法和秦觀雨。

三人一邊喝，談寶兒一邊抱怨道：

「這鳥梯子未免太高了吧，剛才我們這一頓狂奔，要是放到平地，少說也有兩百多里了吧？怎麼到現在還不見盡頭呢？」

無法咕咚咕咚地灌了一頓酒，以很權威的姿態道：

「老大，你這就不知道了，以前我曾在典籍中看過，說這通往凌霄城的石梯叫登雲梯，共有九千九百九十九級，要登上去，可不是一時半會的事。別抱怨了，咱們快走吧！說不定若兒嫂子和蘭嫂子已經在上面等你了呢！」

一聽他最後這句話，談寶兒頓時有了精神，一拍胸口，揮舞著拳頭道：

「好！爲了我可愛的老婆們，爲了神州百姓的幸福，他娘的，別說是九千九百九十九級，就算……就算有一萬級，老子今天也要把他登上去！」

秦觀雨看某人一副豪氣干雲的姿態，本來是大受鼓舞，萬萬料不到這賤人會如此說，只差沒有當場昏倒，心說這一萬和九千九百九十九有區別嗎？

無法更是覺得很受傷，鬱悶道：

「老大，你上山去找老婆就罷了，和全神州的百姓有什麼關係了？」

「這你都不明白？枉你跟我混了這麼久！」談寶兒搖搖頭，「你想想看，我現在可是神州億萬子民的偶像耶！他們的心情可是隨著我這個大英雄的喜怒哀樂而改變的，我要是找不到老婆，心情不好，他們飯能吃得飽，覺能睡得香，上茅房能有動力嗎？……喂！你們倆個怎麼隨地亂吐，污染環境可不大好……」

談寶兒大扯半天之後，三人留下一堆垃圾，繼續上路。

但有了崇高的人生目標，並不等於就有了偉大的動力，向上攀登一陣，一心要找老婆的談寶兒最先就洩氣了，因爲不管他用多大的力氣向上飛躍，那石階好像真的是登天之路，永無窮盡一般。

談寶兒累得受不了，一屁股坐在了地上，其餘兩人功力本不如他，便也停下來休息。休息了一陣，談寶兒咬咬牙，起身道：

「走，咱們繼續上，老子就不信這石梯真的沒有盡頭！」

這時候，秦觀雨忽然咦了一聲，起身向上走了幾梯，在地上拾起一件東西來，遞給談寶兒道：「談大哥，你看看這個！」

卻是一個酒瓶，談寶兒接過一看，覺得有些眼熟，隨即叫了起來：

「這瓶子不是我在圓江城裏買的清江酒的酒瓶嗎？這荒山野嶺的，難道也有同道中人？」

詫異之下，他上前幾步，發現地上又有幾個同樣的酒瓶，細細一看之下，正是他和無法之前扔在地上的，而四周風景、地上的一片狼藉也都是顯得如此眼熟，不由呆住：

「這是怎麼回事？」

秦觀雨蹙眉道：

「我們好像回到之前來過的地方了！」

談寶兒叫道：「怎麼會這樣，我們不是一直向上走的嗎？怎麼現在回到之前經過的地方了？難道是鬼打牆？」

「切！」無法對這個說法嗤之以鼻，「老大，作爲一個有理想的年輕人，我們要崇尚科學，破除迷信啊，這世上是沒有鬼的！蓬萊以陣法出名，這登雲之梯，分明就是一個設計很巧妙的陣法嘛！」

「陣法……啊！好像真的是個陣法！叫做……迷魂之陣，對了，屠龍子說過，這就是迷魂之陣！」聽無法一說，談寶兒頓時記了起來。

在蓬萊陣法之中，迷魂陣是一種古老的土系防禦類陣法，可以讓進入陣中的人像陷入迷宮一樣，完全摸不著頭，讓你以爲自己走了很長的路，但其實只是在一個地方繞圈。這登雲梯很明顯隱藏了一個巨大的迷魂陣。

無法喜道：

「老大你認得這陣？太好了！那快帶我們走出去吧！」

談寶兒苦笑道：

「這陣我也只是聽人說過，要破卻不知道從何破起。」

「不會吧老大，你是和我開玩笑的吧？」無法瞪大了眼。

「你以爲我不想像楚接魚一樣，到上面燒殺搶掠、混水摸魚啊？」談寶兒也火了。

一時間，兩個流氓對望著，大眼瞪小眼，卻全無辦法。

卻在這時，忽聽秦觀雨咦了一聲，道：

「下面好像來了個人？呀！怎麼是他？」

談寶兒兩人循聲望去，卻見一人白髮如雪，從霧嵐裏緩緩走來，卻正是之前在廣場上看到的風衣男。

「哈哈！二弟、三弟你們真夠義氣，知道愚兄走得很慢，特意在這裏等大哥，這真是讓我太感動，哎呀姑娘，你怎麼變成個男人樣了……哎喲！」風衣男見到三人喜笑顏開，只是他一笑起來，牽動臉皮，額頭上新長出來的幾個大包頓時便跳躍起來，不由吃痛。

談寶兒正鬱悶的時候，一見這老小子居然敢自稱是自己大哥，更是沒有好氣，表面卻嘻嘻笑道：

「大哥你來得正好，我們正在討論對於一個中年男人來說，是他屁股上的肉好吃還是大腿上的肉好吃，可巧你就來了，要不一起研究研究？」

風衣男嚇了一大跳，忙道：「不了不了，二弟三弟你們先忙，大哥我先走了，不用遠送！」趕忙從談寶兒身邊穿了過去，一溜煙跑得無影無蹤。

身後無法和談寶兒哈哈大笑。

秦觀雨笑道：

「談大哥你可真壞。這位先生其實除了愛吹牛之外，沒有什麼惡意，你幹嘛老嚇他？」

談寶兒笑道：「我逗他玩呢！既然這登雲梯本身就是個迷魂陣，過不了多久，他肯定會轉回來的嘛，到時候再請他喝酒，陪個不是，壓壓驚就好了！」

秦觀雨和無法不以為意。三人又用了些乾糧酒水，一邊就地休息，一邊等風衣男從下面再爬上來。但三人等了許久，四周卻半個人影都看不到。

「哎呀，不好！」無法似乎想到什麼，一拍屁股站了起來，「我們都忘了，楚接魚比我們還先上山。穿風衣那傢伙這麼久沒有從下面上來，該不會是遇到他，被一掌了結了吧？」

聽他這麼一說，談寶兒也不由緊張起來：

「對對！雖然現在我們臉上都有畫皮，認不出我，但這盟匪頭子現在心情正不好，看誰不順眼，可就直接幹掉了。他只怕也不知道出陣之法，眼下肯定也在這陣內亂逛！咱們得趕快離開這裏，不然會被他撞到的！」

說完也不待秦觀雨和無法反應，率先朝石階上面走去。

秦觀雨和無法對望一眼，都是一頓愕然。兩人誰也沒有見過楚接魚發飆，都覺得談容好歹是百萬軍中取過敵帥首級的絕頂高手，不知爲何竟對楚接魚如此惶恐。不解歸不解，愕然之後，兩人卻還是只能跟著談寶兒走了上去。

但等兩人追上談寶兒的時候，談寶兒卻停下了腳步。

「怎麼了？」秦觀雨問。

談寶兒不語，只是用手指石階。兩人順著他手指方向看去，卻發現那本來光滑平整的石階之上竟然有了一個深深的腳印。

那腳印長約七尺，深有兩尺，彷彿是一隻腳陷入了淤泥裏，又好似有個無聊的人用刀硬生生將石階挖空做出來的，總之，只要不是一個瞎子，都自然而然能看到。

無法驚道：

「這個腳印如此巨大……我們之前上來的時候，還沒有腳印啊，難道真的有鬼？」

談寶兒搖搖頭，手指朝上指了指。無法和秦觀雨兩人抬頭上望，只見沿著這個留有腳印的石階向上約莫十個石梯的樣子，又有一個腳印，只不過兩隻腳印的左右正好相反，竟好似一個身材高大至極的巨人輕輕一步從這兩級石梯間跨過一樣。

三人各自對望一眼，心中都是有些恐懼，但卻也沒來由的好奇，飛身向上，落到十級上的臺階上，再向上望，下一個腳印卻在八級臺階上。

等三人落到第三個腳印所在的石梯上時，眼前景物陡然一大變。剛剛從下面看時，通往上面的石梯分明是向左拐，但現在石梯的去勢卻是朝右彎，而左邊則只剩下一片荒蕪的草地。

三人愣了一愣，隨即談寶兒最先明白過來：

「原來這石梯並不能一級一級的向上走，而是有的石階可以踩，有的卻不能踩，這是有人在指點我們呢！」

三人抬頭再看，果然在上方七級石梯上又看見了一個腳印。

三人飛身而上，之後果然不斷發現前面的石梯上有腳印，或七步一個，或八九步，或十一二三步。三人順著腳印上飛，每經過三個腳印，眼前景物便又是一大變，石梯總在不可能的位置發生轉變，甚至有蜿蜒回轉的，如無人指點，斷不能走出去。

一路順著巨大腳印走下去，約莫過了半個時辰左右，前方腳印消失，石梯也到了盡頭。再看時，如霜明月之下，仙雲繚繞中，突兀地聳立著一道孤零零的高大石門，上書四個大字：

凌霄之城。

石門之後，一片的空曠，並無半點城池的影子，四周更是不見半點人煙。如果不是石門上那四個大字，三人很懷疑自己是不是來錯了地方。

三人正望著石門發愣，忽聽身後一個聲音大笑道：

「哈哈哈，尾生守信，抱柱不歸。二弟三弟，你們真是義薄雲天，知道大哥腳程慢，專程在凌霄城門口等我，真是太讓人感動了，如果大哥是女人，說不得就要以身相許了！」

豪爽的大笑聲中，風衣男滿臉興奮地從石階上登了上來。談寶兒三人望著他，都是一片的愕然。

這登雲梯本身是一個巨大的迷魂陣，即便有人指點陣法的出路，但那些腳印每一個相隔最少都有七級，最多的更是有二十來級，並非普通人一步的距離所能到達的距離。風衣男只差一點時間就出現在三人的身後，這可來得蹊蹺。

風衣男看看三人，詫異道：

「二弟、三弟，還有這位女扮男裝的姑娘，你們還站著這做什麼？有朋自遠方來，不亦樂乎？羅掌門要是知道我們到了，肯定會好酒好肉地招呼的，還不跟大哥進去啊？」說完也不看談寶兒三人，徑直朝那石門走去。

「喂！這位先生，這裏是凌霄之城，不要亂闖……」秦觀雨好心去拉風衣男，但卻慢了半步，風衣男的身體已經穿過石門，隨即像一具鬼魂，消失在門後的曠野中，無影無蹤。

談寶兒咦了一聲，頓時明白過來：

「原來整座凌霄城和困天壁一樣，也是被幻術類陣法遮掩起來了！在外面看來，和裏面的真相是完全不同的。」說完也朝石門裏走去。

三人腳才一邁進石門，隨即便是一聲驚呼。眼前景物果然如他們所料的又有大變，那片荒蕪的草地變成了一座氣勢宏偉的巨大樓閣，門前有一大匾，上書三個大字：

迎賓殿。

但讓談寶兒三人發出驚呼的卻是樓閣前亂七八糟地堆滿了屍體，這些人不是殘肢斷腿，就是腦漿迸裂，鮮血猶熱，血腥味散布全場。

談寶兒雖然之前在葫蘆谷見識過戰場的慘烈，但見到如此殘忍血腥畫面，依舊差點吐出來。

秦觀雨低宣一聲佛號，臉上露出悲天憫人神色，嘆道：「我們還是來晚一步，看這情形，楚接魚已經大開殺戒了！不行，我得阻止他！」說完大踏步走進迎賓殿的大門，朝凌霄城深處走去。

談寶兒和無法忙緊步相隨跟了進去。

穿過迎賓殿，迎面卻是一片宏偉的建築群，美輪美奐的瓊樓玉宇，分別擺放在四個方向，四四方方地，圍繞成一個「口」字，形成一個城廓的形狀，凌霄城想必因此得名。

在口字的中央，是一個寬大的廣場。廣場寬闊異常，地板全是由名貴大理石鋪就，但大理石塊間的間隙幾不可察，看上去就好似偌大廣場地面，竟是由一整塊大理石鋪就一樣。

廣場之上，有三個方向，都密密麻麻地站滿了蓬萊弟子，看上去卻都年少，但無一不是男的俊逸，女的貌美，各自身負長劍，白衫飄逸，只如神仙中人，讓人一望之下不由心曠神怡。

一身青衣的楚接魚此時正背對著談寶兒三人，孤零零的卻又冷傲至極，就那麼矗立在廣場的正中央，像一柄出鞘的神劍，談寶兒雖然是從背後看他，卻都有種睜不開眼的感覺，而那些蓬萊弟子見他更是眼神中隱有畏縮情狀。

順著楚接魚位置向前，橫亙過二十丈的距離，是一座上書「凌霄殿」三個字的宏大樓閣。連接樓閣到廣場的是一片白玉臺階，臺階下橫站了三男四女七名容貌不俗男女，分別也都穿著登雲靴，想來都是蓬萊弟子，其中一人正是左連城。

但最吸引談寶兒眼球的，卻是臺階之上大殿之前站立著的一名年約二十五六的年輕女子。

這女子本不算最美，但卻自有一種讓人驚心動魄的魅力。現在，她只是隨隨便便地朝那一站，平平淡淡地擺了個姿勢，卻已經讓九霄明月、四周星辰和殿前樓宇都已失色。

整個廣場本是一片凝重氣氛，空氣中隱隱流動的殺氣更是讓人幾乎喘不過氣來，一片的死寂。看到談寶兒三人進來，除了楚接魚和臺上那女子，所有人的眼光在一瞬間全部集中到了三人臉上，一道道如刀似劍，殺氣嚴霜。

秦觀雨和無法功力稍弱，一時都是緊張得說不出話來。

談寶兒強自鎮定，發出一聲乾笑：

「那個……小弟三人就是來看熱鬧的，諸位大爺大叔大媽姐姐阿姨妹妹，你們繼續，不用招待我們的！」

眾人奇怪地看了三人一眼，各自又將目光轉回到楚接魚身上。那種如芒在背的感覺這才在剎那間消失，三人呼吸在一瞬間變得順暢起來。

談寶兒心想這些孩子的實力或者絕大多數都不如自己，但加起來，光是眼神就有如此恐怖的力量，這樣看起來，不管是在戰場，還是在江湖上混，果然是人多力量大，當日老大在百萬軍中取了魔人主帥的首級，卻該是何等強橫變態的實力呢？

他正想到談容，卻聽無法低聲道：

「老大，樓梯上那女人就是當今蓬萊掌門羅素心了，她下面的就是她最得意的七名弟子蓬萊七星。看起來這下馬上就要打起來了，咱們還是閃到一邊，免得遭了池魚之殃！」

「對對，這倆傢伙號稱天人，實力都是變態級的，站在楚接魚身後，被流勁幹掉，朝廷只怕也不會給我報職業傷害！」談寶兒醒悟過來。他正四處亂瞅，希望找到一處人少而位置又好的地方看熱鬧，卻聽見有人叫道：

「二弟、三弟，我給你們占了位置，到這裏來！」

說話的自是風衣男，此時，這老小子正坐在不遠處一棟樓閣的頂上，手裏拿著一個酒瓶，但偏偏正襟危坐，一副在高貴人家裏做客的模樣。

談寶兒看那樓閣少說有三十丈高，暗吃一驚，這老小子難道深藏不露，竟然能上得這樣高的樓閣？他有心低調，但四處看看，發現只有那個位置視角最佳，可以縱覽全場又遠離戰場，便對無法和秦觀雨商量了一下，三人飛身上去，坐到了風衣男邊上。

見三人坐定，風衣男將酒瓶來遞給談寶兒道：

「來！這是大哥獨家釀製的天王十全大補酒，除了強身健體之外，還可以滋陰補血，駐顏美容，二弟、三弟還有這位姑娘都喝一點，這東西很珍貴，是兄弟的才給你一瓶！」

談寶兒看那酒瓶髒兮兮的，上面一圈黃一圈綠的，也不知是什麼東西，暗自皺眉，但發現那瓶中酒香卻是生平未聞，一把接過，咕咚咕咚喝了幾口，頓時覺得一股暖流自丹田升起，流暢四肢，說不出的舒服。

談寶兒將酒瓶遞給無法，後者喝了幾口，也是大聲讚嘆，遞到秦觀雨手裏，秦觀雨竟也嫣然一笑，絲毫不嫌那酒瓶骯髒，大方地喝了起來。

風衣男滿臉喜色，笑道：「很好，很好，十年來，你們還是第一批敢喝小生酒的人，就憑這點，一會兒發生什麼事，大哥一定罩著你們……哎喲，救命！」卻是他說得忘形，腳下一滑，便朝屋頂下掉去。

談寶兒看他腳步虛浮，眨眼踩壞了幾塊屋瓦，不似在裝腔作勢，忙在他要滑下屋簷前，一把將他抓了回來，鬱悶道：

「老小子，你輕身功夫這麼差，怎麼上得了這麼高的樓？」

風衣男臉色慘白，驚魂稍定後，手指著樓側道：

「那裏不是有梯子嗎？你說這蓬萊果然是大牌，我一進來都沒有人和我打招呼，這偌大個院子裏也不放把椅子，還好我聰明，找到了他們座位。不過就算他們是大派，待客也不要這麼高級嘛，非要讓人家上房梁來，爬得我一身都是臭汗！」

談寶兒瞅瞅那明顯是為了維修屋頂留下的巨梯，又看看正抹汗的風衣男，好半晌才憋出一句話：「你個老小子爬那麼高，也不怕摔個半身不遂啊！」

淡淡的月光，透過縹緲的雲層，灑落滄海桑田，灑落瓊樓玉宇間，灑落在樓上樓下眾人的衣衫間，月落無聲，花開無聲，天地無聲。

偌大個凌霄城，本是一片安靜，是以談寶兒四人的談話聲就顯得格外的響亮，爲這寂寂寞寞的大城平添了幾分空靈之感。

但數落了風衣男幾句，談寶兒這流氓自己都覺得有點不好意思了，自動閉了嘴，很有點「不敢高聲語，恐驚天上人」的意味。

就在談寶兒剛剛閉嘴不久，樓下廣場上的眾人還沒有反應的時候，迎賓殿的大門裏卻響一片喧嘩聲。談寶兒大吃一驚，正在想昊天盟的人怎麼來得這麼快，一隊人馬卻已神采飛揚地從門裏走了出來。

出來的卻不是昊天盟的人，但更讓談寶兒幾乎沒有從樓頂跳起來。走在這隊人馬當先一人，正是神州十劍之一的依風神劍況青玄，緊隨他其後的是冰火雙尊和商山五皓，再之後有白馬寺的圓圓大師、滄浪子和媚兒，走在這些人最後的是天師張若虛的師弟凌步虛——南疆王府的主力竟然全數集中到了凌霄城中！

談寶兒直驚得目瞪口呆，心說：這些傢伙還真是陰魂不散啊，就算九靈大陣在小三走後自動復原，你們也不至於這麼快就跟上來糾纏老子吧？

但談寶兒坐的位置並非進門就能一眼看到，南疆王府眾人完全無視坐在樓頂的曬月亮四人組，徑直走到了楚接魚身後，一字站成一排。

凌步虛出列，走到楚接魚身旁，彎腰鞠躬，笑得一臉和善道：

「楚兄，三年不見，咱們再次相會在蓬萊瀛州之巔，實乃大幸。楚兄風采更勝往昔，真是可喜可賀！」

這牛鼻子竟然和楚接魚很熟，還稱兄道弟的？談寶兒吃了一驚，不過隨即一想，這兩人都在江湖上有頭有臉，互相認識也是很有可能的嘛！

卻見楚接魚頭也不回，冷冷道：

「有屁就放，不要廢話！」

此言一出，場中眾人盡皆愕然，唯有談寶兒暗自大笑：

「好，老小子有性格，我喜歡你！」

凌步虛熱臉貼到冷屁股，臉上頓時紅的綠的一頓，難看至極，但他卻知道眼前這人並非自己所能惹的，唯有乾笑兩聲，道：

「楚兄果然爽快如昔，小弟佩服。是這樣的，小弟現在供職於南疆王府，今次到蓬萊來，是爲了追尋談容和雲蒹公主，可說是和楚兄同仇敵愾。楚兄雖然神勇蓋世，但貴屬全被一隻巨鳥擋在了山下，奈何這蓬萊又人多勢眾，所以我等願和楚兄並肩抗敵，將這裏一干人等掃平！」

談寶兒幾乎沒有跳起來，敢情南疆王府傾巢而出，竟然真的是爲了老子，現在一看形勢，竟然也真的想要和楚接魚聯手，真是個禽獸啊，忙將眼光朝楚接魚看去！

眾人矚目裏，楚接魚嘴角肌肉牽動一下，隨即仰天大笑：

「凌步虛，你以爲你是什麼人？竟然也敢也配和楚某聯手？」

說到這裏，他驀然轉身，兩道冷電似的眼光自凌步虛以下，向著南疆王府眾人臉上一一掃過，眾人被他眼光一掃，盡皆不由自主退了一步。

凌步虛再也撐不住，臉漲得通紅，指著楚接魚，強自鎮定道：

「楚接魚，你不要瞧不起人，你武功高就了不起嗎？」

楚接魚冷冷一笑，道：

「各人天賦不同，際遇不同，本事有高有低，這本是天經地義，若楚某按照這個來衡量你們，同那些凡夫俗子又有什麼兩樣？」

「那……那你憑的是什麼？」凌步虛一愣。場中諸人卻也都是同時一驚，楚接魚身爲昊天盟主，四大天人之一，一代梟雄眼高於頂，看不起本事比他弱許多的凌步虛眾人本是正常，但顯然他是另有原因。

楚接魚淡淡道：「大夏朝廷縱然有千般不是，終究是代表我神州。如今魔人盤踞邊疆，但凡我神州子民，都該屏棄前嫌，共抗外敵！南疆也是神州一角，卻在這樣的時候起百萬之兵引起內戰，如此不識大體之人，也配和楚某並肩作戰？」

此言一出，瀛州山頂所有人眾都是一愣，眾人顯然想不到楚接魚竟然是爲了這樣的理由看不起凌步虛諸人。

凌步虛愣了一下，隨即卻哈哈大笑起來：

「楚接魚，你說得好聽，聽起來你似乎有多愛國爲民，深明大義，但其實也是放屁而已！你嘴上說我南疆王府不識大體，你自己又怎樣？居然派人入宮刺殺皇帝，此事天下皆知，難道你還能抵賴不成？」

前些日子，昊天盟大舉入皇宮行刺，被抓了許多人，雖然朝中有人封鎖消息，但最後還是傳出江湖，場中眾人大都聽過，聽凌步虛一說，頓時都記了起來，紛紛將目光投向楚接魚，看他如何自圓其說。

楚接魚看了凌步虛一眼，道：

「夏蟲不可語冰，楚某不屑和你解釋！我要動手了，你們這幫雜碎都給我滾遠點！」最後一個「點」字說出，聲音只如炸雷，凌步虛諸人沒來由全身一顫，被聲波擊退數步，險些站立不穩，摔倒在地。

一時眾人被他氣勢所奪，場中鴉雀無聲。楚接魚卻再不看南疆王府諸人一眼，大步向前，朝著凌霄殿下的羅素心諸人走去。

一直圍在他左右的蓬萊弟子見此大是緊張，紛紛隨著他的行進方向，朝著凌霄殿移動。凌霄殿下的蓬萊七星也是神色微變，暗自移動腳步，護在了羅素心面前。反是羅素心，依舊風姿卓越地站立在石臺之上，彷彿遺世獨立。

楚接魚走到距離凌霄殿尚有三十丈的樣子，忽然停了下來，側頭望向屋梁之上，淡淡問道：「你是什麼態度？」

談寶兒嚇了一跳，忙擺手道：

「那個楚老大你們繼續，我們純粹看熱鬧的，不用管我們！」

旁邊的秦觀雨想要說什麼，卻被他一下捂住了嘴。

楚接魚又看了看這邊，再不和談寶兒廢話，轉頭望向羅素心道：

「羅掌門，我昊天和你蓬萊共處東海，多年來爭端不休，鬧得東海很不安寧，不如今日一戰，就一舉決定你我兩派存亡好了，我若勝了，蓬萊派就需放了我兒子，從此搬出蓬萊群島，並且交出禁地之秘；如我敗了，昊天盟即日解散，不管今日誰勝誰負，以往恩怨咱們都一筆勾銷，如何？」

第二章　力挽狂瀾

羅素心微微一笑：「就依楚盟主所說吧！」

她說得輕描淡寫，場中眾人卻是聽得一陣心肝狂跳，無不悚然動容。

蓬萊立派千年之久，傳承至今，已然是神州三大術法正宗之一，若真的因此一戰而在神州除名，又是怎樣驚天動地的一件大事，她自己也將成爲蓬萊乃至整個神州的千古罪人——一個弱質女流居然有如此豪情如此擔待！

眾人震驚神色裏，卻見左連城出列急道：

「師父不可！祖師有訓，即便蓬萊全派滅亡，禁地也不允許外人涉足半步！」

「師父三思！」其餘眾人也是齊聲叫了起來。

樓頂的談寶兒三人和南疆諸人卻都是一陣茫然，顯然是誰都不知道蓬萊還有個什麼禁地。

「如果蓬萊全派都滅了，禁地還有什麼用？」羅素心揮揮手，淡淡一笑，緩緩走下石臺，越過蓬萊七星的身邊，朝楚接魚走去，顯然是要和楚接魚一對一單挑了。

羅素心走到距離楚接魚十丈之外，拱手柔聲道：

「楚盟主請出招！」

楚接魚搖頭道：

「人人皆知，你蓬萊乃是以陣法名震天下，而陣法之道的極致乃是以人為陣，集合諸人之氣，引動天地之力，那才是大境界。楚某若和你單打獨鬥，那是侮辱蓬萊，也勝之不武！楚某就和你定下三局之約，三局之內，你們無論出動多少人，布成什麼陣，楚某當一一破解，若有一局楚某輸了，便算是輸了！」

此言一出，滿場皆驚！人人都知道昊天盟主楚接魚孤高氣傲，每有狂放表現，卻也沒有料到他竟然狂到了如此境界。要知道陣法之道，通常是人越多，所能引動的天地之力便越強，楚接魚給蓬萊三次機會，那是以自己一己之力挑戰整個蓬萊派了！

凌步虛立時叫道：

「楚盟主大事為重，不可輕率！」

楚接魚頭也不回，淡淡吐出兩個字：「閉嘴！」同時輕輕跺了跺左腳，一道無形潛勁便已洶湧而出。

凌步虛感覺那勁力來勢洶洶，想要躲避，卻忽然發覺那勁力如大海波濤一般席捲天地，自己根本無處躲避，頓時被巨力捲中，如箭一般憑空射上天空五丈之高，再落下時口吐鮮血，當真閉嘴再也說不出一句話來。

凌步虛身為張若虛的師弟，能在南疆王府身居首座門客，一身所學自是不凡。眾人見他一招就被楚接魚弄成重傷，一時盡皆失色，再沒有人敢發出一絲聲響。

遠處屋頂之上，談寶兒更是心中大叫：「媽媽呀，幾天不見，這瘋子的功力好像又有大突破了，蓬萊這次真的是有難了！」

楚接魚卻好似做了一件微不足道的小事，結果也在意料之中，他自始至終，目光都望著羅素心。

羅素心嘆了口氣，道：

「難怪楚盟主能舉手投足間就破了護島巨靈陣，原來你的功力已臨近天人合一的極境了！」

場中一干閒人聽得都是又是興奮又是激動，紛紛感到不虛此行。神州四大天人，之所以被稱為天人，除了是稱讚他們的法術武功登峰造極之外，最主要是說他們已經通過不同的方式，達到了天人合一境界，他們自己就是天地，已非人力所能對抗。現在羅素心竟然說楚接魚已經達到了天人之境的極限，卻又不知是怎樣的一種力量了！

眾人矚目裏，楚接魚放聲大笑：

「羅掌門好眼力！不錯，我近日因有奇遇，功力大進，已經達到天人境界之極，哈哈！放眼天下，再也無人是敵手了！」

此言一出，場中眾人齊齊失色。

四大天人素來齊名，實力也在伯仲間，楚接魚現在竟說自己已天下無敵，天下局勢只怕從今改變。談寶兒看這老小子張狂的樣子很有些不順眼，心中暗罵：「你個老傢伙，你近日又有什麼奇遇了？難道是上次在藏劍峽的時候被寒山諸人扔進河底做烏龜做得開心，一個高興，因此功力大進？」

卻聽楚接魚又道：「因此我才敢放出三局之約！羅掌門，楚某不想枉造殺孽，今日之事，我看你還是主動投降，免得這蓬萊山頂血流成河。」

如此狂言一出，蓬萊弟子人人臉有怒色，幾乎就要拔劍衝上來。

羅素心微微擺手止住眾人情緒，淡淡道：

「楚盟主，本來你已越過天人之境，素心該拱手認輸，但今日事關我派存亡，不是江湖比拼，素心明知不敵，唯有拚死一搏了！」

楚接魚收斂狂意，臉上露出敬重神色，道：

「楚某理解！貴派的七星誅神大陣號稱誅神滅魔，羅掌門若是瞧得起楚某，今日就用這陣吧！」

七星誅神大陣全稱是「七星伴月誅神伏魔大陣」，號稱蓬萊第一殺陣。據說此陣由七人組成，借的是明月的晦氣和北斗七星的煞氣，一旦運轉，便是神魔都難逃一死，因此威震神州。

「師父，咱們用七星誅神大陣吧？」左連城眾人從羅素心的身後走上來，一起道。羅素心微微皺眉，揮手示意七人退下，但七人卻知此戰關係蓬萊存亡，一時不肯答應。

正自僵持，忽聽一人大叫道：

「羅掌門，不用客氣，此時皓月當空，七星璀璨，正是誅神陣法威力大盛之時，楚接魚既自不量力，就成全這狂妄之人又何妨？」

眾人循聲望去，說話的正是在屋頂正襟危坐的風衣男，一時都是吃了一驚——這人是誰，居然敢如此說楚接魚，就不怕楚接魚回頭找個藉口將他閹了嗎？

談寶兒眼見包括楚接魚在內的眾人眼光朝這邊集中過來，頓時嚇了一跳，忙一把捂住風衣男的嘴，厲聲斥責道：

「觀棋不語真君子，看你穿得人模狗樣的像個君子，怎麼亂插嘴？我……我什麼我，給老子閉嘴！」罵完又朝楚接魚諂笑道：

「楚盟主，您不用理會這老傢伙，他被飯撐傻了，您繼續忙您的！」

羅素心朝談寶兒這方望望，嫣然一笑道：

「多謝了，不需擔心！」

談寶兒看她眸光如水，沒來由一陣慚愧，唯有回以乾笑，心中卻道：「姐姐你客氣了，不過老子好像沒有怎麼爲你擔心，你謝我可是謝錯了人！」

羅素心收回目光，輕移蓮步，向前走了幾步，朗聲道：

「自當年無極祖師臨東海，開我蓬萊一派，蓬萊陣法威震神州，至今已是千載。」

此事人盡皆知，眾人弄不清楚她爲何要說這個，卻都靜心屏氣，等她下文，一時偌大個凌霄城靜寂異常，落針可聞。

羅素心眸光似水，自場中眾人臉上掃過，悠悠道：

「當年無極祖師所創的陣法雖然變化萬方，但也是從太極生陰陽，陰陽轉三才，三才歸四相，四相向上，演繹成五行之陣而終。後又有渺渺真人發明六合之陣，直到五百年前，才有玄清真人，觀北斗七星變化，推演七星，至此我蓬萊以七爲極，一直延續至今！」

這段歷史眾人也都知道，卻不知她說來是何用意。羅素心笑道：

「素心不才，不敢讓諸位前輩專美於前，近三十年苦心鑽研陣法之道，研出一新陣，名曰八卦，自覺已脫出前人窠臼，今日便憑此會會楚盟主吧！」

她說來平淡，但場中眾人卻聽得目瞪口呆。要知道蓬萊陣法雖然變化無方，法及萬物，但所涉及的力量，其實不過七種，因此一直極數不過七。就好像屠龍子傳談寶兒的幾種奇陣，如「呼風喚雨之陣」，其實也只是同時強借了五行中的水、金兩行之力造成氣候變化而已，而「嫁衣之陣」則是引用了除開五行之外的第六合的星之力，才能顛倒乾坤。唯一看似脫出七之極數的「萬星照月之陣」，用的還是星和月這兩力，並沒有脫出這七種力量。

事實上，陣法史上每一次的飛躍，其實都是伴隨著一種新的力量的發現。無極祖師領悟金、木、水、火、土這五行之力，因此開闢蓬萊一派，此後渺渺真人找到星之力，才發明六合，玄清真人找到月之力，發明七星伴月。羅素心的新陣名曰八卦，自然不是尋常道家所說的八卦圖那麼簡單，肯定是找到了一種新的力量，才敢說脫出前人窠臼。

「羅掌門創出了新陣？」楚接魚一愣之後，隨即哈哈大笑，「好！太好了！楚某神功初成，掌門大陣新創，正好匹敵，真是再好不過！請賜招！」

「請！」羅素心拱手。這一隨意的動作，卻是表示她正式要和楚接魚單獨決鬥了。

蓬萊七星聽說師父懂了七星之外的力量，都是信心大增，不再糾纏，只是說師父保重，和其餘蓬萊弟子一樣，閃到一邊，將中間巨大的廣場留給兩人。

四大天人之間的戰鬥本就少見，而這次交戰的兩人更已有了新的突破，那就更值得期待了。所有人都知道這是歷史性的時刻，再不敢發一言，各自全神貫注，屏住呼吸，眼睛一眨不眨地盯著廣場中央。

楚接魚也不再廢話，手掌一揚，一股如河水奔流般連綿不絕的奇勁已朝羅素心奔襲而來，正是他獨門的天河長流掌。

羅素心腳底升起一朵碧雲，整個人凌空倒飄而出，卻是用登雲靴使出了五行陣法的揠木之陣。這揠木陣談寶兒之前見左連城使過一次，已極是輕靈寫意，但此刻羅素心使來，卻因為是美女的關係，更添了幾分飄逸優雅，一時大是羨慕不已，心頭暗下決定，回頭一定要找羅素心討一雙拉風的登雲靴穿。

楚接魚勁力落空，卻並不消散，而是猛然折向，如同海潮一般排空飛起，依舊席捲羅素心。

羅素心整個人陡然凌空拔起八丈之高，雙手合十，忽然大聲吐出一個字：「乾！」右手拇指伸出，一道金光從指尖直射而出，同一時間，地面金芒閃動，最後彙聚成一片金色的風暴，朝著楚接魚的勁氣席捲而去。

金色颶風和勁氣兩相對撞，勁氣消失得無影無蹤，楚接魚大吃一驚，流光遁影身法使出，在間不容髮的剎那從颶風中避了開去，颶風落到地面，並未引起大的動靜，只是在地面形成一把金光奪目的巨刀，插在地面。

場中眾人都不由喝了一聲彩。談寶兒看得清楚，這正是五行陣法裏的分金之陣，這個陣法是以本身真氣聚集大地中的金元素，形成金色颶風襲敵，最適合的是以寡敵眾，但消耗的真氣卻也極多，很不划算，是以他學成之後幾乎沒有用過，此時陡見羅素心用得如此瀟灑隨意，也不由佩服至極。

楚接魚剛要發動反擊，卻見羅素心口中吐字道：

「坤、震、坎、艮、巽、離！」

她每說一字，十指便有一根鬆開，她連說六字，手指便如蓮花一般綻放，光華透出，極是奪目。

她每鬆一指，便有一個陣法發動，譬如她一鬆右手食指，便有一團烈火脫指飛出襲向楚接魚，卻是聚火之陣；而中指一指向楚接魚，楚接魚身體裏的血液便在一瞬間停止了流動，正是封水陣將他的血液當作了水來封……

到她說到巽和離這兩字時，天上星光和明月陡然大盛，分別聚集成兩道明亮程度不同的白光，從天而降，直射楚接魚的頭頂——竟然是憑藉一己之力發動了蓬萊殺陣之首的六合星芒陣和七星誅神陣！

楚接魚發動天河長流掌，勁氣四溢，堪堪抵住羅素心的攻擊，發現這些陣法的威力比之他預料之中的強了無數倍，等到六合星芒和七星誅神發動之後，更是感覺九霄明月和滿天星辰忽然近在咫尺，伸手可摘，而那億萬星辰之光，一起落到身上，竟如萬千巨山壓體，自己再也動不了分毫！

一時之間，整個凌霄城中流光飛遁，異彩橫空，幾乎所有人都忘記了震驚，只是一陣心曠神怡。但談寶兒的內心，卻有了大震撼。

談寶兒以前發動五行之陣，真氣多半要通過手掌不同穴位一起射出，這樣射出之後才能形成陣形，而要發動呼風喚雨、萬星照月這樣的大陣，更是需要手掌連續不斷拍出，因為這需要成百上千道真氣的組合才能構成陣形。

所以談寶兒一直覺得這些所謂的大陣，聽起來名字要多囂張有多囂張的，其實除了能唬弄一下鄉下愚人，或者用來給自己家茅房作防盜裝置外，就是只能用來設置陷阱，等智慧和豬頭相同的敵人來鑽，在實戰中是沒有任何意義的。

但現在看羅素心，無論多複雜的陣法，不過是動一動手指，六合星芒陣和七星誅神陣這樣最少需要七個人才能完成的終極陣法，就已輕易搞定。他這才知道自己以前當真是井底之蛙，陣法之道原本就該萬法歸一，化繁爲簡才是王道——高手和庸手的區別，並不僅僅在於你能借用的天地力量究竟有多少，更在於你借用這些力量所需要的時間。

頓悟了這個道理，談寶兒在陣法一道上，終於又大大的邁出了一步。

這個時候，羅素心已經念完八卦中的七卦，金、木、水、火、土、星和月這七種古老的力量也在一瞬間全數借到，而她每借一種力量，就有一個陣法在楚接魚身邊形成，但與以往每種陣法都包羅四方不同的是，這七種陣法所占據的地方都只有極小的一塊，各自在楚接魚的四周，形成一個閃閃發光的奇怪形狀，譬如分金陣形成的是金色的金刀，而封水陣形成的是藍色的小水池，揠木陣是綠色的小樹……。

但每晚在玉洞中踏圓的談寶兒卻已看出，這七種陣，所處的位置正好是七個卦形的位置。分金陣是震卦，裂土陣是坎卦，揠木是離卦……。

這七卦使完，楚接魚已被這七種力量完全困住，四肢分毫難動，唯一能做的是將真氣流轉全身形成罡氣，抵擋這七種天地間偉力的攻擊，但他臉色不變，反是哈哈大笑道：

「痛快，痛快！光憑這七卦，羅掌門已算得上是蓬萊陣法之集大成者了，楚某很期待你這新創的第八卦！快快一併使出來吧！」

羅素心微微一笑，道：

「這第八卦，卻是早已布好了！這一卦就是……敵卦！」

眾人聽她說得慎重，只以為那第八種力量是何等驚天動地，卻萬萬料不到是一個熟得不能再熟的「敵」字，皆愕然。

遠處樓頂上的談寶兒更是幾乎一頭栽下來，心道：「太扯了吧，地瓜能給你什麼力量了？」

羅素心語聲方落，雙手一揮，被七卦所圍一動不能動的楚接魚在一瞬間被硬生生推出中心，填到八卦中的最後一卦兌卦位置上，頓時便有一黑一白兩尾大魚從大陣中央游出，頭尾相接，抱對而生，和外面的八卦一起，組成了一個圓形太極八卦圖。

做完這一切，一直懸在八丈高空中的羅素心這時候忽然全身疲軟，從天空中墜落下來。

一干蓬萊弟子見了，都是大驚：「師父（掌門）！」紛紛展開握木陣，駕馭碧雲飛了過來將她接住。

羅素心落地，臉頰紅潤，強撐著站起來，搖搖頭道：

「我沒事！」

「啊！」卻聽楚接魚發出一聲慘叫，將眾人注意力又全數引了過去。

只見被移到兌卦上的楚接魚，身上騰起白色的火焰，其餘七卦也分別同時騰起和卦色相同的火焰，朝他撲來。

楚接魚雙目赤紅，臉上豆大的汗珠順著臉頰滑落，落到大理石的地面上，砸出一個個小坑——顯然是楚接魚已然運足全力在對抗這八卦陣的威力，就連身上溢出的汗珠也已攜帶了霸道的真氣！

眾人都在局外，無法感受那陣法中的恐怖威力，但眼見楚接魚如此狼狽，卻都知道這羅素心新創的八卦之陣非同小可，一時皆瞠目結舌。

遠在樓頂觀戰的眾人也都是目瞪口呆，無法問談寶兒道：

「老大，這第八種力量究竟是什麼？剛才老楚接下前面七種力量時都是安然無事的，怎麼這第八種力量一出，就變得這麼難看了？敵卦，這是什麼力量啊？」

談寶兒沉吟道：「陣法之道，本來就是借天地之力攻敵，不在陣中親身體會，是完全無法瞭解的！不過依我看，她前面七卦相生幾乎已經借盡了天地宇宙間所有力量，這第八力量，應該只能是人的力量吧！」

風衣男本是一直關注著廣場中央的戰局，聞言咦了一聲，回頭笑道：

「沒有想到二弟你居然對陣法一道有如此深刻的理解，真是後生可畏！不錯，這第八卦的力量，正是人的力量，確切的說，是人的精神力量！」

「念力！」談寶兒、無法和秦觀雨三人同時失聲叫了出來。

「不錯，就是念力！」風衣男點點頭。

「可是……可是……」談寶兒腦中一片混亂，想了好半晌才想明白，「可是蓬萊陣法是以真氣驅動，又關念力什麼事了？」

風衣男淡淡道：

「陣法之道，引天地之力，法及萬物，將念力合併到陣法中來，又有何不可？我知道你想問什麼，不錯，蓬萊本身是沒有關於修煉念力的典籍，但以素心之才，修煉成念力一流高手並不足奇，何況這第八卦本身需要的不是布陣者的念力，而是敵人的念力！」

「敵人的念力！」這句話如同一個響雷在談寶兒心中炸開，直喜得他手舞足蹈，「不錯不錯，正該是敵人的念力！」

「老大，什麼叫借敵人的念力？楚接魚本人又不會精神術，何來念力可借？」無法摸摸頭，依舊不明白。

「你個笨蛋！」談寶兒狠狠一敲無法的光頭，「什麼叫念力？念力就是念想之力！但凡是個思維正常的活人，就有想法，有欲念，也就有了念力。只不過有的人意念強，單憑念力就能移山填海，大多數人的意念弱，連羽毛都動不了，但並不表示他們沒有念力！」

秦觀雨恍然道：「這敵卦之陣的意思就是，只要敵人有攻擊的意念，就會被借來作爲陣法的一部分，反過來攻擊敵人自己？」

談寶兒沒有回答，反是直接朝著無法的光頭又是一頓狠敲，最後嘆了口氣，道：

「無法，我決定不讓你做我小弟了，收觀雨妹妹做我的二妹，你自己回禪林寺去吧！」

「不要啊老大！我是笨，但我可以學啊……嗚嗚，你打我罵我吧，千萬不要趕我走！沒有您英明神武的指點，我會走錯路的，會貽害神州，禍害千年，嗚嗚，沒有你在，怎麼能顯出佛爺我慈悲爲懷呢……」無法抱著談寶兒的雙腿，聲淚俱下。

「嗯！這還差不多……唔，你最後說什麼？喂！臭小子你別跑！」談寶兒見無法一路悔過得很順暢，幾乎被他騙住，而無法發現談寶兒察覺，也是極其迅快地閃身逃離現場。

談寶兒本來要追，卻被秦觀雨給叫住：「談大哥你快看，楚接魚似乎有點不對勁了！」

楚接魚不是有點不對勁，而是相當的不對勁。

楚接魚身上的白色火焰已經騰起了兩丈之高，而四周七大陣法的力量依舊源源不絕地在向他身上湧來，他身周的罡氣已只剩下了薄如蟬翼的一層，被這八卦陣法所毀滅只是遲早的事。但讓所有人發現不對勁的是，楚接魚猙獰的臉上這時候竟然又露出了笑容。

談寶兒詫異道：「這老小子什麼時候變得這麼視死如歸了？死都死得這麼開心，難道閻神那裏也有他的情人？」

風衣男搖頭道：「只怕不是這麼簡單！」

三人正在猜測裏，便聽身處八卦陣中的楚接魚忽然朗聲問道：

「羅掌門，這世上最強大的力量是什麼力量？」

眾人都不想他人之將死，竟然有此一問，都是一怔，齊齊將目光望向羅素心。

羅素心更是心底一沉，她以敵人的思維念力入陣組成八卦，除了讓敵人受到那七種天地之力的攻擊外，尙且要受自身力量的糾纏，等於是天人合一，作繭自縛下，楚接魚幾乎是受到了八個天人級別高手的攻擊，卻竟然還能開口說話，這是何等恐怖的實力！

但她終究是非常之人，微一沉吟，便道：

「天生地，地生萬物，是以世間最強大的力量，就是來自天地的威力！」

眾人聞言，除開風衣男外都是點了點頭。要知道神州三大法術裏，陣法和符咒都是通過特殊的方式直接借助天地之力，而精神術則是以念力駕馭外物爲自己所用，但駕馭外物的過程，本身就是一個和天地溝通的過程，如果沒有天地萬物，精神力再強也是無用武之地。

「放屁，放狗屁！」楚接魚哈哈大笑，「這狗日的天地連自己都顧不過來，又哪裡能給你們什麼力量？要依老子說，這天地是狗屁，這天地間所有的神魔也都是狗屁，你們說天地之力最強，老子偏要逆天而行！順天可恥，逆天無敵！看我逆天之力！哈哈哈！」

他最後大笑三聲，笑罷之時，猛然啊地一聲大喝，雙臂一張，全身不知哪裡來的無上大力，一下子將一直圍繞在身周的八種力量陡然間震開，隨即向四方雙掌連拍，擊中組成八卦的其餘七種陣法。

代表力量燃燒的火焰在一瞬間被掌風撲滅！

「什麼？」所有人大吃一驚。

風衣男嘆息一聲，自語道：

「唉！素心運氣真是不好，她的第八卦本是借敵念爲己用，但楚接魚卻領悟了逆天之境——陣法法於天地，若是借了一個與天地爲敵的人的念力，陣法便不攻自破了！」

這時候，楚接魚哈哈大笑，伸手一抓，將八卦陣中的黑白陰陽魚抓起，伸指一掐，幻影破滅。楚接魚仰天大笑道：

「什麼狗屁的天地？老子就是天地！」

此時他面目猙獰，全身充滿罡氣，怒髮上指，衣袍無風自舞，狀如癲狂。

遠處樓閣之上，談寶兒正思索風衣男的話，便只覺得眼前一花，這廝身影已憑空消失不見。

同一時間，廣場中央的楚接魚驀然大喝道：

「羅素心，你既已敗了，你們蓬萊派這就給老子滾下山去吧！」說時朝地上狠狠地一跺腳。

這一腳彷彿有著踏平瀛州山的恐怖力量，腳底一落地，整個廣場頓時劇烈地顫抖起來，而凌霄城中上千棟高樓搖搖晃晃東倒西歪，只差沒有立時倒下。

廣場上的三千蓬萊弟子猝不及防，被腳底傳來的大力一震，頓時如箭一樣凌空射出，慘叫聲中，眨眼飛得不知去向。

南疆王府諸人和蓬萊七星稍微好些，但卻也在一瞬間被震得離地飛起，撞到四周的建築，頓時引起淅瀝嘩啦的一頓聲響。

談寶兒三人距離楚接魚最遠，又在樓閣之上，所受衝力最小，卻也被震飛，不得不展開御物之術，落到地面上來，再看時，大理石的地面已經有了一道道深深的裂紋，從楚接魚剛才落腳處向四面八方延伸，瞬間裂遍全場，眾人無不大驚失色，心知這短短的刹那，楚接魚的實力又已有了質的飛躍。

整個過程中，唯一沒有受影響的只有羅素心而已。但楚接魚一腳落地，放聲大笑，另外一隻腳卻又已踏出，這一次落下時卻沒有巨大的衝力，只是他這一步卻匪夷所思地跨越了三十丈的距離，一手成爪，朝著羅素心咽喉襲去。

羅素心剛剛發動八卦新創的陣法，幾乎已耗盡全身功力，如何再能擋住這驚天動地的一擊？不由輕輕合上了眼睛！

「噹！」斜刺裏忽然一柄木劍刺了過來，撞到楚接魚的手上，濺起一團火花，同時也發出了這聲金鐵交鳴之響。

「哈哈！軒轅狂，你終於還是忍不住要出手！不過沒有用的，你這是螳臂擋車！」楚接魚哈哈大笑，手掌換位，又一招攻向羅素心的胸膛，那木劍橫向一封，才將這一掌封出，楚接魚另一隻手卻又已封出。

真劍無雙軒轅狂！聽到楚接魚叫出木劍主人的名字，在場剩下的人都是大吃一驚，但眾人抬眼看去，卻更是吃了一驚，因為使劍那人，竟然是剛才坐在談寶兒身邊那個叫化子似的落魄書生。

談寶兒一直以為這老傢伙是個大騙子，卻萬萬沒有料到這爛泥似的老色鬼竟然就是傳說裏唯一可以和楚接魚並肩的武學宗師，如同傳奇神話一樣的人物，神州十劍之首的軒轅狂，一時更是呆在當場！

眾人發愣間，楚接魚的雙手和木劍以羅素心爲中心，竟然已是暴風驟雨一般地攻防了十幾招，卻是不分勝負！

羅素心身處劍氣和掌力包圍中，好像汪洋裏的一葉孤舟，隨時都會傾覆，又似一件被兩個頑童嬉鬧爭奪的剔透白玉，隨時都會落地成碎，但她的臉上卻露出一種喜樂的平和，雙眼望著軒轅狂，眸光中滿是溫柔之意。

楚接魚運轉剛剛領悟的逆天力，又狂攻了十餘招，竟然依舊奈何不了軒轅狂，不由心驚至極，罷手回退三步，指著軒轅狂怒聲道：

「軒轅狂你個賤人，老子之前問你是不是要出手，你裝聾不答，如今老子要滅了蓬萊派，你又出來蹚什麼渾水？」

談寶兒這才恍然大悟，原來之前楚接魚和羅素心朝這邊所問的話全是問軒轅狂的，自己倒好，自作多情地代答，真是太丟人了！

卻見軒轅狂淡淡一笑，道：「楚接魚，小生這可是爲你著想！你明明講好三局定輸贏，如今才過一局，你就對蓬萊掌門無禮，可是要被天下人恥笑的。」

楚接魚冷冷道：「老子只是不想浪費時間而已！羅素心都不是我的對手，難道蓬萊還有別的人是我對手嗎？」

軒轅狂哈哈大笑：「怎麼沒有？我可不就是了？」

「你？」楚接魚愣了一下，「軒轅狂，你不要以為你也具有逆天力，就可以在這裏生事！神州誰人不知你是無門無派，什麼時候又加入蓬萊了？」

軒轅狂也具有逆天力？談寶兒聽得一愣，剛才羅素心發動八卦之陣，都被楚接魚的逆天力一招破解，但軒轅狂和他拼了十幾招竟然不分勝負，顯然是具備同樣級別的力量了，難道天人之境的上面就是逆天之境？

軒轅狂卻不理他，回頭深情地望著羅素心，柔聲道：

「素心，三十年之期今日已滿，那人既然沒有來，今日當著天下英雄的面，天地為媒，日月星辰為鑒，你就嫁給我吧？」

羅素心「啊」地輕呼一聲，微微沉吟，隨即臉頰泛起小女兒家的嬌羞紅暈，輕輕點了點頭。

軒轅狂大喜過望，拉著她的手，雙雙屈膝跪地，朗聲道：

「今日我軒轅狂（羅素心）結為夫婦，生死相依，榮辱與共！」

誓詞念完，軒轅狂哈哈大笑：「素心，自現在起，你就是我妻！」語罷將她攔腰抱起，原地旋轉，放聲大笑，眼淚卻順著臉頰盡情流淌，一時竟讓人分不出他是喜是悲。

羅素心雙頰飛霞，卻不知是嬌羞，還是被幸福染紅了臉。

旁觀的蓬萊七星、南疆眾人眼見如此變故，都是目瞪口呆，但被軒轅狂這狂人的舉動所感染，沒來由的一陣心情激蕩。

秦觀雨更是淚眼婆娑，低頭輕泣，一時梨花帶雨，楚楚可憐，談寶兒看在眼裏，一時善心大發，輕輕將她摟入懷裏安慰。

一旁無法見了，竟也將一顆光頭靠了過來，談寶兒不察，輕輕撫摸一下，才覺出不對，不由怒道：「把你的光頭拿開！」頓時引來懷中美女一陣愕然。

也不知轉了多久，軒轅狂這才將滿臉通紅的羅素心放下，對著楚接魚笑道：「楚盟主，素心已是我妻子，按照蓬萊門規，我自動成為蓬萊弟子！可以代表蓬萊出戰這第二局了吧？」

楚接魚冷笑道：「你非要替蓬萊出頭，那楚某成全你就是！出招吧！」

軒轅狂叫道：「二弟三弟，先幫我照顧嫂子！」說時伸出左掌拍在羅素心身上，羅素心吃力，頓時朝談寶兒方向飛來。

談寶兒這賤人自不客氣，仗著凌波術迅捷，搶先無法一步先接住，只覺得懷抱暖玉，幽香滿腹，一時魂飛冥冥，渾不知人間事。

於是偌大個廣場裏，頓時空蕩蕩地，只剩下了軒轅狂和楚接魚兩個人。

「楚接魚，接我一劍！」軒轅狂意氣風發，木劍迎風一抖，已是朝著楚接魚刺了過去。

這一劍平平常常，輕飄飄的，沒有驚天的勁氣，風輕雲淡，但這一劍刺出之後，站在楚接魚身後遠隔幾十丈外的南疆王府諸人卻都覺得一道可怕的力道，竟然破碎虛空，逼到了自己眉梢，紛紛不由自主地飛身倒退。

楚接魚遠在軒轅狂七步之外，木劍雖有七尺，卻也難以及身，是以一劍刺出的同時，軒轅狂的腳也向前飛跨而出。

這一步看來也不甚快，但這一步落下時，木劍的劍尖已穿越了七步虛空，落到楚接魚的眉間——這一瞬間，整個廣場上的空氣彷彿在一瞬間被抽離了個乾淨，巨大的吸力驟然產生。

「轟隆隆！」便聽一片巨響，屹立在瀛州山頂千年之久的凌霄古城，被那摧枯拉朽的巨力一吸，居然在一瞬間轟然倒塌，碎裂的木石，化作滿天的颶風，合著山頂的雲嵐，朝著廣場的中央席捲過來。

在場所有的人，都知道要是被席捲到楚接魚和軒轅狂這兩個變態身邊，不死也是重傷，紛紛運足功力抵抗這恐怖的吸力。

談寶兒用凌波術讓自己定下身形，但覺懷中羅素心便要脫臂飛出，剛使動念力將她身形固定，卻發現秦觀雨和無法又已驚呼著朝廣場中央飛出，忙拿出吸風鼎，將這兩人硬生生吸了回來。

下一刻，除開談寶兒三人和凌步虛等有限人外，所有的人身不由己地被這可怕的吸力捲了過去，一時間亂雲飛渡，木石橫空，哭爹喊娘之聲不絕於耳。

「果然是十大神劍之首的真劍無雙！痛快！」被劍鋒逼到眉間的楚接魚哈哈大笑，竟不避讓，反是頭向上頂，右手猛然一拳揮出，重重擊打在軒轅狂的胸口，發出嗡的一聲空響。

剛剛被颶風席捲過去的眾人在一瞬間胸口如被巨石重擊，憑空定了下來，滿天的木石也懸停在了空中，一動不動。

時光彷彿在這一刻凝聚。

下一刻，天地重又恢復秩序，雲氣一掃而空，千古明月如舊，只是巍峨的凌霄古城卻在一瞬間被拆成了一片廢墟，木石橫了一地，被吸走的人群紛紛從半空落下，夾在在斷垣殘牆間，哀鳴不絕。

談寶兒收起吸風鼎，將三人放下，透過煙塵望去，卻見廣場中央，軒轅狂和楚接魚兩人相互對峙，良久不動，不由皺眉道：

「兩個傢伙也老大不小的了，骰子搖完，還不揭盅，一心一意在那裝酷！真不是東西！」

他正想著，忽見軒轅狂捂著胸口踉踉蹌蹌後退幾步，最後一屁股坐到地上。楚接魚見此仰天大笑，身體晃了幾晃，卻終於站穩腳步，朝著軒轅狂走了過去。

軒轅狂指著楚接魚，一臉不可置信的鬱悶神情道：

「楚接魚，你是逆天力，我也是，憑什麼你就比我強！」

楚接魚哈哈笑道：

「蠢材！逆天之力，你比我先領悟，你卻竟然不明白？逆天便是要憤世嫉俗，與一切順應天道之力背向而馳，你本來力量強於我，但剛剛成親，心中滿是喜樂，又怎麼可能發揮出逆天力的真正威力？罷了！廢話無益，受死吧！」

說時抬腿狠狠朝地面一跺腳，一股逆天勁發出，軒轅狂被震得重重飛起數十丈高，復又落下，全身骨骼碎裂，眼看是活不了了。

「軒轅前輩！」蓬萊七星之前被兩大高手的勁氣震得暈頭轉向，這時才回過神來，一哄而上，將軒轅狂扶住。

楚接魚又是一陣得意大笑，最後劍鋒似的目光朝著蓬萊七星掃過，冷冷道：

「羅素心已然重傷，可以不計，你們七個就算是蓬萊的代表了，降與不降？」

左連城站起身來，怒道：

「楚接魚，只有戰死的蓬萊弟子，沒有投降的蓬萊弟子！師弟師妹們，七星誅神陣！」

「是！」其餘六人齊齊答應，各自飛身而起，落到楚接魚身前，以北斗之形將他團團圍在北斗七星所形成的斗形中。

楚接魚輕蔑一笑：「你們師父的八卦陣都不行，你們這七星可不是飛蛾撲火嗎？」

七星卻不理他，各自發動真氣，分別引發金、木、水、火、土、星和月之力，要做拼死一搏。

「師兄師姐，我們幫你們！」之前被楚接魚一腳震飛的三千蓬萊弟子這會兒卻紛紛從四處冒了出來，各自盤膝坐在原地，朗聲唱道：

「巍我蓬萊，自在拳拳；萬眾同心，其力彌新。巍我瀛州，萬仙之洲；苟有侵犯，一衣相帶……」

歌詞蒼涼豪邁，但落在凌步虛和談寶兒等人耳裏，卻沒來由的平添一種悲壯。

一時之間，只見廣場上華彩大亮，七種顏色的光華，從這三千人身上飛起，如百川歸海一般，分別以顏色分類，各湧入左連城等七人身上，使得這七人看起來如同一個光球，整個廣場流光溢彩，如同百花盛開，花團錦簇。

原來蓬萊有七種力量，門下弟子便被分成七系，分別修煉七種法力中的一種，等到修煉有成，再修煉其餘六種，久而久之，便有人會對某一方面的陣法力量最擅長，此時所有人都將這種法力聚集出來，再分別用傳遞之陣注入到七星身上。

傳遞之陣不同於深奧的嫁衣之陣，是一種僅僅可以在短時間轉移本身法力的一種陣法，但有了這種法門，三千蓬萊弟子的法力就在一瞬間聚集到了七人身上。

楚接魚看著這一切的發生，嘴角帶著譏誚，並不阻止，反而眼中透露出一種興奮神色。這讓談寶兒有很不好的預感：「這老畜生這麼變態，我看這三千人聚合也未必能擋住楚接魚，我們還是先跑路吧！」

秦觀雨皺眉道：「談大哥，我輩佛門之人，本該慈悲爲懷，救危濟困，現在是蓬萊風雨存亡之時，更該幫忙化解才對，怎麼可以逃跑呢？」

談寶兒心道：「妹妹，你是尼姑庵裏的，老子可不是！」旋即想起自己現在好像是什麼狗屁的剩僧，正不知該如何回應，卻聽羅素心嘆了口氣，道：

「這位姑娘不用責怪這位小兄弟了，他手裏那個鼎雖然神奇，但如果集合我蓬萊三千弟子之力，也對付不了楚接魚的話，他又憑什麼力挽狂瀾呢？」

「因爲他是我老大，神州第一英雄談容啊！」無法理所當然道。

「啊！」羅素心失聲驚呼。但她的聲音，卻被一聲更大的吼聲所覆蓋。

四人定睛看去，卻是楚接魚身旁，集合三千蓬萊弟子力量的左連城等七人已然發動了七星誅神大陣。

第三章　一代狂人

月亮和北斗七星的光華分別投下一道光華，各自落到左連城七人身上，頓時整個瀛州山頭有如白晝，而身處大陣中心的楚接魚和左連城等人被奪目的明亮光華所籠罩，絲毫看不清楚人影。

那一聲喊卻是楚接魚發出的。這一聲巨吼過後，白光彷彿一朵曇花般綻開，白色的花瓣四處散開——卻是那三千蓬萊弟子同時受到大力衝擊，凌空飛出，如水滴一般四處飛濺，再落地時，多數七竅流血，大半的人頓時殞命！

滿天星月之光頓時散了個乾淨。偌大的廣場中央，只剩下了一個楚接魚如孤峰一般傲然挺立。

在他腳下的軒轅狂掙扎著想站起來，卻終於沒有如願，只能手指著楚接魚怒道：

「楚接魚，枉你身為一代宗師，怎麼如此濫殺無辜？」

楚接魚冷笑道：「濫殺無辜？他們三千人合起來對付楚某一人，楚某自衛而已！」

蓬萊眾人直聽得怒髮衝冠，但卻毫無辦法，因爲自己三千人圍攻別人一人還失敗，這實在是沒有什麼好說的。

楚接魚說完再不和軒轅狂廢話，兩道冷電似的眼神四處亂掃一遍，冷冷道：

「這一局不算，蓬萊派還有沒有人敢站出來？楚某一併領教了！」

蓬萊弟子一個個被他的逆天力震得八竅流血九竅生煙的，別說站出來，就是站起來也不能夠，只是用怨毒的眼神看著他。

楚接魚環視四周一遍，不由哈哈大笑：

「人人都說蓬萊陣絕天下，原來也全都是垃圾，你們誰敢上來，誰敢上來……」

「啊！哪個混蛋推我？死禿驢你給老子記住！」一個聲響忽然響徹全場，打斷了楚接魚的狂嘯！

楚接魚吃了一驚，一眼掃去，正好看到談寶兒從人群中躥了出來，很是拉風地站在了距離自己並不是很遠的一個位置上，正衝自己笑。

「你也是蓬萊弟子？」楚接魚愣了一下。

之前談寶兒三人現身，他是見過的，但只是覺得這三人的輕身術有些意思，卻不該屬於蓬萊派，也就讓他們在一邊看熱鬧，正好下山以後可以宣揚自己單挑蓬萊的光輝事蹟，沒有想到這三人中竟然有人站出來幫蓬萊。

談寶兒被他眼神一掃，頓時魂飛魄散，繼續乾笑道：

「那個……這個……純屬意外，一場誤會，楚盟主您繼續，小弟去給你把風……」

這時候無法模仿著秦觀雨的聲音，興奮大叫道：

「談大哥，你真是太有正義感了，蓬萊的存亡就全靠你了，人家好崇拜你哦，只要你打敗楚接魚，小妹……小妹就以身相許……哎喲，師妹你輕點！」乃是他正玩得高興，卻被秦觀雨在背上狠狠地掐了一下！

「你？」楚接魚狂傲一笑，「你這少年很有些膽色，那好，既然你也想打敗我，我就給你個機會，那就動手布陣吧！」

「布陣？聚眾鬥毆是吧？別說笑了，楚盟主，楚巨俠，小弟我從小單純善良，奉公守法，打架鬥毆破壞社會穩定這樣的事我從來不做的！」談寶兒擺手，一副道貌岸然的嘴臉，「我不是蓬萊的人，你和蓬萊有什麼恩怨，你們自己解決吧，小弟先走了！不用送了！」

「切！老大，你不是這樣的人吧？我對你很失望哦！」無法發出一陣噓聲，而秦觀雨和羅素心望向談寶兒的眼神也是一片的詫異和失望。

談寶兒對此假裝沒有聽見，縮頭烏龜一樣朝回走。

開玩笑，羅素心和軒轅狂這樣的高人就不說了，楚接魚囂張到可以一個人單挑三千蓬萊弟子，少爺我風華正茂、芳齡十八一枝花、如花似玉的年紀，正該爲神州人口的繁榮盡一份綿薄之力，沒事找死做什麼！

但他剛一轉身，便覺得身後一道巨大的吸力襲來，抓著他朝背後飛去，他大吃一驚，不及細想，落日弓到手，返身一道金色閃電已是脫手射出。

「噹！」閃電撞到楚接魚，發出一聲金鐵交鳴之響，捲住談寶兒的吸力也頓時停了下來。

「金色閃電！你是談容！」南疆王府眾人同時驚呼出聲，各自拿出兵器法寶，就要動手。

所有蓬萊弟子都是大吃一驚，不可思議地望著談寶兒。他們怎麼也想不到名震天下的抗魔英雄，竟然是這般懦弱模樣。唯有軒轅狂和羅素心這樣的世外高人，知道談容在百萬軍中縱橫無敵，斷不至於如此膽小，想來如此做作，定有深意。

楚接魚愣了一下，隨即哈哈大笑道：

「小子，原來你就是談容，脫了面紗原來是這副模樣！真是踏破鐵鞋無覓處，得來全不費功夫！」

談寶兒看他眼神流動，不由自主後退兩步，強笑道：
「楚盟主，那個君子動口不動手的，咱們有話好說，千萬不要付諸武力！」
楚接魚淡淡笑了笑，肅然道：
「談將軍，我敬你是抗魔英雄，於神州有大功，但也請你不要看不起楚某，你覺得你這樣假裝害怕，就能讓我認爲你是一個膽小不講義氣的人嗎？沒有用的！你是那麼拉風的一個英雄，就好像漆黑中的螢火蟲，在哪裡都是那麼的出眾，你騙不了我的，想唬我是不可能的！」
談寶兒幾乎吐血，心想：真是人怕出名豬怕肥，難道做了大英雄，老子連害怕的權利都沒有了？
卻聽楚接魚又道：「談將軍，上次藏劍峽一戰勝負未分，既然你今日來給蓬萊助拳，那咱們就在此再決勝負吧！請出招！」
南疆王府諸人都是聽得一愣一愣的，敢情之前楚接魚已經和談容交過了手，還勝負未分，可是當日在九靈山上怎麼表現得那麼不濟？
蓬萊眾人卻是彷彿看到了曙光，軒轅狂更是哈哈大笑道：
「原來二弟你就是談容，不枉我浪費真氣引你們上山！太好了！你是我結義兄弟，可以算是半個蓬萊的人，你就幫我接下這最後一局！蓬萊的存亡，可全在你手上了！」

談寶兒這才明白那登雲梯上的巨大腳印竟然真是軒轅狂留下的，看起來這老傢伙之所以讓自己三人上來，正是爲了讓自己在他對付楚接魚的時候能助其一臂之力。

想到這裏，他不由苦笑道：

「大哥，你別逗了，我不行的！」

咚！咚！無法在遠處拿出木魚，如敲鼓一樣邊敲邊叫道：

「老大，男人千萬不能說自己不行！你揍百萬魔崽子都不成問題，區區一個楚接魚算什麼？上！幹掉他，我們相信你！」

「談將軍，我們相信你！」剩下的千多蓬萊弟子，也同時叫了起來，一個個漆黑的眼珠裏閃著亮光。

談寶兒欲哭無淚，這樣的情形下，自己若是固執的要溜，且不說楚接魚未必答應，就算真的讓自己溜掉了，談容的名聲可就徹底毀了，自己答應他要退婚已經沒有做到，現在竟然連他名聲也搞臭的話，可是大大地對不起老大啊！

這時候秦觀雨忽道：「談大哥，你還猶豫什麼？蓬萊一派，千年基業，數千人的存亡，全在你一念之間！」

「啊！一念之間！」談寶兒腦中畫面一閃，回到了當日在去崑崙山的路上，他曾問過談容在一個人獨闖敵人百萬大軍的時候有沒有害怕，談容當時微微一笑，道：

「當時滿城百姓存亡就在自己一念之間，害怕也是要去的，用你的話說，有賭未爲輸，對吧寶兒？」

對啊，有賭未爲輸！談寶兒胸中陡然升起一團豪情，大聲道：

「好吧！楚盟主，既然被你看穿了，那本將軍也不說什麼了。不錯，本將軍今天正是來給蓬萊幫忙的！」

楚接魚縱聲大笑：「好好好！談將軍的落日弓和三頭六臂，楚某今日真要好好領教一下！」

「這次不用這個！」談寶兒搖搖頭，隨手將落日弓裝進了酒囊飯袋裏。

「啊！難道談將軍有了新的神兵利器？」楚接魚一愣。

「不是，湊巧得很，兄弟我也會幾手蓬萊陣法，剛才盟主說蓬萊陣法都是垃圾，那本將軍就也來玩玩陣法，讓盟主看看這垃圾的威力！」談寶兒微微一笑。

陣法？場中眾人一時都傻了。他們只聽說過談容如何如何厲害，卻罕有人知道談容竟然也會陣法的，除了無法等少有的幾個人外，都覺得這小子是不是瘋了。羅素心的八卦陣，三千蓬萊弟子的七星陣都被破了，他又不是蓬萊弟子，還要用陣法和楚接魚拼？

楚接魚聞言也是一頓詫異：

「談將軍，你不是說笑吧？」

談寶兒笑道：「楚盟主如此神情，莫非是怕了我的陣法？」

楚接魚哈哈大笑：

「楚某縱橫天下三十年，還不知怕字怎麼寫的！談將軍儘管布下陣來，楚某破給你看就是！」

談寶兒點點頭，又道：

「我這個陣法，乃是偶然遇到的一位蓬萊的前輩所傳，算是蓬萊陣法之極，不謙虛的說，比之羅掌門的八卦陣法還要強大幾分。」

眾人聞言都是半信半疑。要知道羅素心新創的八卦陣已是蓬萊陣法之巔，若是別人說這樣的話自然是胡說八道，但這話從名震天下的談容口中說來，卻又不由他們不信。

楚接魚也是將信將疑：「那就請談將軍布陣吧！」

談寶兒向前走了兩步，隨即卻又搖了搖頭：

「罷了！這陣我還是不布了！」

這話一說出去，場中眾人只差沒有立時扔一堆磚頭過來。

楚接魚的臉色也是一沉：「談將軍這是爲何？」

談寶兒道：「要我布陣可以，不過楚盟主，陣法一道，講究的是彼此力量在同一等級時才有趣味，你若是還仗著逆天力強行破陣，那這個陣法我也不必布了！」

楚接魚傲然笑道：「難道我不用逆天力就破不了你的陣了嗎？楚某對蓬萊陣法的理解不在羅掌門之下，你有陣法儘管使出來，我不用逆天力就是！」

「那就好！」談寶兒點點頭，手指朝地面一指，一道真氣射出，然後被念力分成六股，落到地面時候卻頓時變成了一個五行陣法中的裂土之陣，不過並非是裂土變而是收陣變，於是之前被楚接魚碎裂的大理石地面頓時重新歸一成整塊。

蓬萊弟子眼見談寶兒布成裂土陣居然只用了一根手指，都是又驚又喜，都沒有料到談容竟然真的會本門陣法並且達到了和掌門一樣的高度。卻不知談寶兒這一指成陣之法也是剛剛看了羅素心的布陣手法後，才頓悟出自己可以用念力來輔助陣法的。

大理石地面歸原之後，談寶兒望著天上星月默默掐算一番，隨即彎腰下去，手指觸到地面，向前一拖，隨著他腳步移動，地面頓時多了一條深且直的凹線。

眾人見那凹痕深有尺許，都是驚詫他指力驚人，隨即想起他既有一指成陣的能力，爲何還要如此布置陣法，驚詫之餘又都是奇怪至極。但見談寶兒這條直線足足拉出了十丈之遙，隨即平跨兩步，一條凹痕直線又反拉回來，等回到原來出發點時，形成了一對平行線。

平行線形成之後，談寶兒並不停留，而是來回往復，足足在地面畫了九條相平行且等距的橫線，這才停手轉向，在橫線的基礎上畫起了縱向的豎線。豎線也足足畫了九條。

等到談寶兒起身之後，眾人這才發現他前方方圓十丈之內，已經被這縱橫的十八條凹線分成了一個個正方形的小方格。

布陣完畢，談寶兒微微覺得有些頭暈，強自打起精神，拍拍手，對著楚接魚笑道：

「楚盟主，陣法已成，你若有膽子，就請走進任意的一個方格，若你能出來，這一場就算我輸了！」

楚接魚望著那縱橫來去的線條，一陣愕然。這些年為了對付蓬萊派，他可是沒有少下功夫研究陣法，雖然這些陣法他不屑用，但對陣法的認識確實已經達到了一個相當的高度，眼見腳下只有幾根橫豎的線條，不由和所有蓬萊弟子一樣，心想：「這也是個陣法麼？」

談寶兒見他不動，嘻嘻笑道：

「楚盟主要是覺得不用逆天力無法走出這個陣法，那我就撤了，重新布置一個就是！」

「不用！」楚接魚冷冷一笑，「陣法依天地而行，在楚某眼裏都是垃圾！且看我怎麼破這陣！」說時真氣流轉全身，向前幾步，一腳跨進了一個方格之內。

他進入方格本是小心謹慎，只以為步步驚雷，但進入之後，卻發現那方格還是方格，並沒有任何異常景象發生。

楚接魚望向談寶兒：「談將軍，你這真是一種陣法？莫非是戲耍楚某？」

場中其餘諸人也都是一愣，只覺得線條縱橫，倒好似一個圍棋棋盤，要說是陣法，只怕未免太過牽強，也都將眼光望向談寶兒。

談寶兒微微一笑，不置可否。楚接魚不再廢話，又向前走了幾格，只見四周並無變化，冷冷哼了幾句，腳步一轉，朝格外走去，但這次他腳步才一動，所在方格之內的格線卻也順著他的腳步向前移動了一步，而其餘格子的細線卻奇蹟般地並未變化。

楚接魚心頭一驚，忙朝側向跨出一步，格線頓時便也隨著他腳步延伸一步，他繼續一步，情況依舊如此。

「縮地成寸麼？」楚接魚冷冷一笑，使出流光遁影輕功，向前疾衝而出，眨眼掠過三十丈距離，回頭冷笑一聲，正要說話，一看腳下，卻依舊線條阡陌，方格蔓延，不由大吃一驚。

廣場中其餘人眾見楚接魚在那一個方格裏左轉右轉，雖然身法快捷，但來來去去卻只在那方格內運動，一時都是目瞪口呆，紛紛以詫異神色望向談寶兒。

談寶兒不動聲色，臉上裝酷，心裏卻爽翻了天：「老子真是個天才啊！」原來這個陣法並非蓬萊陣法，而是天師張若虛所創的九九窮方陣。

張若虛學究天人，除了對本教的符咒術登峰造極外，更鑽研其餘法術，對陣法一途更有驚天動地的造詣，當年集合畢生所學創出這個九九窮方陣，和屠龍子打賭，足足耗費了一代陣法天才自困天牢三十年的光陰，最後僥倖在談寶兒無意指點下得以破陣。

出天牢之後這些日子，談寶兒記掛著大方崖下的寶藏，辛勤鑽研屠龍子所說的「大直若曲，大圓則方」的破解之法，破陣沒有成功，但不自覺中反對此陣有了領悟，之前更是在八卦陣中領悟到了敵念之陣的威力，頓時豁然貫通，此時借花獻佛，以羿神訣的大地之氣使出，果然威力無窮，一舉將楚接魚困住。

這個陣法是張若虛集合古今陣法之大成，自然不是幾根線條那麼簡單，其橫線爲陰，縱線爲陽，九陰九陽，陰陽相生，可說是置天地於方寸，窮盡萬物，是以被命名爲窮方大陣。

陣法之中，楚接魚一眼望去，只覺四周蒼茫一片，那方格竟在一瞬間變得碩大無比。他心中冷笑，談容你聰明一世，卻糊塗一時，這方格線條被你施了縮地成寸術，我自然走不出，但入地不行，我還不能上天麼？一念至此，流光遁影展開，身體化作一道淡淡的流光，直射九霄。

因爲在八卦陣中頓悟「順天可恥，逆天無敵」，他此時功力已經超越天人之境，達到逆天境的地步，這一飛躍頓時瞬間到達了百丈的高處，眼前明月盤空，星斗可摘，下望時，那瀛州山已小如黑點，那九九窮方陣自是再也看不見了。

楚接魚仰天大笑：「談容，你以爲縮地成寸就能困住我？實在是太天真……啊！」

他話說一半，卻發現四周天空出現一個個巨大的人影，細看之下卻是剛才在瀛州廣場上的諸人，但一個個身高百丈，頭大如丘，高大如守護蓬萊島的那些巨靈石神，以他一代梟雄的鎮定，也不由失聲驚呼。

幻覺！該死啊，這陣法裏竟然有迷魂陣！楚接魚微微一皺眉，隨即運轉真氣，默默掐算一番星斗方位，流光遁影使出，朝一個方向飛去。迷魂陣可以讓大地山川之氣移位，讓人產生幻覺，但此時楚接魚人在空中，只要朝著一個方向飛行，還是可以出陣的。

但他才一飛出，滿天的繁星竟然在一瞬間彙聚成一個個方格，在自己腳下移動，自己無論怎麼跳，卻依舊在那小小的方格之內！

這時候談寶兒的聲音響起：

「楚接魚，此陣包舉天地，已窮天地之極數，在天地偉力面前，你不過是一隻螻蟻，是跳不出去的！」

楚接魚正自焦躁，聞言不由勃然大怒：「胡扯！楚某悟通逆天之力，已跳出三界外，不在五行中，天地能奈我何？老子這就跳給你看！」說完運轉逆天力，一個飛躍，已在千丈之外，再一跳，人更已飛出萬丈，但那一條條明亮的方格線卻依舊橫亙在前方，距離非但沒有近，反而更加遙遠。

楚接魚不可置信地望著眼前，心頭一片冰涼，鬢角冷汗如豆，臉上神色變幻不定。

談寶兒的笑聲再次適時的響起：

「哈哈哈，楚接魚，連這方寸之地都出不了，還敢說什麼天下第一，世上無雙？老子是你，早買塊豆腐一頭撞死算了！」

「胡說！誰說老子出不去的？」楚接魚伸手猛抓頭皮，頭髮散落一地，口裏只是哈哈大笑，「這不是真的，不是真的？你們騙我，你們騙我……！老子要殺了你們！」說時運轉逆天力，使出天河長流掌，朝著滿天星斗打去。

逆天之力無堅不摧，乃是與天地之力完全相反的一種偉力，但這套天河長流掌打完，那滿天星斗卻依舊燦爛如舊，一閃一閃的眨著眼，好似在嘲笑著自己。

楚接魚啊地一聲慘叫，心中只有一個念頭：

「不可能的，不可能的！老子就是天地，沒有誰能困住我，沒有誰……」

想到極處，他縱聲大笑，逆天勁充盈全身，不顧一切朝前疾衝而去……。

陣法之外。

廣場上諸人看見楚接魚進入方格之內後，便一直在那方格內左突右轉，時而疾奔，時而上躥下跳，但他奔跑時，總是在那十八條線所組成的成百上千的方格內奔跑，始終沒有出最後的底線一步，而向上跳時，卻也僅僅在跳高不足一丈復又落回方格內，除了談寶兒外，一時都弄不清楚他在搞什麼鬼。

楚接魚的臉色也從最初的自信微笑，變得面無表情，到最後雙目赤紅，面目猙獰，更伸手抓得頭髮散亂，之後更是使出掌力兇猛向四周擊打，剛剛被談寶兒用裂土陣修好的地面又被他打出了一個個隕石坑，整個瀛州山似乎都在地動山搖。

但就在他打得最開心的時候，卻放聲狂笑，披頭散髮，狀如瘋癲一般從陣法裏跳了出來，嘴裏嚷著「沒有誰能攔住我」，朝著山下狂奔而去。距離他最近的談寶兒頓時被撞飛，而在迎賓殿門口的南疆王府眾人慌忙閃避，但他速度奇快無比，倒楣的商山五皓躲閃不及，五個人竟然都被他撞得攔腰而斷，內臟腸子流了一地，說不出的噁心。

就這樣，剛才還霸氣沖天的一代梟雄，單槍匹馬連敗羅素心、軒轅狂和三千蓬萊弟子的一代武學宗師，放言將天地不放在眼裏的一代狂人，就瘋瘋癲癲地離開了瀛州之巔，消失在這場盛會裏，不知所蹤。

楚接魚狂飆而去之後，場中所有人都足足呆了一刻鐘沒有說話。這事情實在是太詭異了，堂堂一代宗師，折騰了半天，居然走不出那看起來沒有一點特別的小小的方寸之地，等最後走出來的時候，整個人竟然瘋了。

最後所有人都將或崇拜或敬畏的眼神投向了談寶兒，雖然沒有說話，但臉上都寫著六個字：您真是個變態！試想連楚接魚這樣厲害的人，都被談寶兒輕而易舉地搞瘋了，這天下還有誰是對手？

凌步虛長嘆一聲，衝著談寶兒拱手，揚聲道：

「談將軍學究天人，貧道佩服！貧道此次不自量力，奔襲萬里，本是爲了請你去見我家主公，將軍如此法力，貧道自知不敵，但還請賜招一二，好讓貧道向主公交代！」

偉大的大英雄被楚接魚撞飛後，一直躺在地上，無法和秦觀雨等人震驚下也忘記了去扶他。這會兒聽到凌步虛的叫喚，談寶兒這才拍拍屁股站了起來，他本來想要講話，但才一張嘴，一大蓬鮮血就疾噴而出，面如金紙，身體軟倒下去。

遠處的無法見了，這才反應過來，疾飛過來將他護住，而秦觀雨也抱著羅素心隨後趕了過來。

原來剛才楚接魚瘋牛似地忽然從陣裏衝了出來，談寶兒是完全沒有防備的，雖然有渾圓神光罩擋了一下，卻依舊被這老傢伙的逆天力給撞入身體，頓時受了重傷。他知道整個山頂還能行動的人中，就自己有實力和凌步虛一搏，深怕自己一倒下便有大禍，剛才才一直運氣壓住上衝的血氣，強撐著站起來想幾句話將凌步虛嚇走，萬萬沒有料到才一開口就鮮血狂噴。

凌步虛先是一愣，隨即臉上露出再也隱藏不住的喜色，笑道：

「原來談將軍也受了傷，貧道若再和你動手，別人會說我欺負你。還請將軍束手就擒，免得受皮肉之苦！」

「阿彌陀佛，你是什麼東西？敢叫我老大……」無法勃然大怒，起身就罵，但他才罵一半，就見凌步虛雙掌一揚，眼前紅光驟閃，再之後就覺得全身有如石化，與談寶兒和秦觀雨一樣，瞬間紋絲不能動彈。

軒轅狂定睛看去，卻見凌步虛猶自沒有收回的雙掌，掌心畫著一個古怪的符咒，腦中電光一閃，不由失聲驚呼道：

「難道這就是傳說中的定神咒？」

凌步虛笑道：「還是軒轅兄有見識！不錯，這正是天師教的定神咒，但凡被咒光掃中的人，三個時辰之內不能動彈！」

軒轅狂恨聲道：「卑鄙小人！你有本事正大光明的用咒，別趁人家身受重傷的時候！」

凌步虛笑道：「軒轅兄，這是說笑嗎？這定神咒練到極處雖說連神人都能被定身，但以談容的功力，他要不受重傷，一運功輕易就掙脫了咒術束縛，貧道不是白白浪費功力嗎？」

說到這裏，他微微喘了口氣，將雙掌收回腰間，從身上摸出一根白色的絲條，對身旁的冰火雙尊道：「你們倆去將談容給我綁過來！」

冰火雙尊前面幾次被談寶兒欺負慘了，聞言接過絲條，歡天喜地的朝談寶兒飛掠過去。

蓬萊眾人眼見談寶兒逼瘋楚接魚，正覺得得救，卻萬萬料不到凌步虛一出手，竟然瞬間將他三人制住，驚愕之餘，卻都是扼腕嘆息。

雙尊走到談寶兒身前，只見他依舊保持著一個吐血時候的姿勢，冰尊對火尊道：「老二你閃開些，你看你半年沒有洗澡，身上臭得很，談容對你很不滿，好像要吐你口水！」

火尊怒道：「爲什麼他不是要吐你？你也半年沒有洗澡了！」

冰尊道：「你沒有看見他嘴是對著你的嗎？」

火尊道：「他明明是對著你的好不好？」

「對著你的！」

「對著你的……」

兩人竟然當著談寶兒的面激烈吵了起來，唾沫星子濺了談寶兒一臉，只如下了一場華麗的小雪。談寶兒全身被定神咒給定住，只覺得整個身體好似被萬千巨力壓住，連嘴皮都動彈不得，心裏已將冰火雙尊的祖宗十八代的女性熱情問候了個遍，卻無可奈何。

驀然之間，談寶兒忽然記起上次中了張若虛的寶貝兒子張浪的石化符，身上的感覺和現在完全一樣，當時在天牢，自己進入無名玉洞的時候，似乎看到玉壁上有一種咒語，夢中默默念了一次就能踏圓了，那咒語好像是……

「你們兩個白癡，不要再吵了！」凌步虛惱火地叫了起來，「快將談容給我捆過來！」

冰火雙尊怕極了凌步虛，聽到叫聲，再不敢鬧，伸手就要將那白色絲條朝談寶兒身上捆。

卻在這一刹那，談寶兒的眼皮動了動，十指猛然前推，十道金色閃電脫指飛出。冰火雙尊猝不及防，頓時被閃電貫穿全身，發出殺豬似地號叫，被閃電的力道帶得倒飛出去十丈之遠，才砰然墜地，再也動彈不得。

巨變驟生，場中眾人都是目瞪口呆。

但這一擊卻耗盡了談寶兒殘餘的功力，一氣化千雷使完，整個人一屁股倒坐在了地上。

凌步虛愣了愣，笑道：

「談容不愧是談容，重傷之下還依然能硬衝開定神咒！了不起！不過這一下也耗盡了你殘餘的功力了吧？」

談寶兒此刻體內氣血翻騰，頭腦陣陣暈眩，只想躺到地上長睡不起，但他知道自己一旦躺下，自己和這整個瀛州山頂的人都將死於非命，聞言強撐著身體不倒，嘆氣道：

「不錯，這一擊確實耗盡了我全身功力，有種就過來殺你老子我啊！」

凌步虛想起談容身爲一代名將，深諳兵法虛者實之的道理，他如此一說，多半是自己還有一搏之力，想故意引誘我過去送死。但若談容此刻真的已然無力，此時放過他，豈不是坐失良機？

凌步虛躊躇之下，決定再派出一塊試金石：

「況兄，如今談容身受重傷，這生擒此人的大功，貧道就交到你手上了。」

況青玄輕輕一皺眉：「道長，你知道青玄不喜歡對身無還手之力的人動手的！」

凌步虛淡淡道：「我知道，但那靈蠱可不知道。上次你在天姥城的事，我想你應該嘗試過滋味了吧。」

況青玄的眉毛跳了跳，狠狠瞪了面無表情的凌步虛一眼，卻終於什麼都沒有說，一轉頭，慢慢走到了談寶兒身前三丈站定。

談寶兒依舊坐在地上，笑嘻嘻道：「是老況啊，很久不見啊！最近過得好嗎？看在我們兄弟倆過去交情不錯的份上，你不要動手好不好？」

況青玄冷冷道：「男子漢大丈夫，當站著死，不可跪著生！談容，你當日九靈山頂獨戰群雄的豪氣去哪裡了？是條漢子就站起來，讓況某給你個痛快！」

談寶兒失笑道：「老況，我想你是搞錯了，我叫你不要動手是怕你死得很難看！好吧，既然你要丟人現眼，我也不攔你，老子就坐在這裏，你放手攻吧！」

此言一出，全場眾人都是一驚。要知道依風神劍況青玄好歹是神州十劍之一，雖然不能和楚接魚、軒轅狂這樣的人比，但也算是第一流的高手了，談寶兒竟然坐著讓他猛攻，莫非竟是瘋了？

況青玄臉色鐵青，卻再不廢話，指尖一動，四周空氣頓時化作萬千風劍，朝著談寶兒身上密密麻麻地射了過去。

但接下來的情形卻讓所有人都不由自主地揉了揉眼睛，以爲自己看錯了——這些斷進切玉的風劍在碰到談寶兒衣服的時候，卻無聲無息的消失了個乾淨，一輪疾風驟雨似的猛攻過後，談寶兒非但毫髮無傷，甚至連衣袂都沒有被帶起。

沢青玄又攻了幾劍，卻發現自己往昔縱橫天下的依風神劍在談寶兒身上一點反應都沒有，一時心如寒冰，十指僵硬在空中，全不知該如何動作。

一時四野無聲，所有人都張大了嘴，說不出話來。要知道依風神劍名震天下，居然攻在談寶兒身上絲毫不見反應，這該是何等恐怖的事件！

眾人焦點的所在，談寶兒長長地伸了個懶腰，忽道：

「還繼續打不？我可有點睏了，要先睡一會兒，沒事的話你先跪安吧！」

沢青玄好似忽然老了十歲，看了看談寶兒，竟然真的咚咚咚磕了幾個響頭，嘶啞著聲音道：「多謝將軍不殺之恩……」他本來還想問什麼，卻終於什麼話也沒有說，頹然起身，也不理睬叫他的凌步虛，悄然下山而去。

望著沢青玄的白衣背影漸行漸遠，蓬萊弟子們愣了一陣，隨即大聲叫著談容的名字，用盡殘餘的力氣瘋狂歡呼起來，有些人牽動剛才苦苦壓制的內傷流血也不顧，那劫後餘生的心情，好似一個輸得當褲子的賭徒忽然贏得了一筆驚天的財富。

歡呼聲裏，談寶兒閉上眼睛，假做躺倒在地，同時默念咒語，順手將一直放於手心的吸風鼎收進酒囊飯袋之中，一時只覺得手心滿是冷汗，心臟暗自狂跳。

他剛才全不閃避，而是無聲無息將吸風鼎取到手中，賭的就是這個吸風鼎除了可以無聲無息地吸納空氣外，能將變成了依風劍氣的空氣也能一塊收取。一旦賭輸，此時他身上就已像冰火雙尊一樣滿是窟窿。

凌步虛這下子徹底進退兩難了。要說談寶兒沒有事吧，他面如金紙，生命看起來就好似風中燭火，隨時都會熄滅，但說這小子是在裝腔作勢吧，偏偏瞬間連敗冰火雙尊和況青玄，最後打敗況青玄的場面更是從頭到尾紋絲未動，就讓一代高手自動丟盔棄甲而逃，有如神跡，玄之又玄。

這時候，談寶兒忽然睜開眼睛拍拍屁股站了起來，冷電似的眼光掃到凌步虛的臉上，譏誚道：「這裏又沒有小姑娘唱曲，又沒有說書先生說書，牛鼻子你死皮賴臉不肯走，難道想賴著蹭頓早點吃？」

經他這麼一說，眾人才發現大家都在這山頂折騰了一夜了，天邊開始露出晨曦，玉兔西落，東邊開始露出紅日的淡淡光輝。

凌步虛看看天，臉色變了變，終於道：「咱們走！」帶頭轉身朝山下走去，身後一幫沒有來得及發言的圓圓大師等龍套們緊步跟隨，眨眼消失在登雲梯下。

直到南疆王府這些人徹底不見蹤影，談寶兒這才鬆了口氣，腳下踉蹌走了幾步，走到秦觀雨身邊時候，衝被定神咒定住的秦觀雨和她懷裏的羅素心微笑了一下，嘴角啓動，想說什麼，卻又噴出一口鮮血，身體一軟，趴到兩個美女身上，有氣無力。

「談將軍，不可！」一干蓬萊弟子失聲驚叫起來，要知道秦觀雨的懷裏可有他們的掌門羅素心，談寶兒這一舉動，可是失禮至極。只是任他們怎麼叫，談寶兒卻只是眼神空洞地看著遠方，趴在兩人身上，再也動彈不得。

蓬萊弟子叫了一陣，發現談寶兒依舊不動，軒轅狂知道他一定是剛才被楚接魚那一撞弄得內傷嚴重，後面只是強撐而已，他心中感動，卻大笑道：

「二弟，所謂男女授受不親，這非禮勿視，非禮勿抱，你小子一直抱著嫂子不放，可是想大哥打你屁股嗎？」

他邊說邊看四周，發現蓬萊弟子並無一人還有走路的能力，苦笑搖頭，強忍著內傷，踉踉蹌蹌地走了過去。

軒轅狂剛走出幾步，忽聽空中傳來一個大笑聲：

「哈哈哈，果然被貧道料中，談容你外強中乾，早已是強弩之末，受死吧！」

他大吃一驚，抬眼望去，卻見登雲梯方向一人凌空飛來，如巨鷹般朝著談寶兒撲了下去，正是凌步虛去而復返。

「不要！」眼見凌步虛的手中兩張符紙朝談寶兒頭頂落下，軒轅狂認出那正是天師教最厲害的殺符之一「九天雷動符」，不由大聲驚叫，卻無能爲力。

但就在符紙將落未落之際，本是一動不動的談寶兒忽然抬起頭來，比空中的凌步虛笑得更大聲：「老牛鼻子，你中計了！」

話音未落，兩人之間陡然強光電射，一蓬亮到極處的月白光柱朝著凌步虛照了過去。

電光迅疾，兩人又近在咫尺，如何躲避得了？光柱過處，九天雷動符化爲碎紙屑，隨即分崩離析，化爲飛灰。光柱正好落到凌步虛小腹處，只聽得一聲慘叫，凌步虛丹田處一片火光沖天。

凌步虛慘叫一聲，慌忙召出九陰神蜈，站到蜈蚣身上，狼狽逃竄而去，「談容！老子和你沒完！」

但這個時候，談寶兒已經聽不到叫聲了，事實上，在凌步虛剛剛轉身的剎那，那蓬光柱便已光華渙散，談寶兒僅僅來得及念了個咒語將從青龍那裏訛詐來的裂天鏡收回酒囊飯袋，全身便再也沒有了絲毫的力氣，軟綿綿地趴到了秦觀雨和羅素心的身上。

天邊，一天的星斗慢慢隱去，一輪紅日噴薄而出，華光照滿瀛州山頂，灑落蓬萊，跳出東海，照徹整個神州。

這一日，卻是神州八七五年七月十五，流火節。

第四章　懷璧之罪

談寶兒睜開眼睛的時候，發現自己並不是如以往幾次受傷一樣躺在高床上，而是在一張上好的紅木桌案上。雖然這些日子他早對這種時不時就要吐血幾升，隨即狂暈一陣的生活習以爲常，但這次醒來的地點卻讓他有些吃驚。

從木案向上望，卻是一間頗爲華麗的石屋。石屋的天花壁上雕龍畫鳳，談寶兒自己的形象夾雜在一堆仙風道骨的人物中間，手持落日神弓，金盔金甲，除了栩栩如生外，還帥得一塌糊塗。

「咦，這是羿神……這是孔神、閻神、禹神……」他瞪著那壁畫看了看，很快認出站在自己身邊眾人的形象竟然是傳說中的諸位大神。

這是怎麼回事?他只記得自己用裂天鏡嚇走凌步虛後，就趴在了秦觀雨的懷裏，再之後……好像是在無名玉洞中踏圓，怎麼一醒來就到了這樣古怪的地方?

鼻子裏忽然聞到一陣幽幽的檀香味，他側頭看去，香煙嫋嫋，卻見木案的下邊竟然有著一個巨大的古鼎，鼎裏正燃燒著三根兒臂粗的巨香，只是已經燃到了盡頭，行將熄滅。古鼎向下，是三個蒲團，顏色猶新。

談寶兒愣了片刻，卻還是想不出這算怎麼回事，他起身坐起，翻身落地，卻發現一陣灰塵撲面而來，嗆得他連打了好幾個噴嚏，低頭一看，身上衣服積滿塵土和香灰，已經髒得不成話。

「老子這是在哪裡？怎麼這麼髒？無法他們呢？」他摸摸頭，更搞不清楚狀況了。

站到地面，他才發現這個石屋是如此的巨大，宏大的結構使得這屋子看上去簡直就是一座巨大的宮殿。他在屋子四壁瞧了瞧，沒有發現任何線索，回過頭去，卻頓時被嚇了一大跳。

在他剛才睡覺的木案背後，有一尊巨大的金色雕像。雕像的形象依舊是手持神弓，金盔甲冑，顯得是威風凜凜。巧得很，那張臉一副慵懶模樣，和他這些日子天天照鏡子的臉一模一樣，赫然正是他談寶兒。

雕像的下邊有一塊木牌，上面寫著十一個大字：

九天戰靈之神談公容君之位。

談寶兒愣了半晌，直接沒有反應過來，老子何德何能，竟然也和白笑天一樣變成了戰神轉世，享受這人間香火供奉？難道泡的妞多也是一種功德？

他正想著，卻忽然聽見外面有奇怪的聲響。直覺告訴談寶兒，這發出聲響的人在三十丈外，而且行動迅捷，好似是凌空漂浮，這聲響就是飛行時衣袂的破空聲。他的聽力從來沒有這樣好過，但卻不知道爲什麼現在卻聽得如此清楚。

他搞不清楚自己爲何這樣，也搞不清楚門外來的是什麼人。但這一刻，他腦筋前所未有的清醒，微一沉吟，飛身回到木案上，隨即拿出吸風鼎，將落在地上的灰塵一一吸起，重新落到自己身上。

等他做完這一切重新躺下，微微將眼睛睜開成一線，便見帶起破風聲的兩人飛了進來。陡然看到這兩人，談寶兒幾乎立時跳起來。

因爲來的正是這些日子讓他相思刻骨的若兒和楚遠蘭！只是不知爲何，兩女都是眉染愁色，鬱鬱寡歡，讓人一望心疼。

落地之後，若兒徑直快步朝談寶兒走了過來。談寶兒忽發童心，忙將那一條眼睛的細縫閉上，裝得跟先前一樣。

然後談寶兒便覺得若兒溫暖的玉手落到了自己兩頰上，輕柔撫摸，那種溫柔，順著指尖迅速地流淌進他的心裏，蔓延全身，一時心中滿是喜樂平和。

正自心中喜樂，耳邊就忽然響起若兒的聲音：「楚姐姐，我始終覺得老公他沒有死，總有一天，他會從這案上跳下來，活蹦亂跳的和我一起騎馬，給我講故事……」

說到這裏，她的語聲微微有些哽咽，竟是再也說不下去。

然後談寶兒就覺得臉頰濕熱，一股微小的暖流向著脖子流了下去。他心中好笑，怎麼幾天不見，這丫頭竟變成個愛哭鬼了？等等，老子什麼時候已經死了？那老子現在是鬼了？不是神的嗎？談寶兒直接被搞懵了！

「唉！」楚遠蘭輕輕嘆息一聲，道：「若兒，別傻了！我比你更希望容哥哥沒有死，但那是不可能的。凌霄一戰，至今已有三個月了，你見他心有跳過嗎，眼睛有睜開過嗎？」

「可是他的身體一點都沒有腐爛，他沒有死！」若兒的聲音很小很溫柔，但卻有著一種說不出的堅定有力。

楚遠蘭悠悠道：「大凡傳奇之人，總有不平凡之處。古代許多英雄豪傑，死了之後肉身十年不朽，而許多禪林高僧坐化後，金身可保持百年也是有的。容哥哥既然是戰神轉世，死後肉身不腐，也是可以理解的。」

「不，老公和他們是不同的！」若兒說這話的時候，小手依舊停留在談寶兒的臉上，是以談寶兒可以明顯地感覺到她十指的顫抖，心沒來由的一陣痛楚。

楚遠蘭嘆道：「其實有時候我都希望你說的是真的。你知道不知道，容哥哥當年在青桑樹下說要娶我，我一等就是十年。眼見大家到了婚娶的年齡了，他卻投筆從戎奔赴前線，這一等又是兩年。好容易等到他載譽歸來，卻和我說要退婚……那幾天我暗地裏幾乎哭死。等大家一起共過患難，他心裏有了我了，他卻又……」

說到這裏，楚遠蘭再也說不下去，低低抽噎起來，那淒婉的哀怨，瀰漫了整個大殿。

這時候，若兒再也忍耐不住，和楚遠蘭一起，趴在談寶兒的胸口，大聲哭了起來。

談寶兒被兩人哭得肝腸寸斷，恨不得立時跳將起來，將她們攬入懷中，但奇怪的是，他竟然沒有這麼做。

兩女正哭得傷心，門外卻響起一人的大笑聲：

「哈哈！兩位嫂子，你們又在這哭啊？哎呀，我都跟你們說過多少次了，老大是不會死的！他現在只是暫時沒有甦醒而已！是蓬萊那幫蠢材以爲他死了，肉身又不腐爛，才將他當神一樣供奉起來。你們怎麼就不信我呢？」

談寶兒微微睜開一條眼縫看去，果然發現門口笑得沒心沒肺的正是無法。兩女沒有理無法，只是一個勁的哭，好似比賽誰哭得更大聲一樣。

無法又道：「好吧好吧，就算老大真的死了，但現在他每天享受著香火供奉，嘖嘖，被尊爲戰靈之神，老子這個佛祖繼承人連我師父都不認，他可比我幸福多了！」

兩女依舊不睬他，只是哭。無法嘆了口氣，走到談寶兒身前，鬱悶道：

「老大啊，雖然生爲大英雄的你應該有時不時受傷吐血的覺悟，但你又不是弱不禁風的秦妹妹，不過是被楚接魚撞了一下，有必要傷得這樣誇張嗎？三個月都不醒！靠，哭壞了兩位嫂子漂亮的眼睛，你將來還不心疼死！」

秦觀雨的氣質中自有一種淡定自若，但身材纖瘦，加上她天生的慈悲心腸，不知情的人真的會以爲她是傷春悲秋的才女什麼的。談寶兒聽到無法將自己和秦觀雨比，暗罵道：「你個死禿驢還好意思說老子，大戰的時候，好歹老子還挺了一個晚上，你個死禿驢卻被凌牛鼻子手心一照就軟了！」

他心中暗罵，腦筋急轉，終於將問題想明了個大概。

當日瀛州山頂凌霄城中的大戰，他布成那花費了屠龍子三十年光陰才破掉的九九窮方陣，幾乎耗盡了他全身真氣，而楚接魚神智失常後，更是用逆天勁不斷破壞陣法，談寶兒又不得不投入殘餘真氣維護，所以到楚接魚發瘋一撞的時候，正是他最虛弱的時候，雖然有渾圓神光罩擋了一下，但依舊被霸道無匹的逆天勁撞得丹田真氣渙散，內腑重傷。

之後應付冰火雙尊耗盡了他最後一口真氣，在先後用吸風鼎和裂天鏡將沉青玄與凌步虛嚇走之後，談寶兒覺得累到了極處，便趴在秦觀雨身上睡了過去。

因爲這一次消耗的真氣比往常任何一次都徹底，所以這恢復精力的一覺就足足睡了三月之久。因爲夢中踏圓的時候，全身氣息內斂，進入龜息狀態，因此整個蓬萊派和隨後趕到蓬萊的若兒等人就都以爲自己已經死了。

他們都以爲老子死了嗎？想到這裏，談寶兒心頭竟是一陣輕鬆。這些日子以來，自己一時要扮演英明神武的談容，一時又要演楚小魚，敷衍各個勢力，遊走於刀鋒邊緣，多次險死還生，這下子他們都以爲談容終於死了，那老子不就可以恢復自己的身分逍遙快活了嗎？哈哈，再也不用理什麼家國天下什麼九鼎八鼎的，想去哪裡賭錢就去哪裡賭，老子身上好像還有幾十萬兩銀子呢？

他想得愉快，但若兒和楚遠蘭的哭聲卻將他拉回了現實，一時又有些沮喪——若兒可是堂堂的大夏公主，如果自己不是談容，她老子多半是不會將她嫁給我的。遠蘭嘛，心裏一直就只有老大一個人，知道我不是老大，不將我活剮了就算客氣的了……再說，大夏的百姓知道談容死了，士氣還不知亂成什麼樣呢？唉，頭疼啊，做人難，做男人更難，做個身爲大英雄的男人難上加難！

談寶兒患得患失間，無法很無奈的聲音又響起：

「我的姑奶奶們，你們別哭了好不好？佛爺我也被你們哭得鼻子酸酸的……哇！」說著竟然真的完全不顧形象，放聲大哭起來。

一時間，這石殿裏，兩個美女一個和尙，哭成一團，好不熱鬧。

談寶兒被三人哭得心亂如麻，但心中對這些日子的刀鋒歲月恐懼至極，一時拿不定主意是否該以談容的身分復活，躺在香案上舉棋不定。

三人哭了一陣，次第停止。

楚遠蘭道：「好了，大家都別哭了。我也相信容哥哥沒有死，總有一天他會醒來的。若兒，陛下又來信催你回去了，他也很久沒有看到你了，要不今天我們就帶著容哥哥啓程回京吧？」

若兒輕輕嗯了一聲，道：

「我也想父皇了，京中多名醫，肯定能將容哥哥醫好！」

無法鼓掌笑道：「太好了！又可以去京城了，怡紅樓的頭牌……」語聲至此而斷，想來後面的話多半是被兩女硬生生給瞪回肚子裏去了。

卻聽楚遠蘭又道：「我也是這麼想的。只是這次容哥哥拼死拯救了蓬萊，死後肉身不腐，請皇上封他爲戰靈神，現在都傳遍整個神州了。剛才我去和羅掌門說要帶容哥哥回去，她卻怎麼也不肯答應。」

若兒怒道：「她憑什麼不答應？她眼裏還有王法嗎？哼！走，我去找她理論！」說完氣沖沖奪門而去，楚遠蘭和無法怕她有事，忙緊步跟了上去。

聽聲音，確定三人去得遠了，談寶兒這才睜開眼睛。剛剛他心中矛盾重重。一方面他對若兒用情至深，對楚遠蘭也不能說沒有感情，很想立時追上去將兩人擁入懷裏，但另外一方面，卻覺得這些日子就因爲自己是談容，好幾次幾乎掛掉，再這樣下去，早晚有一天會將小命弄丟。在是否選擇以談容的身分重新入世的問題上，他很有些舉棋不定。

想了一陣，他終於還是想不清楚該怎麼辦，當即抖抖身上的灰塵，跨步出了石殿。

出門一看，夜空如墨，滿天星斗垂手可摘，眼前卻依舊是在瀛州山頂。石殿旁邊不遠，有一個雄偉的建築群，卻正是凌霄城。當日大戰，楚接魚和軒轅狂對決，害得整座凌霄城轟塌，但蓬萊法術厲害，要重新修葺，也不過十天半月的事。

再細細一看，談寶兒發現雕塑了自己金身的這座石殿和凌霄殿比鄰而居，上書四個大字：

戰靈之神。

戰靈之神是戰神的全稱，傳說裏是世上所有武力的來源，並且保佑著戰爭的勝利。談寶兒發現這殿的宏偉程度，竟然絲毫不亞於凌霄城，不由大是得意，心說等老子哪天將身上的銀子都輸光了，就去自己的神殿裏收香火錢，估計也是門不錯的買賣。

胡思亂想一陣，談寶兒想起若兒現在只怕正和羅素心為自己的「遺體」吵鬧得厲害，一時又是煩惱又是沮喪，他四處看看，決定要找個安靜的地方仔細想清楚自己的問題。

他想了一陣，展開凌波術，上了登雲梯，朝山下飛掠而去。

這一飛掠開來，卻將談寶兒嚇了一跳。在上蓬萊之前，他即便不用御物術的幫助，一展開凌波術，真氣運轉，每次腳步都會在離地七寸的時候反彈起來，有如凌波微步，迅捷異常。

但這次他發覺自己用凌波術一掠出去，身體竟然好似和四周的空氣融為一體，壓根就不向下掉了。足足掠出百丈之外，他腳步才有了下落的趨勢，但輕輕一吸氣，便又重新飛了上來，整個人竟然好似一直御風飛行一般。

談寶兒知道是這三月間自己都在無名玉洞裏不斷恢復，身上的真氣跟著自然運轉，功力無意間突飛猛進到了如此境界，一時驚喜不已。

順著上次軒轅狂留下的巨大腳印的軌跡，談寶兒很快摸清楚了迷魂陣的關鍵，不久便下了近萬階的登雲梯，落到了瀛州的半山腰瀛州廣場。

瀛州廣場上依舊沒有半個人影。談寶兒想起前往西邊的困天壁的地方，有一片竹林，那裏環境優雅，最是適合想心事，當即也不停留，展開身法飛了過去。

竹林中果然無人，談寶兒找到一處幽靜地方，在一塊大石上躺下，頓時一股舒服的涼意透徹全身，心境平和下來。

但他心中本是取捨難當，雖然有了好的環境，卻也依舊想不明白自己究竟是該讓談容這個名字從此載入神話，還是該讓自己繼續用這名字坑矇拐騙胡作非為。

他相信如果放棄了談容的身分，那要娶到若兒就很難，楚遠蘭更是有很大的可能會立刻離自己而去，但若是不放手，自己就將繼續這樣的冒險生涯，或者根本用不了多久就會被永仁帝像牲口一樣扔上戰場，時刻面對謝輕眉那幫人的刺殺……

沒有出臥龍鎮的時候，談寶兒的大志就是成為談容一樣頂天立地的大英雄，但當自己真的成了談容，他才發現自己並不如自己想像中的那麼英明神武英勇無比，有時候遇到凶險甚至還會當縮頭烏龜，說到底，自己只是做小二的料啊！

夜晚的和風輕輕吹拂著林中的竹葉，帶起沙沙的輕響。是什麼，讓抬頭望星的少年，憂愁滿臉？

正想得左右為難，忽聽林外有人小聲問道：

「師父，你在裏面嗎？」

談寶兒聽出是秦觀雨的聲音，心頭頓時一陣清涼。秦觀雨天生就有一種特質，只要你靠近她或者聽她說話，任何人都會覺得心裏很安靜。

秦觀雨說完話就朝竹林裏走來，談寶兒正在猶豫自己是否要現身嚇一嚇這丫頭，卻聽見林外又響起了一個平和蒼老的聲音：

「爲師剛到，在林外！」

正是寒山水月庵的住持清惠。

當日蓬萊一戰，清惠和水月庵的八百尼姑駕馭著九木神鳶去阻擋十萬昊天盟弟子，山頂打得熱鬧也沒有辦法上來幫忙，搞得談寶兒到最後昏迷也沒有看到她們現身，卻不想醒來後就立時遇到。

秦觀雨聽到聲音，快步走出林去。

談寶兒想起此時夜色已深，這師徒倆出來只怕不是爲了曬月亮，好奇心起，便也悄悄跟了上去。

秦觀雨到了林外，微微有些埋怨地對清惠道：

「師父，我們不是約好在林中見面的嗎？怎麼你又到林外了？」

清惠笑道：「是這樣不錯，不過爲師想了想，咱們又不是商量什麼見不得人的事，不必刻意避人！」

談寶兒聽得好笑，心想：你個老尼姑這是耳朵裏塞著棉花去偷鈴鐺，脫了褲子放屁，如果你不是刻意避人，怎麼不到凌霄殿裏面大聲商量，躲到這麼個偏僻的地方來做什麼？

不想秦觀雨卻點頭道：

「師父說得是。談大……聖僧是我們寒山派的至高所在，我們將他的法體帶回寒山，乃是再堂堂正正不過的事情。只是羅掌門卻說聖僧既然學過屠龍子前輩的陣法，就是蓬萊弟子，非要留他在蓬萊不可。」

發體？談寶兒愣了一下才猜到秦觀雨說的多半是自己的「屍體」，頓時一陣巨寒，心說你們這幫頭髮長見識短的傢伙真是可怕，老子死都死了，你們還將我的發體爭來奪去的，難道真的能發財不成！但他轉念一想，就算老子死了，也有這麼多美女爭來奪去的，我談寶兒還真是豔福不淺啊！一念至此，差點得意地笑出聲來。

竹林之外，清惠搖搖頭，道：

「羅掌門其實倒沒有什麼，這主要是她座下那七位弟子的意思。他們的出發點，可不像我們敬賢那麼簡單啊！」

「啊！他們有什麼特殊的目的嗎？」秦觀雨不解。

清惠嘆道：「還能有什麼？匹夫無罪，懷璧其罪！」

皮膚無罪，踝臂奇罪？皮膚沒有罪，但是腳踝和手臂上的皮膚就很大的罪了？什麼邏輯啊！談寶兒聽得先是一愣，隨即反應過來，哎呀，人身上可不就是腳和手臂每天操勞最多的嘛，當然這裏的皮膚受罪就多了！出家人說話就是有哲理……不過，這和他們爭奪老子的發財之體有什麼關係？

秦觀雨本是冰雪聰明，稍一動念，隨即恍然：

「師父是說，蓬萊的人盯上了聖僧名震天下的落日弓？」

「嗯！」清惠點了點頭，「其實又豈止是落日弓！凌霄一戰，聖僧在打敗楚接魚之後，已經是筋疲力盡，最後連敗況青玄和凌步虛，用的分別是兩種不同的法寶，都有著驚天動地的威力。再加上他身上還有本派的《御物天書》，這幾項加到一起，蓬萊不強留他的法體才是怪事！他們奏明朝廷，給聖僧又是建廟又是雕塑金身，可不就是爲了這個嗎？」

談寶兒這才恍然大悟，伸手一摸酒囊飯袋，卻發現那幾樣東西都還在，這才放心下來。

卻聽林外的秦觀雨氣道：

「師父，蓬萊這些人真是太可惡了，我們幫他們擋住昊天盟的大軍，聖僧幫他們擊敗強敵，讓他一派香火得到延續，他們竟然這樣對待聖僧，真是……」

她本來溫柔，不會罵人，一時竟不知怎麼說下去。

「阿彌陀佛！」清惠宣了個佛號，嘆道：「算了，觀雨，聖僧的法體究竟是該歸屬我寒山還是蓬萊，我們都做不了主，最有資格做主的還是雲蒹公主和楚姑娘。聖僧在世上已經沒有親人，只有她們兩人才是他的未婚妻子，如何決定還是看她們吧！我們留在這裏要做的，僅僅是爲她們主持公道。」

秦觀雨點了點頭。

清惠問道：「那位小青兄弟的事你查得怎樣了？」

小青！談寶兒從龍宮回瀛州之後便是一連串的戰鬥，此時聽清惠一提，這才想起自己竟然差點將那個倔強少年的生死給忘記了，微覺慚愧，忙凝神傾聽。

便聽秦觀雨道：「按照左連城的說法，當日將我和聖僧關到困天壁後，他和小青動手，將他打下了鐵索橋下的萬丈深淵，但這三個多月來，我除了蓬萊的禁地沒有進去過，其餘地方都找遍了，卻一直沒有看見屍骨。師父，要不我們今晚偷偷去那個傳說中的禁地看看吧？」

禁地？談寶兒記起楚接魚和羅素心約戰的時候，曾經提到的條件裏，有一條就是開放禁地。想來一定是個很拉風的地方了！

「不可！」清惠嚇了一跳，「蓬萊的禁地，乃是創派祖師無極真人所設立，據說除了歷代蓬萊掌門外，誰也不能進去的！」

「爲什麼啊？難道裏面有很多寶物嗎？」秦觀雨問道。

清惠搖頭道：「這我也不知道！不過觀雨啊，這是人家門派的私事，我們還是少知道的好。小青只怕也沒有本事進入禁地……唉，萬法皆空，聚散隨緣，觀雨你也不要難過！」

秦觀雨點點頭，正要說什麼，卻忽見山上飛下來一個小尼姑，落到清惠身旁道：

「掌門師伯，羅掌門說，要將聖僧的法體火化，公主和楚姑娘正和他們鬧得不可開交，你們上去看看吧。」

「火化？」清惠眉頭大皺，「《御物天書》要是一併被火化，那問題就大了！觀雨，我們快趕回去！」

「是！」秦觀雨答應。三人展開御物術，朝山頂飛去，眨眼消失在蒼茫夜色中。

談寶兒從林中走出，罵道：「老子死都死了，你們還要給我燒一把火，簡直是禽獸不如！不行，得趕快離開這鳥地方！」但他轉念一想，如果自己就這麼走了，若兒和楚遠蘭又要四處找自己了，只怕又不知何時才能見面了。

他想了一陣，忽然心中一動，這些混蛋不是要燒死老子嗎，哈哈，不如老子直接上山去，等他們要燒老子的時候，老子突然跳起來，然後將他們全嚇個半死。對，就這麼辦！想到這裏，他童心頓起，朝山上飛去。

因爲進入凌霄城的大門有許多蓬萊弟子把守，談寶兒怕被發現，上山之後，便直撲那間戰靈神殿。殿裏殿外並沒有人把守，他重新回到神案上，用吸風鼎將身上弄出些灰塵。

剛一躺下，便聽外面喧鬧之聲不絕於耳，一大幫人吵吵嚷嚷地就朝這邊走了過來。一大群人從外面一湧而進。

談寶兒將眼簾開出一條微不可察的細縫，一眼看去，不由嚇了一大跳。剛才還空空蕩蕩的大殿，瞬間竟被塞得滿滿當當，密不透風。

大殿裏此時少說也有千人，蓬萊弟子占了六成，其餘的都是寒山派的尼姑。雙方似乎都想朝談寶兒撲過來，但若兒和楚遠蘭站在雙方人馬之間，卻讓這些人不敢輕舉妄動。

羅素心和軒轅狂站在蓬萊諸弟子中，面上都隱有苦笑，以左連城爲首的蓬萊七星站在兩人身後，都是一副飛揚跋扈的造型。

清惠和秦觀雨自然是站在寒山弟子之首，身後是寒山派的六位長老，一個個都面沉似水，冷酷至極，但談寶兒卻看出這些人身上的念力都已蠢蠢欲動，好似隨時都會出手，不由暗自頭皮發麻。

若兒看雙方都盯著談寶兒的「屍體」，一副虎視眈眈的樣子，不由緊張地走到談寶兒身前，指著雙方的人怒聲道：

「你們還有沒有當我是公主，我的話你們都不聽了是吧？談將軍還沒有死，你們不准亂動他！」

她本來溫柔可愛，此時一旦發怒，身上自然而然地就展現出一種皇家貴氣，一干人果然不敢再有任何行動。

羅素心嘆了口氣，道：「公主殿下對戰靈神的愛護之情，我等深知。但戰靈神羽化已有三月，怕是不會再戀人間，再次臨世了。既然如今我們兩派都對他金身的歸屬有爭議，那不如還是一把火化掉，免得傷了兩派的和氣吧。」

「師父請三思，戰靈神的金身乃是我蓬萊的驕傲，萬不可意氣用事！」左連城忙出列稟道，他不待羅素心答覆，隨即對清惠一拱手道：

「清惠掌門，貴派這次不遠萬里來馳援，我蓬萊上下深感盛情，此恩永世不忘！但戰靈神金身事關我蓬萊榮譽，還請貴派不要和我們做無謂爭奪才好！」

秦觀雨立時反駁道：「戰靈神乃是我寒山至高無上的聖僧，這一點公主和楚姑娘都可作證，倒是你們說他是屠龍前輩的傳人，卻只是貴派一面之詞，誰能為證？」

左連城大聲道：「秦姑娘，你可不要睜眼說瞎話！凌霄大戰之前，你和戰靈神上山，他對我蓬萊陣法之瞭解以及凌霄大陣時他所使用的蓬萊裂土之陣，你也都是親眼看到了的。此外，困天壁的萬星照月大陣，出陣之法早已失傳，陣法一旦發動，除了屠龍師伯的弟子，即便是家師也沒有可能破陣而出。這兩點，難道還不能證明他是屠龍師伯的弟子嗎？」

秦觀雨淡淡道：「那也只能說明他會屠龍前輩的陣法，並不能說他就是屠龍前輩的弟子。」

左連城怒道：「蓬萊陣法絕不外傳，既然會陣法，那就一定是我蓬萊弟子！」

「夠了！」秦觀雨還待說什麼，卻被清惠喝住。

清惠望向羅素心道：「羅掌門，貧尼以爲雖然戰靈神生前和我們兩派淵源深厚，但我們兩派其實都沒有對戰靈神金身做主的權利。往大了說，戰靈神澤被蒼生，不僅僅屬於你我兩派，更是屬於神州千千萬萬的百姓。向小處說，公主和楚姑娘在他生前都有婚約，要做主，怎麼也輪不到我們，我看還是聽她們的好了！」

這話一出，蓬萊眾人立時不幹了，正要吵嚷，軒轅狂眉頭一皺，橫掃諸人一眼道：

「戰靈神是我結義二弟，關係不比你們這幫崽子親？都給老子閉嘴了，一切聽公主的吧！」

他整個人此時就好似一柄出鞘的利劍，蓬萊眾人頓時記起這人獨鬥楚接魚時的威勢，又懾於他是掌門的丈夫，都再不敢廢話。

若兒感激地看了清惠和軒轅狂一眼，大聲道：

「我可以保證，談將軍沒有死，我要帶他回京城，讓父皇聘請天下最好的醫生，一定會讓他醒來的！」

眾人都知道談寶兒已經死了三個月，自然是不可能再醒的了，聞言大多微微搖頭。

唯有左連城暗自冷笑：「心跳停了三月還不死，他又不是真的神仙，還不是你們朝廷想得到那三件寶物才這樣說的？寶物既然到了瀛州，可不是那麼容易讓你帶走的！」

一念至此，他裝模作樣地嘆了口氣，對若兒道：

「既然公主殿下執意要帶走戰靈神金身，那我蓬萊也不好再說什麼。不過還請公主殿下節哀順變，戰靈神羽化已有三月，金身此前雖然沒有變化，但此去京城萬里迢迢，難保沒有變化，依在下之見，還是先火化了再帶走不遲！」

「不行！」左連城話聲才落，若兒和秦觀雨齊聲反對。若兒是相信談寶兒依舊沒有死，而秦觀雨則是因爲《御物天書》還在談寶兒身上，因爲沒有任何典籍裏記載這本書是不是會水火不侵。

左連城心中暗笑：「裝在談容袋子裏的那幾件寶物，只怕真的是見火就化的，你們才這樣緊張吧！」表面卻誠摯道：

「公主殿下，戰靈神怎麼說也是我蓬萊之光，這一路行去，若是金身有任何變化，那可讓我蓬萊臉面盡失。若你不肯答應先將金身火化，左某今日說什麼也不能讓您將他帶走！」

「對！若不火化，不能帶走！」一干蓬萊弟子頓時跟著叫了起來。他們雖然沒有左連城那麼深的心機，但卻是將談寶兒當作了拯救蓬萊的大恩人，只希望永久供奉在戰靈神殿中，心裏非常不情願別人將他的金身帶走。

一直沒有作聲的楚遠蘭微微皺眉，對羅素心道：

「羅掌門，談容是我未婚夫，他死後你們卻如此對待我，就是不仁；他是朝廷的大將軍，你們不讓我們將他帶走，那就是不忠；他救過你蓬萊全派，而他生在京城，你們卻不讓他葉落歸根，乃是大大的不義！蓬萊門下，莫非盡是不忠不仁不義之輩麼？」

她說時明眸流轉，從羅素心始，在蓬萊眾人臉上一一掃過，諸人只覺這平時看來安靜纖弱的小女子顧盼之間竟然有種凜然之氣，一時盡皆慚愧，再不敢爭，紛紛垂下了頭。寒山眾人都是面露慈悲之色，各自不由合十念了聲佛號。

眼看一場風波將平息，左連城卻忽然出列，向著談寶兒走了過去。

若兒和楚遠蘭只道他要強行動手搶奪，都是大吃一驚。若兒大喝道：

「左連城，你要做什麼？還敢以下犯上不成？你若再上前一步，小心本公主將你閹了，丟到宮裏當太監！」

眾人萬萬料不到一個高貴出塵的公主會說出這樣的一句狠話，都是相顧失色。一直裝死看戲的談寶兒更是差點沒有笑出聲來，忍得好不辛苦。

左連城繼續走了兩步，忽然一下子跪倒在地，衝著談寶兒的「發體」咚咚咚磕起頭來。談寶兒迷惑不解，心說：過年還早，你這乖孫子怎麼給你爺爺磕起頭來？

不想左連城再抬起頭來已是淚流滿面，衝著若兒和楚遠蘭道：

「草民不敢冒犯公主，也不願得罪楚姑娘！但戰靈神金身事關蓬萊榮辱，即便來日公主將草民千刀萬剮，今日若公主不將其火化，草民也絕不允許你們將金身帶走！」說時站起身來，雙手一張，做攔路狀。

眾人見此皆愕然，隨即或讚嘆，或暗罵，卻全都不知該如何做。

一直沉靜的楚遠蘭臉色也變了，若兒更是氣青了臉，要是燎原槍在手，只怕早已在左連城身上刺了好幾百個窟窿。羅素心、軒轅狂和清惠三人雖然智慧超卓，一時竟然也不知該如何化解這場風波。秦觀雨不知為何，竟然情不自禁地幾步走到談寶兒身前，和兩女一起將他護住。

正劍拔弩張的時候，忽聽殿外有人哈哈大笑道：

「阿彌陀佛，你們這幫肉眼凡胎的傢伙，如何認得神人手段？三位嫂子，你們儘管讓這傢伙放火燒就是！」

談寶兒用腳趾頭想也知道，說這樣混賬話的，肯定是無法。果然，堵在門口的寒山和蓬萊兩派的人散開之後，無法提著一條熱氣騰騰的豬蹄，大搖大擺的走了進來。

眼見無法啃著豬蹄，大咧咧地走了過來，若兒啐罵道：

「死禿驢，你知道你在胡說什麼不？」

無法正色道：「我可沒有胡說，老大是天神下凡，所以這金身呢，嘖嘖，那是水火不侵，刀劍難傷的。若嫂子你儘管放心，讓他們儘管放火燒，燒過了你就能帶他走了，要是少了一根毫毛，我賠你一條命！」

眾人看他一本正經，似乎不像作僞，都有些不自在。本來談寶兒死後三月肉身不腐，這事就夠詭異的了，此刻聽無法一說，紛紛覺得玄之又玄。

左連城心中冷笑：「你們幾人串謀好了，以爲這麼說我就會放手了嗎？」當即朝若兒道：「公主殿下，既然無法大師也這樣說，不如就讓在下試試，也好讓我蓬萊眾人放心。」

若兒將信將疑，一時拿不定主意，望向楚遠蘭，楚遠蘭想起無法博學多聞又是心上人的好兄弟，想來不會無的放矢，當即輕輕點了點頭。

若兒一咬牙，對左連城道：「那好，你動手吧，不過本宮警告你，若是火燒之後，蓬萊派再有人阻攔，休怪來日本宮讓父皇發兵將你蓬萊連根拔了！」說完拉著楚遠蘭的手閃到一邊。

秦觀雨眼見如此，自己也不好再攔著，於是也悄然走到一邊。

左連城先是一驚，隨即暗自冷笑：「你們裝神弄鬼，以為就能唬住我？大不了一拍兩散，我用火將談容的屍體和寶物一起燒掉，大家都得不到！」當即恭敬道：「公主放心，只要戰靈神金身無恙，草民就徹底放心了！師父，請允許弟子用三昧真火！」

三昧真火！眾人弟子聞言都是不由眉毛一跳。蓬萊火系陣法練到極處，就是三昧真火之陣。這火可說是無堅不摧，無所不融。若是用出來，即便談寶兒的身體真的是金子鑄的，也會被化成水。

羅素心定睛看了左連城良久，最後搖頭道：

「連城，你翅膀硬了，有的是自己的主張，何必再問我這個師父？」

左連城嚇得面如土色，忙下跪道：

「弟子不敢！師父，弟子之所以這麼做，全是爲了蓬萊上下，請師父明鑒！」

「請師父（祖）明鑒！」蓬萊其餘七星和一干弟子也忙下跪。

羅素心微微苦笑，抬頭望去，發現無法依舊一副無所謂的態度，嘆了口氣，道：

「罷了！既然公主和清惠師太都不反對，你愛怎樣就怎樣吧！」

「是！」左連城得到允許，心中一喜，但見無法和若兒等人並無反應，心想你們還真是能裝，那咱們就一拍兩散算了！

眾人散開成扇形，將談寶兒和左連城圍到中間。左連城走到談寶兒身前，恭敬作了幾個揖，祝道：

「戰靈神生前爲國爲民，又拯救我蓬萊於存亡之際，實是於我蓬萊和神州子民功德無量！小人左連城，爲了證明大神金身不朽，若有冒犯之處，請大神見諒！」說罷念動咒語，開始凝聚全身真氣，打算施展三昧真火之陣。

若兒雖然不知道三昧真火的厲害，但看蓬萊眾人的臉色和左連城的態度，知道左連城聚集的火必定非凡，不由有些擔心，低聲問一旁的無法道：

「死禿驢，你確定我老公不會有事？你要是騙了我，你知道你怎麼死的哦？」

無法胸有成竹地一笑，並不接話。卻見左連城手掌翻飛，火紅色的真氣從掌心諸穴飛出，落到那木案上，在談寶兒的「發體」周圍，形成一朵朵小小的血紅色火焰，隨風搖曳。

眾人全都凝神靜氣，目不轉睛地看著變化。若兒雖然對無法很相信，但卻依舊擔心不已，不由自主地去掐他肩膀，直痛得後者齜牙咧嘴，卻不敢叫。

「三昧之火，焚天燃地！」左連城大喝一聲咒語，雙掌齊揚，真氣流轉，那朵朵紅色火焰頓時如被澆上了一桶火油，騰地一下升了起來，瞬間將談寶兒的身體吞噬。

「啊！」若兒、楚遠蘭和秦觀雨三女同時發出了一聲驚叫，紛紛以手掩面，不敢正視。然後她們就聽見蓬萊眾人的驚呼聲和無法近乎放蕩的大笑聲：

「哈哈！佛爺我早就說過，不管你們什麼火都是燒不動他的！」

三女又驚又喜，睜眼看去，只見談寶兒的身體已經被那一團血色透明的烈火包圍，但奇特的是，那火焰竟彷似只是一層水，在談寶兒的身上流動，卻並不滲透進去，他全身髮膚竟然毫髮無傷！

情形是如此的詭異，所有的人都睜大了眼，露出不可思議的神情！談容死後屍身三月不腐已經夠神奇了，眼前這蓬萊最高境界的三昧真火竟然也絲毫傷不了他，這……這要如何解釋？

「不可能，不可能……這是不可能！」左連城臉如土色，連連驚呼，一屁股坐到地上。

隨即他「啊」地一聲大叫，轉身疾跑，撞飛幾個蓬萊弟子，闖出殿去。

其餘諸人依舊留在戰靈神殿中，觀看著三昧真火中安詳微笑的談寶兒的屍體。

看了一陣，羅素心嘆道：

「談兄弟果然是天神轉世，死後連三昧真火都動不了他金身分毫！那這件事就這樣吧，金身由公主和楚姑娘帶回京城，所有蓬萊弟子不許再有異議！聽到沒有？」

蓬萊弟子雖然不捨，但眼見如此神奇景象，而立場最堅定的左連城也已不在，眾人自不敢再反對，紛紛應是。

羅素心望著若兒道：

「公主殿下，這三昧真火乃是以人本身心火引動天地之火，如不能燃盡對象，又沒有施法者解陣的話，最少需要四個時辰才能熄滅。不如殿下和楚姑娘先回去休息吧，明晨一早你們再帶著金身上路吧。」

若兒和楚遠蘭對望一眼，最後都輕輕點了點頭。當下羅素心留下兩名弟子守護著談寶兒的金身，其餘弟子紛紛離去，而寒山派眾人也沒有理由再留，當即各自回去休息，一場風波終於歸於無形。

出了殿，若兒、楚遠蘭和無法三人回到住處。

剛一進門，若兒當即一把將無法抓了過來：

「說！你怎麼知道你老大的身體是不怕火燒的？」

無法怯怯道：「我說了，若兒嫂子你可不能打我！」

若兒奇道：「我爲什麼要打你？」

「這個……嘿，是這樣的。其實我也不知道老大的金身竟然真的水火不侵……只是這些日子我一直有個感覺，像老大這樣英明神武的人是不可能死的，只不過上次凌霄一戰打得太累了，這些天只是在睡覺恢復體力。而也不知道怎麼的，我強烈地感到老大今天已經醒了，只是在逗你們而已，他知道三昧真火的厲害，一聽到左連城用火燒他，肯定會跳起來的……哎喲，嫂子你說了不打我的……」卻是他話剛說了一半，若兒已經忍不住在這死禿驢的頭上打了起來。

但是打著打著，若兒卻沒了力氣，只是放聲哭了起來：

「看起來老公是真的死了……他，他再也不會醒了……一個正常的活人怎麼會不怕火燒呢……嗚嗚……」

哭到後來，她已是泣不成聲，楚遠蘭和無法聽到耳裏，也是傷心難以自已，各自想著談容（談寶兒）生前種種好處，也是黯然垂淚。

曾經有人說過，有人痛哭的時候，在世上另外一個角落，必定有等量的歡笑，好讓世上的快樂和悲痛總是彼此抵消。所以當若兒三個人在這裏哭得昏天黑地日月無光的時候，神殿裏的談寶兒只想放聲大笑。

神州九鼎談寶兒身上共有兩只。吸風鼎可以吸收風和一切流動的氣，而洪爐鼎除了可以用來煉藥之外，則是可以吸收控制一切火的能量。所以當左連城的三昧真火燃到他身上的時候，談寶兒並沒有跳起來，而是默念咒語，很小心地將洪爐鼎變成米粒一般大小，然後讓它出現在自己手指縫裏，並處於煉丹狀態。

是以三昧真火看起來似乎是在談寶兒身上燃燒，但其熱力其實是被洪爐鼎吸收，當作煉丹之力，所以現在在他身體上燃燒的三昧真火其實是徒有火的樣子，並沒有什麼熱氣。可惜的是因爲時間倉促，談寶兒並沒有在洪爐鼎中加藥材，不然說不定能煉成一爐好丹也未可知。

談寶兒對上次左連城將他關在困天壁裏的事，本來就耿耿於懷，這次這傢伙更是從中作梗，不讓自己的「金身」跟若兒回京城，讓他更加的悶，剛才用洪爐鼎將這廝嚇得面無人色，心裏那個爽就別提了。

不過高興歸高興，談寶兒很快發現曲終人散，這場鬧劇也該收場了。而就在剛才若兒拼死都要帶自己回皇宮的那一刹那，談寶兒就知道自己今生今世再也離不開她，自己唯一的選擇，那就是繼續扮演談容，承擔老大未完成的責任。

但就在談寶兒想起身坐起，和負責看護他的兩名蓬萊弟子打個招呼，來個熱情擁抱什麼的時候，神殿之外卻又闖進一個人來。

這人披頭散髮，雙目神光散亂，一身的泥汙，怎麼看怎麼像個叫化子。蓬萊的兩名弟子見這人先是一愣，隨即失聲叫了起來道：

「大師兄！」

竟是左連城去而復返！

左連城揮揮手：「你們兩個先回去休息吧，這裏交給我就好！」

兩名弟子臉上露出為難神色，其中一人摸摸頭道：

「可是大師兄，師父讓我們……」

左連城冷冷道：「我叫你們下去，你們就下去！你們是不是連大師兄的話也不聽了？我只是來看看戰神，師父那裏有我交代！」

「是！」兩名弟子再不敢爭辯，逃命一樣溜去了。

兩名弟子離開之後，左連城慢慢走到談寶兒身前，伸出手，向談寶兒身上摸去。

談寶兒大吃一驚，正不知是否該發出一氣化千雷將這危險的傢伙幹掉，左連城卻吃痛的一聲驚呼，同時觸摸到那熊熊燃燒的三昧真火的手指卻冒出了一點白煙，然後猛地縮了回去。

三昧真火對手握洪爐鼎的談寶兒無效，但對左連城卻是貨真價實的無堅不摧。

「是真的！怎麼會這樣……」左連城一屁股坐到地上，本來散亂的目光更加的無神，嘴裏喃喃自語，也不知說些什麼。

談寶兒見此心念一轉，當即哈哈大笑三聲，睜開眼睛，慢慢從神案上坐了起來。

左連城本已心神激蕩，見他忽然活動，直接嚇了一大跳，指著談寶兒，顫聲道：

「你……你……你你是誰？」

談寶兒站起身來，冷冷看了看左連城，忽然大喝道：

「吾乃羿神座下戰靈神君，大膽狂徒，竟敢不識，該當何罪？」說時一揮手，烘爐鼎發威，蔓延全身的三昧真火頓時全數被收入鼎中。

這三昧真火之陣若是無布陣人親自撤陣，需要四個時辰才會自動消散。左連城見此更是震驚，一時卻說不出一句完整的話來：

「你……這……戰靈神君……」

談寶兒更加惱怒：

「大膽！敢直呼本神君的名諱？找死嗎？」

「不不是……」左連城嚇得面無顏色，慌忙跪倒在地，「小人該死，請神君恕罪！」一時磕頭如搗蒜。

談寶兒臉色稍微緩和，但依舊一副冷冷形象問道：

「這就饒過你一回！這裏是哪裡？你又是誰？」

左連城咦了一聲，心中對眼前談容戰靈神再無懷疑，忙道：

「回稟戰神，這裏是神州蓬萊山，你現在所在的地方，是我們蓬萊派特意爲您修葺的神殿，您看背後，還有您的不敗金身呢！」

談寶兒裝模作樣的側過頭去，瞟了幾眼，道：

「好像還不錯！不過怎麼不像我？」

左連城愣了一下，恍然道：

「戰神大人，這是你在凡間的轉世肉身，我們是根據這個形象給你塑像的！」

「哦！」談寶兒點了點頭，從神案上跳了下來，裝模作樣假裝新奇的踩著步子四處轉了轉，最後笑道：

「這神殿，本神很滿意，回頭我會對羿神大人說你們的好話的！小夥子，你叫什麼名字？」

左連城愣了一下，本想問你不是知道我的嗎，隨即卻「明白」過來，原來談容死後，戰神的本靈恢復，自然將以前的所有關於談容的記憶都已忘記。

想到這裏，他心裏一跳，諂笑著道：

「小人左連城，乃是蓬萊當今掌門的大弟子，是戰神您轉世時的生死至交！」

「至交？」談寶兒假裝詫異地問了一句，心中卻暗罵道：「生死至交？要是和你這王八蛋相交，老子是果然要從生至死了！」臉上卻露出一副歡喜神色，抓住左連城的肩膀問道：

「真的嗎？你真的是我轉世時的好友？哎呀，你知道我這個人最喜歡交朋友的了，可萬萬不能虧待朋友的！」

左連城被他捏得肩骨生疼，暗道戰神就是戰神，力氣這麼大啊，臉上笑容卻不敢減一分，兇猛點頭道：

「對對對，小人正是您轉世時的最好的好友！」

談寶兒大喜：「那可太好了！你也知道我現在重新降世，對轉世時的記憶不大清楚……嗯，既然你是我如假包換真金白銀童叟無欺的好朋友，我怎麼也得送你個見面禮才行啊！但送什麼好呢……」說著，裝模作樣地沉思起來。

第五章　血海飄香

左連城欣喜若狂。要知道戰神可是羿神手下的大神之一，他所賜予的見面禮，絕對是利於戰鬥的神兵利器。他生怕談寶兒反悔，嘴裏謙虛客氣的話再也不敢說，只是眼巴巴地望著談寶兒，大氣都不敢出。

談寶兒皺眉道：「方天畫戟？不行，這東西一不小心就會將天劃破。丈八蛇矛？也不行啊，這矛一變成巨蟒，那可是吞雲逐日，不引起恐慌才怪……，啊，有了！你等我一下！不准偷看，否則東西我就不給了！」說完轉身朝神像後面走去。

左連城自不敢偷窺，唯有待在原地耐心等待。不時一陣咚咚的水流聲響起，一時詫異不已，心道什麼神器竟然可以發出清泉之聲？再過片刻，水聲漸小，直至消失，就見談寶兒提著一個酒瓶一臉嚴肅地走了出來。

左連城看那酒瓶稀鬆平常，似乎在神州任何一個酒館都能買到，臉上雖然依舊一副謙恭，眼裏卻不由流露出一絲失望神色。

談寶兒看在眼裏，把酒瓶搖晃幾下，就要遞過去，但剛遞一半又收了回來，如此幾次，吊足左連城胃口，最後才嘆了口氣，緩緩將酒瓶遞了過去道：

「這瓶瓊漿玉露，在神界都是極品好酒啊！這酒是採集神界三千年一開花三千年一結果的獼猴仙桃的果子，加上萬年龍女花的花蕊，浸泡以首陽神山的無根幽泉，由羿神大人花費九九八十一天親自釀造而成，凡人喝一口，脫胎換骨，喝兩口，直接增加百年功力，喝三口嘛……那可直接成神了！本來呢，這酒是不該給凡人喝的，但你是我轉世時候的好兄弟，那自然是不一樣的了。現在這酒瓶裏被我兌了三口的瓊漿玉露！你看你要不要……」

「要！當然要！」左連城大喜下生怕談寶兒反悔，再也顧不得姿態，伸手就將酒瓶一把搶了過來。但將酒瓶接過，他卻立時愣住：「這個……神酒怎麼還在冒熱氣？」

談寶兒嘆道：「神酒不能容於凡器啊，所以被我硬裝進這凡間的酒瓶後，這酒就開始揮發，你快點喝吧，晚一刻，神效就會減一分，你將來的功力就會少一分！你要是去了神界，那也是跟我混的，被人見人欺，本神尊也會很沒有面子的！」

「啊！小人知道了！」左連城忙仰起脖子，就將那熱氣騰騰的瓊漿玉露朝嘴裏猛灌，頓時覺出一股又辣又騷的液體自喉間灌入胸腔。那騷臭味是如此濃烈，嗆得他不由自主一口吐了出來，咳嗽連聲。

「小子！仙酒雖然珍貴，但也不要喝那麼急嘛！你吐這下子可是損失了許多啊！」談寶兒搖頭嘆氣。

左連城道：「不是啊大神，這酒……這酒怎麼有一股奇怪的騷味？」

談寶兒將臉一黑，冷冷道：「什麼騷味？這是仙猴的仙氣！神界的獼猴仙桃，自然是有許多仙猴去摘的，天長日久，沒有被摘掉的桃子上也沾染了仙猴的仙氣！你知道齊天大聖孫悟空不？」

「知道，知道！那是傳說裏和羿神實力相差無幾的大神啊！他怎麼了？」

「這位大神當年就是因爲吃了太多這種沾染了仙猴仙氣的仙桃，才擁有了無邊的法力！你個混蛋別廢話了，再不喝，這瓊漿玉露都快揮發光了！」

「啊！大神息怒，小人知道了！」左連城嚇得趕忙舉起酒瓶，將那整整一瓶的瓊漿玉露喝了個乾乾淨淨。

談寶兒滿意地點了點頭，問道：

「這神界第一仙酒的味道怎麼樣？是不是除了仙氣的味道外，還有些微甜啊？」

左連城滿嘴的鹹騷味，卻忙道：「嗯，對對對，這酒味道真是好極了！謝謝大神恩賜！」

談寶兒又點點頭：「那你現在試著用真氣將腹中的酒引至全身，嗯，是不是覺得全身都有股暖流？感覺神清氣爽？」

左連城忙調動丹田真氣，試著將「酒意」在體內運轉周天，末了果然覺得全身一陣暖洋洋的，不由喜道：「對對對，真的很暖和！大神，爲什麼會這樣？」

談寶兒心裏狂笑：「老王八你真不識貨，這是你爺爺我新鮮出爐的香噴噴的童子尿，能沒有騷味嗎？哈哈！這尿還帶著爺爺我的體溫，可不就是熱氣騰騰，你不暖和才怪了！」

左連城將「酒意」在體內轉了幾轉，發現除了比較暖和之外，卻並沒有什麼特別的效果，心中疑惑，卻不敢得罪談寶兒，唯有怯怯問道：

「那個……戰神大人，小人喝了這酒什麼時候才能成神啊？」

談寶兒板著臉道：「這酒你剛喝下去就想成神，哪裡有這麼快的好事？」

「是是是，小人知錯了！」左連城被訓斥得一愣一愣的，唯有唯唯諾諾，生怕惹得這位大神不高興，自己在神界的未來就前途無亮，一片漆黑了。

他不敢在這個問題上糾纏下去，當即轉移話題道：

「戰神大人，你看小人沾了你的光，這也要成神了，你看能不能將神界的風土人情什麼的，給我先說說？」

這個問題卻將談寶兒問住了。老子又沒有去神界旅行過，我還想問你呢！事實上，前兩次遇到小三和青龍，這倆傢伙都在人間，因爲時間倉促，兩人也都沒有對羿神和其餘大神存在的神界進行過任何的說明，是以他對神界的瞭解也是僅僅停留在傳說中。

談寶兒當即冷著臉道：「神界嘛，自然是在九天之上。詳細的情形，因爲你還不是神，所以我不能透露給你。不過你放心好了，上去後，本神會罩著你的了！」

「是是，多謝大神！」左連城見談寶兒臉色不善，再不敢多問。反正自己現在喝了仙酒，很快就要成神，回頭到了神界，自然什麼都看到了。

談寶兒怕他繼續問下去，心念一轉，嘿嘿笑道：

「小左啊，孔神那賤人說得好啊，來而不往非禮也，本神賜了你仙酒，你看你是不是也該回送我一點什麼東西做見面禮啊？」

「這個……」左連城一愣，隨即陪笑道，「孝敬大神本來是小人份內之事，只是小人的東西都是凡間俗物，只怕大神看不上眼！」

談寶兒心想：你個老王八蛋，本大神賜了你神尿一泡，你卻想一毛不拔啊，表面卻不見喜怒道：「你再仔細想想，不定有什麼東西我看得上的呢！」

左連城腦中靈光一閃，忽道：

「哎呀！我們想起來了，大神！我們蓬萊有個仙家禁地，是本派的無極祖師留下的，據說裏面有好多古仙人留下的法寶，大人要不要去那裏看看？」

談寶兒點點頭：「無極小兒啊，在神界見過幾次！每次老和禪林來的那個般若搶著給我擦鞋子，是個乖孩子。嗯，這小子別的不行，搜羅寶貝還是有幾手的。好，別囉嗦了，咱們就去那裏！」

左連城聽得一愣一愣的，心說乖乖，連無極祖師和禪林的創始人般若也要搶著給戰神擦靴子，看起來戰神在神界的地位真的是相當相當的高啊，我可要攀上這根高枝才行，當即再不敢怠慢，領著談寶兒就朝外走去。

出了戰神殿，屋外自然是淩霄城。左連城領著談寶兒下了登雲天梯，朝著山下走去。

左連城用的是掘木陣配合登雲靴，行動間好似駕馭著一朵流動的碧雲，速度快捷異常。本來他的身法是除了羅素心後蓬萊最快的，但他將速度展到極限，談寶兒展開凌波術後，卻只如閒庭信步一般跟在他身後，從頭到尾腳不落地，一時吃驚得嘴巴都大了，心想：大神就是了不起啊，更加堅定了以後要和戰神混的信念！

兩人下了登雲梯，到了瀛州廣場。左連城帶頭向廣場的北方，也就是之前軒轅狂出現的方向，迅捷地飛了過去。

此時本是明月高懸，清風縈繞，但轉過廣場，入目盡是崔巍險峰，再走一陣月光如碎米，山路漸漸逼仄，竟是到了草莽深處。好在兩人都是法力高強，左連城黑暗中視物也可達十丈方圓，談寶兒此次三月大睡，功力更是突飛猛進，比他還強許多，倒不懼看不見東西。

黑暗中也不知走了多久，前方的山路忽然到了盡頭，卻見兩片懸崖對夾，中間有一縫可見星光，下面有一羊腸小徑，堪堪可以容人。

左連城在崖下停住，回頭道：

「戰神大人，過了這條甬道，就是蓬萊的禁地了……」

談寶兒看他欲言又止，不由道：

「媽的，爽快點，有話就說，有屁就放！」

左連城一頓暴汗，心說戰神果然和談容那廝一樣的粗俗啊，不愧是轉世與被轉世的關係，卻不敢怠慢，忙道：

「戰神息怒！小人是想說，這禁地自古只有蓬萊掌門才能進入，我因爲早被家師定爲下屆掌門，所以才能夠憑藉掌門玉符進入過幾次。但裏面卻埋伏有古往今來最厲害的陣法，進入之後大人且莫亂闖……因爲一旦有了災禍，戰神大人你法力通天，自然可以平安無事，但小人可還沒有成神，怕是無力自保，雖然是螻蟻之命，但以後也少了個搶著給您擦鞋的不是？」

談寶兒哈哈大笑：「有我罩著你，再厲害的陣法，你最多也就是個四肢離體什麼的，想死哪有那麼容易？放心吧，一會兒我會幫你的！」心中卻道：「我可沒有騙你，出於人道主義立場，我肯定會爲你收屍的！」

這個保證雖然聽起來暗藏凶險，但左連城也已經很滿足，忙點頭哈腰道：「多謝大人！大人請跟我來，記得別亂走，不然很可能會觸動陣法！」說完領頭朝那隙縫間走了進去。

談寶兒緊步跟隨。

那兩山隙縫奇長，一眼望去，卻不見頭，談寶兒才一走進，便覺得似有膨大的壓力從兩面峭壁間湧來，不由大吃一驚。而越向裏面走，那壓力更大，但眼見前方的左連城一副無事人的樣子，便只有硬扛著，走了一陣，倒也不覺得有多辛苦。

不經意間，談寶兒發現這些峭壁上居然刻有各種各樣古怪的圖文，月光下，好似有靈性一般，在悄然移動，但等他定睛再一看，卻又好似什麼都沒有，當即問左連城道：

「小子，這壁上畫的都是些什麼玩意？」

左連城搖頭道：「小人也不認識。據師父說，是上古時代留下的符咒什麼的，具體的她也說不上來，戰神大人您也不認識嗎？」

談寶兒不屑道：「老子最喜歡的就是一刀一槍的，最煩的就是這些鬼畫符的符咒啊陣法什麼的玩意！以後不准問老子這方面的問題！」口裏雖然這麼說，眼光卻很無恥的四處亂瞟，暗暗將那些符咒記在心中，以備不時之需。但看了幾次，他覺得這些圖文自己竟好似在哪裡見過，但要真的細想，卻再也想不起來地點。

過了一陣，那甬道漸寬，再走一陣，眼前月光一亮，路途豁然開朗，竟然聽到水聲，又走幾步，那水聲漸大，如千軍萬馬縱橫馳騁，漸有腥氣入鼻。

談寶兒正自奇怪，前方月光更亮，而一直走著的左連城忽然站住身形，回頭道：

「戰神大人，這裏就已到了禁區邊緣了！」

談寶兒跟了上去，定睛一看，只見眼前竟是一片蒼茫大海，月色下風浪滔滔，一海明月湧動，說不出的壯觀——兩人竟然是走到了懸崖邊上。

「哇塞！你個小王八蛋，將老子帶到海邊來什麼意思？」談寶兒有點想揍人。

左連城卻不答，只是雙手一合，再分開時，右手手心已有了一塊透明的龍形玉珮。也不知左連城對那玉珮念了幾句什麼咒語，那玉珮陡然放出奪目的彩光。左連城將那玉珮朝空中一扔，那玉珮飛出後，好似鑲嵌到一塊什麼東西裏面。

便聽「轟隆隆」一聲巨響，那虛空中忽然洞開兩道巨大的石門。石門之內，淡白色的光華流動，也不知究竟有何物在內。

左連城笑道：「戰神大人，這裏就是蓬萊的禁地了。因爲有陣法掩蓋的緣故，能看到的只有入口的門而已。請跟我來！」說完腳下碧雲冉冉，如星丸一般朝著那石門之內投去。

「原來又是陣法！」談寶兒暗罵一句，跟著飛了進去。

在來的路上，談寶兒曾經設想過不下百次這禁地會是什麼樣子，有了各種各樣的心理準備，但等他真的進入到禁地之中的時候，卻依舊吃了一驚——石門的外面是大海，而石門的裏面，依舊是一片無邊無際的大海，只是海水紅得像血，並且上面燃燒著幾近百丈高的血紅色火焰！

那火焰是如此之高，如此之烈，映照得頭頂的天空都是一片血色，而隨著燃燒的火焰，可怕的腥熱之氣從四面八方湧來，幾乎要讓人窒息。

這哪裡是什麼仙家之地，分明是個修羅魔海！談寶兒雖然在南疆指揮軍隊和南疆王的部隊有過接觸，卻也沒有見過如此多的血，胃裏一頓抽搐，幾乎沒有當場嘔吐起來。

左連城卻是一臉興奮，眉飛色舞道：

「戰神大人，這裏就是我們蓬萊的禁地了！據師父說，我們這片禁地，叫做血火之海，海裏全是真的血水，據說這些血水都是當初神魔大戰後期留下的，不知怎麼被無極祖師找到，被他用已失傳的道藏乾坤陣法將其封印在此，作爲歷代蓬萊掌門修煉三昧真火之陣的陣引所用！」

談寶兒知道天下所有的陣法都有陣引，而這些陣引通常都是人的真氣，但對於一些威力巨大的特殊陣法，卻要求有特殊的副陣引和真氣配合，三昧真火號稱蓬萊火系陣法之巔，卻不想竟然是以這樣禁地裏的上古血火爲副引。

左連城又道：「所有的仙家寶貝都被投入到了這片血海裏，所以這裏的空間和海水都充滿了殺氣！您是戰神，應該最喜歡殺氣，我相信你肯定能從血海裏找到許多神奇的寶貝的！」

談寶兒正被血臭衝得噁心不已，聞言怒道：

「殺氣？傻氣就差不多了！你腦子有病啊，且不說這百丈血火可能將老子燒焦，你讓我鑽進血水裏找東西，豈不是要老子窒息而死嗎？」

左連城陪笑道：「大人你說笑的吧？我的三昧真火的副陣引就是來自這火海，它都燒不了你分毫，這裏的血火自然也就燒不著你了！再說，這血水也就三千多年的歷史，還不夠您小時候尿的一泡尿歷史久！您可是當年和羿神大人並肩參加過神魔戰爭的大神啊！」

這血水有三千多年歷史了嗎？那豈非有很多很多的寶貝在裏面？談寶兒一陣心跳，隨即更是大喜：對啊！老子身上可是有洪爐鼎，而且又有青龍所傳的青龍訣，這血火和血水對別人雖然是地獄之海，但對老子可是毫髮無傷的！

一念至此，他臉上頓時有了笑容：

「不錯不錯，老子差點忘記我是金剛不壞之身，不怕這些鳥玩意。小左子你很有見識，那本神這就下去看看，你去上面給老子老實地待著……不行，你先將那玉珮給老子，你要是趁老子下去的時候忽然跑出去了，我要破陣而出，可得花費不少冤枉力氣！」

「是，大人！不過這個是蓬萊掌門的玉符，在你眼中不算什麼，但對蓬萊很重要，師父也只是暫時借給我，您可千萬別弄丟了！」左連城雖然很不情願，但卻不敢不將玉珮遞過來。

「知道了！囉嗦！都要成神的人了，還在乎這些俗物，真是！」談寶兒一把搶了過來，又問了一遍玉符的咒語，試了幾次，將其收起，心中不無惡毒地想：這又是一筆鉅款啊！

這時候，左連城道：「戰神大人，你快點下去吧，禁地每次開啓時間只能持續一個時辰，要是下去晚了，搜羅的寶貝少了，可未免有些划不來！」

談寶兒學著戲文裏的唱詞道：「此言正合孤意！」說完再不廢話，將洪爐鼎往指縫間一握，展開身法朝火海裏落了下去。

默念咒語，洪爐鼎處於了煉丹狀態，四周的熱氣果然頓時就被吸納了過去，談寶兒心頭一喜，當即加快速度，朝那火海中落了下去。

越下落，熱氣更深，好在那洪爐鼎乃是上古禹神聚集九州精鐵所鑄九鼎之一，威力奇大無比，談寶兒挾鼎下落，血火頓時向身體兩邊分開，熱氣消散，中間露出一條通道來。

左連城看得張大了嘴，喃喃道：

「沒有想到戰神大人真的有金剛不壞之身，連血火也傷不了他，我修煉三昧真火之陣陣引的時候，僅僅靠近血火十丈距離的周邊就覺得血液沸騰，難受得要死的啊！」當下心中對談寶兒此時是戰神復甦的身分再無懷疑。

談寶兒挾帶著洪爐鼎的威力，眨眼間穿越了百丈烈火，毫髮未損的站到了血海之上。

剛才在上面隔著百丈烈火，談寶兒只看到下面血流洶湧，等到了海面，才發現這整個血海好似一鍋煮沸的血水，巨大的氣泡不斷上冒，一破開就有他生平從來沒有聞過的腥氣惡臭撲鼻而來，直讓他幾要作嘔，急中生智，想起這三月的假死經歷，忙運轉羿神訣，進入龜息狀態，一時外呼吸轉先天內呼吸，果然再也聞不到絲毫臭氣。

然後，談寶兒就被眼前的景象所吸引住了。只見血海的表面，有著一種神奇的植物，通體呈金色，葉子如荷葉，只是花朵都是含苞未放，而每個花骨朵的外面都包裹著一團團的烈火。蔓延整個孽海的烈火，竟然就是來自這種植物。

談寶兒看了一陣，只覺得這花已是如此的詭異，那血海的深處還不知道有些什麼恐怖的東西，一時大爲躊躇。

上方的左連城見他忽然不動，忙叫道：

「大神你還在等什麼?晚一刻，就少一件寶物啊!」

「媽的!知道了!」談寶兒罵了一句，心說：「奶奶的，那話怎麼說的?人爲財死，鳥爲食亡!這富貴險中求，老子今天就賭一把吧!」想到這裏，將洪爐鼎握穩了，使出青龍訣，朝著那血海中奮身跳了進去。

才一入海，談寶兒就嚇了一大跳。因爲這血水的溫度遠遠超過了他的想像，雖然有洪爐鼎不斷吸收熱氣，他依然覺得身體的皮膚有些發燙。最讓他受不了的是，那血水黏乎乎的貼在他皮膚上，那種感覺就好似身上有無數條毛毛蟲在蠕動。

談寶兒幾乎本能地想從血海裏跳出去，但就在他才一動念的刹那，整個血海的內部忽然有了天翻地覆的巨變，千萬股潛力順著海水的暗流席捲過來，在一刹那間包裹住他的身體，他還來不及反應，這千萬股暗流已彙聚成一團，將他朝血海深處拉墜下去。

談寶兒大吃一驚，短暫的慌亂之後，頓時平靜下來。青龍訣使出之後，方圓千丈的血海海水都成了他的視線，而等他的視線在電光火石間到達潛流到來之處時，如果不是在海裏，他整個人幾乎就要跳起來。

順著動盪的血海海水過去，在血海的最深處，有著一團閃閃發著白光的圓球，千萬條細小暗流正是從圓球的方向過來的。

那千萬暗流彙聚之後，力量是如此巨大，談寶兒甚至來不及思索如何應對，他本身的速度又已成倍的增長起來，只見眼前一陣金光疾閃，久違了的渾元神光罩自動出現在身體四周，抵抗其身周巨大的血流壓力。

但讓談寶兒更驚的是，羿神的獨門護體神功渾元神光罩，竟然無法切斷這股力量和他身體的聯繫，整個人依舊如見了磁鐵的磁針一樣，以肉眼難見的高速被朝下吸去。

一時間，只見一顆巨大的金球在紅色的血流裏疾飛，像極了一道金色的流星，美麗中透著詭異。

談寶兒自恃三頭六臂和裂天鏡在手，倒並不懼怕那光球，放任那力量的吸納。於是過不得多時，他便連帶著神光罩被那潛流吸到了海底。

早在用出青龍訣的一剎那，談寶兒已經很清楚地知道這個血海之中，竟然生長著各種各樣的魚類以及一些別的生物。所以當他看到這個光球的時候，他已經知道這個光球中應該是有生物的存在的，但當他真的看到那光球中的生物時，他依舊是又大大的吃了一驚。

在那個散發著白光的圓球中，竟然坐著一個身材曼妙的年輕美女！

這美女微閉雙眼，安靜地坐在那裏，一頭紅色的頭髮如火如霞般的狂熱，偏偏一張臉孔有如完美的雕刻般冷峭，予人不好親近之感。

談寶兒吞了一口口水的功夫，神光罩已經到了白球之前，眼看兩個光球就要發生火星撞地球的慘劇，他正在考慮自己是不是該做點什麼，神光罩的速度卻陡然慢了下來，而同一時間，那美女本是閉合的眼睛輕輕張開，兩道清澈的眸光從天藍色的眼珠中射出。

談寶兒只覺得腦中轟地一聲，心中就只剩下了一片空白。眼睛乃人全身精氣所在，這美女沒有睜眼時，只能算是勾人魂魄的妖精，但這雙眼一睜開，卻立時有了一種不食人間煙火的氣質，一如九天神女，讓人凜然不敢侵犯。

那美女眼光在談寶兒身上流轉一遍，最後嫣然一笑，朝他招了招手，於是神光罩的速度再次變快，眨眼間和白球撞到一起。

「嗤！」地一聲，金光和白光相撞到一起，頓時電光疾閃，火花四濺。但在下一刻，這兩個光球卻已完成了融合，變成一個碩大的淡金色的圓球，好似一個巨大透明的圓形帳篷，將談寶兒和那美女包裹其中。

談寶兒詫異地看著四周的一切，心中奇怪至極，要知道神光罩可是他身體中的真氣釋放出體外形成，是完全和身體融爲一體的，可以說已經是他身體的一部分，任何外物都沒有可能侵入神光之內。但眼下神光罩卻和白光融爲了一體，這又是怎麼回事？

這時候，那少女又張了張嘴，談寶兒身體卻已被一種無形的力量牽引著向那少女飛了過去，同一時間，他身上騰地一下燃燒起來，但奇怪的是，他一點也感覺不到疼痛和恐懼，心中反而覺得溫馨平和，而身體裏的血液卻彷彿受到什麼鼓舞，在血管裏歡快跳動起來。

那女子臉上笑容更盛，身體懸浮起來，迎上談寶兒，雙臂張開將他緊緊纏住。那女子的身體好似有著一種說不出的神奇力量，兩相接觸，談寶兒頓時覺得全身熱血沸騰，接著腦中一片轟鳴，神智已陷昏迷狀態，只覺一股股暖流由那少女的兩手處不斷地流出。

也不知過了多久，那女子突然笑了笑，用一種好聽的語調道：

「敢下這血海的都非常人，不過這三十多年來，卻沒有一個人有你這小鬼這樣的強大，被我吸取了真陽，居然還能支持得住，不過可惜啊，再也活不了多久了。」

談寶兒驚駭欲絕，他早前聽老胡說書，知道這世上有一種法術叫吸星大法，乃是世上第一等厲害的妖術，卻萬萬料不到自己竟會在這仙家禁地的血海深處遇到！

想我談大英雄縱橫天下，竟會掛在女人手上，說出去只怕不知道會笑死多少人。哎！別人就不管他了，只是可惜了若兒和遠蘭這兩個大美女要爲我守寡了，還有無法、小三、老頭子和老胡他們，也不知道會不會因爲瓜分我的遺產不均而自相殘殺呢？

他腦中轉著各種古怪念頭，臉上表情也就跟著變換。

那女子看他先是悲傷繼而微笑苦笑，不由也是一笑：

「沒想到面臨生死關頭，你卻比許多成名人物自在多了，難得難得！咦……這個袋子怎麼沒有被燒掉？」

說著話，那女子低身下去，將談寶兒身邊的酒囊飯袋撿了起來，細細一看之下，不由失聲道：

「這個袋子怎麼在你手裏？你是胡戎族的人？」

談寶兒聽她語氣，似乎和胡戎族大有關聯，只想說：「小弟正是胡戎族的，族長他女兒桃花和我可是關係極好，大家老鄉見老鄉的，親熱歸親熱，別真的整得兩眼淚汪汪的好不好？」但他全身連張嘴的力氣都沒有，自然是不會回答什麼問題了。

美女見他不答，輕輕哼了一聲，念動咒語道：「嘎嘎拉西多多兀個！」真氣到處，酒囊飯袋中所有物品在一瞬間全數轉移到了袋子之外。

「哈哈，你還真是會物盡其用啊，這麼多東西！」少女不由笑了起來，「羊腿、燒酒、牛肉、黃金、銀票……這個鼎是什麼來頭，還有這把弓……啊！這不是傳說中的落日弓嗎？

你……難道你是今任的草原神使？」說到最後一句，她臉上又驚又怒。

談寶兒張了張嘴，卻沒有吐出一個字來。少女這次卻反應過來，微微一笑，伸手一指，一點白光射入談寶兒眉心，後者頓時覺得全身一暖，身上有了一股活力，四肢手足霎時間已然可以活動。

少女道：「我再問你一次，你手上有酒囊飯袋，又有落日弓，你是不是今任的草原神使？」

談寶兒搞不明她的立場，唯有試探道：「你和葛爾草原部落的人都有仇嗎？」

少女似笑非笑道：「我的問題還沒有答，你這小鬼反倒問起我來了！」

談寶兒想了想，決定賭一把，當即正義凜然道：

「沒有錯！我就是主持天地正義，改良社會風氣，葛爾草原四族守護神的神使，落日弓的當代傳人談容！美女怎麼稱呼？」

「哪裡有你這樣自吹自擂的？」少女失笑，「我叫煙霞，不巧得很，是你的前輩，上一任的草原神使！」

「哎呀！這可真是大水沖到龍王廟，自家人不認識自家人了，哈哈！」談寶兒大喜，「煙霞姐姐你哪個族的啊？」

「我是莫克族的！」

「啊哈，這麼巧，我也是莫克族的！現任的族長哈桑老爹和我可是熟得不得了，你認識不？」談寶兒張口就是胡謅。

「哈桑嗎？我離開草原的時候，他還躺在他娘懷裏吃奶呢！你說我是認識還是不認識？」煙霞哂道，眼中卻滿是悵然神色。

「啊！不會吧？」談寶兒嚇了一跳，眼前這美女怎麼看都不超過十八歲，怎麼竟然比哈桑那白鬍子老頭還大那麼多？但他隨即想起羅素心也是年紀近百的人了，卻也是如妙齡少女一樣，這些修爲恐怖的怪物，她們的年齡都是不能以常理猜度的。

「等等！」談寶兒忽然想起一事：「不對啊，煙霞姐姐！草原上任神使早在五十年前甚至連繼承人都沒有指定的情況下就掛了，你怎麼出現在這……這個蓬萊的禁地裏？」

煙霞笑道：「我本來就是蓬萊派的人，爲什麼不可以出現在蓬萊的禁區裏？」

「啊！你不是草原的神使嗎？怎麼又是蓬萊的人？」談寶兒大吃了一驚。

「誰規定草原的神使就不能成爲蓬萊弟子的？」煙霞眉頭大皺，眼見談寶兒還要再問，忙道：「你個小鬼問題還真是多！看在長生天神的份上，姐姐我不爲難你，自己將東西收起，趕快離開這裏吧！」說著將酒囊飯袋扔了過來。

談寶兒這才想起自己剛才差點被吸成肉乾的事實，當即決定趕快離開這喜怒無常的妖女，但他生怕惹惱這妖女，接過酒囊飯袋後，臉上卻不得不裝出一副依依不捨的樣子，道：

「這個，難得他鄉遇故知，要不……多聊一會？」

煙霞久別故鄉，聞言心中升起一股暖意，但一低頭，卻看見說話的人已經伸手迅快地去撿自己的各種零碎，哪裡有半分要多聊一會的意思，不由搖頭苦笑不已。

她目光落到一疊裙裝上，咦了一聲，笑道：

「你身上還帶有女人的衣服，小鬼你還真是風流得很哦！送姐姐一件如何？」

這些女裝是談寶兒在圓江城的時候專程買給若兒和楚遠蘭的，但有巴結這妖女的機會他自不會放過，當即很大方地將那一疊女裝都扔了過去：「姐姐你隨便挑！」

煙霞將那疊衣服接過，挑出一件長裙，微微一抖，一方絲巾卻悠悠掉落出來。

煙霞笑道：「你這小鬼還真是風流啊，隨身都帶著女人……啊！這絲巾……你從哪裡得來的，屠龍子師兄他，他在哪裡？」

待她看清楚絲巾的樣貌時，先是失聲尖叫，隨即抓住談寶兒的肩膀，死命搖晃起來。

「哎喲！」談寶兒被她魔爪抓得生疼，吃痛下不由叫了起來，「姐姐你別抓那麼緊，待我好好看看這絲巾再說啊！」

「對不起！我有些失態！」煙霞醒悟過來，將手鬆開，將絲巾遞了過去，一雙天藍色眸子一眨不眨地盯著談寶兒！

談寶兒接過絲巾仔細看了看，猛然一拍頭，記起這絲巾正是當日在大風城天牢中，屠龍子死後沒有被化掉的那條，當時他以爲是寶貝，就隨手收藏了，這些日子都被他扔在酒囊飯袋裏，混雜在一堆衣服裏，卻沒有想到竟被煙霞給一下抖了出來。

談寶兒想起剛才煙霞看到這絲巾的態度，心道：「這女人多半和我那晚輩屠龍子很有關係，我得將我和屠龍子的關係說得好些！」當下將自己如何進入天牢，然後遇到屠龍子的事仔細說了一遍，只是其中自己騙屠龍子傳自己陣法的故事，自然而然地就改成了屠龍子看自己資質超凡人品無敵乃是人中之龍，非要死皮賴臉地傳自己陣法。

果然如他所料，煙霞果然正是屠龍子的情人，等談寶兒最後說到屠龍子施展了嫁衣之陣，自己將其火化的時候，煙霞已經是泣不成聲，淚如雨下。

談寶兒打蛇隨棍上，嘆道：

「我和屠大哥，咱們哥倆情同兄弟，他臨死之前，囑咐我將這方絲巾送上蓬萊山，只是卻不肯說要送給誰！唉，搞得我生怕送錯了人，有負大哥所托！姐姐你對蓬萊這麼熟，想來知道屠大哥這方絲巾應該是送給誰的吧？」

煙霞接過那方絲巾，嘆道：

「這絲巾，自然是我的！沒有想到，這麼多年了，原來他心裏終究還是有我的，將這絲巾隨身攜帶，只是……只是你爲什麼當時不肯和我說。唉，風月不改，斯人已故，往事前塵，此後只同陌路……這幾句，可不正是當年我親筆寫給他的嗎？」

談寶兒看她梨花帶雨語調哀怨，心酸之餘好奇心起，問道：

「煙霞姐姐，這絲巾究竟是怎麼回事？」

煙霞悠悠道：「這事說來可就長了！五十年前，東海出了一條孽龍，屠龍子來草原向我借落日弓屠龍，我當時就喜歡上他了。但這神弓，歷代神使卻沒有人可以將它拉開的，我不能，屠龍子自也不能，屠龍子不得不前往西域不老城……」

「不老城？是傳說裏聽風閣的總部所在嗎？」談寶兒插嘴問道。

「嗯！」煙霞點點頭，「就是聽風閣的不老城！他想去那裏借火石神劍！我當時想跟著他去，但身爲神使卻是不能離開草原的，於是我選擇了假死，之後趁他們將我放到天池天葬的時候，調換了一具屍體頂替我，我自己則離開了草原，五十年間，再也沒有回去過了。」

談寶兒這才清楚上任神使死而復生之謎。

卻聽煙霞續道：

「借到火石神劍之後，我們回到東海，終於成功的將那條孽龍屠掉，他也贏得了屠龍子這個雅號。我捨不得離開他，就也投身蓬萊，被當時的掌門天音上人收爲弟子，成爲他的同門師妹！只是可惜，他沉迷於陣法之學，時刻不忘鑽研陣法，對男女之事看得極淡，我知此事不能強求，只能耐心等待，不料想，這一等……卻又是二十年光陰！」

談寶兒聽得一頓感動，想起楚遠蘭也是這般的等待談容，心中不由輕輕嘆氣。

「我等了二十年，他依舊對我的感情視如不見。正巧當時守護這孽海的守護至尊天沁師叔死了，師父就將我和他以及素心師姐叫來，商議此事，我當即提出要做這守護至尊！」

「等等，姐姐，這裏不是叫血海的嗎？怎麼你叫孽海？這守護至尊又是怎麼回事？」談寶兒打斷問道。

「血海的本名就叫孽海。因爲這裏的血全是上古神魔大戰時所遺留，其中怨氣極重，冤孽叢生，所以被祖師命名爲孽海。當日無極祖師找到這些血，生怕他爲魔人所利用，所以才用道藏乾坤大陣將其封印，並列爲蓬萊的禁地。這守護至尊卻是專門負責守護這孽海的安全，阻止這孽海中的妖物出去，一旦進入，除非飛升或者死亡，終生不能離開！」

談寶兒嚇了一跳：「啊！一進來就不能離開了嗎？那屠大哥都不攔你嗎？」

「他沒有攔我！只是勸我想清楚。我當時氣惱至極，便不聽他勸阻，堅持要進入孽海！

師父無法，只能應允。離開之日，我就用絲巾寫下了那幾句話，嘿嘿，風月不改，斯人已故，往事前塵，此後只同陌路，那意思就是說，你就當我死了吧，以前的事你都忘了吧，咱們從今往後就是陌生人了！自此之後，我就將天下男人都當成無心無肺之人。這孽海其實是除了蓬萊困天壁外另外一處刑罰之地，但凡有罪大惡極的人，都會被掌門扔進孽海中。這三十年來，每有男人進來，我並不讓他們立刻死，而是用吸星大法吸盡他們全身精氣，讓其不得好死！我這麼做，全是因爲他！只是，只是……他既然心裏沒有我，爲什麼要將這絲巾收藏這麼多年呢？如果心裏有我，爲什麼又不阻止我進入血海？爲什麼？爲什麼……」

就這樣，在這孽海深處，煙霞絮絮叨叨地講，談寶兒就認認真真的聽，說的人固然是情緒變化萬千，聽的人卻也是心有戚戚，不斷出言寬慰。

到得後來，兩人都是淚流滿面，泣不成聲。

最後，還是談寶兒最先止住哭聲，道：

「姐姐你別難過了，其實我知道屠大哥爲何不肯接受你。」

「你知道爲什麼？」煙霞大是詫異。

談寶兒點點頭：「屠大哥一生醉心陣法不假，但他也是個正常的男人啊，你這樣一個大美女對他那麼好，他怎麼可能不動心啊？只不過三十年前，屠大哥剛好和張若虛打賭，要破解他的九九窮方大陣。他知道這個陣法並非朝夕間可以破解，而又不願意繼續耽誤你，所以才故意裝出一副絕情絕義的樣子，好讓你死心。但他內心其實又放不下你，才會將你送他的絲巾隨身攜帶，希望將來破陣之後，能來孽海和你相會吧！」

這個理由很是牽強，僅僅是談寶兒的猜測，但煙霞卻十分相信，聞言嘆道：

「這些神州內陸的人，一點也不如我們草原人的爽快。如果他早肯和我說清楚，我又何必弄到今天這步田地？算了小鬼，反正他也死了，我如今也在這孽海中過得慣了，往事前塵，就讓它真的形同陌路吧！」

說時她將那絲巾微微一抖，絲巾上的中心生出一團烈火，慢慢蔓延到那一行行工整的小楷之間。她伸手一甩，那絲巾化成萬千火蝶，撲騰一陣，穿越光球，湮沒在無邊孽海中。只是那糾纏幾十年的愛恨緣由，卻也終究付之一炬，隨波消逝，再也無人知曉。

煙霞心結既解，心情大好，便從衣堆裏挑出一件絲織長裙，裹住身體，顯出曼妙曲線，竟是更加婀娜動人，再加上臉頰緋紅，一時竟看得談寶兒這多識美女的傢伙如癡如醉。

煙霞白了他一眼，笑道：「你這小鬼，還沒有看夠嗎？」

談寶兒道：「那是看一輩子也不夠的！煙霞姐姐，你在這裏待著也無趣，不如你和我一起出孽海去吧！這孽海的守護至尊嘛，換別人來就是，我剛剛救了蓬萊派從掌門到掃茅房的，我看你師姐這點面子還是要賣給我的。」

「你救了蓬萊從掌門到掃茅房的？」煙霞愕然。

「對啊！」談寶兒點頭，當下將這次發生在蓬萊的事細細說了一遍。

煙霞聽得目瞪口呆，好半晌才道：「原來你有洪爐鼎啊，難怪可以在沒有保護陣的情形下輕而易舉地下到這孽海深處。要知道眼前掌門師姐送下來的人，可都是有她親自出手保護才能到達我這的。你還真不是一般的幸運啊！」

談寶兒嘆了口氣，道：「誰叫我運氣好，跟了個好老大呢！」事實上，他今日種種成就，全拜談容當日無心將他拉上黑墨所賜。如果沒有談容這一舉動，他現在依舊只是「如歸樓」的一個小跑堂的，老死不見江湖，怎麼會捲入時代的洪流，更不可能有今日種種輝煌壯舉。

煙霞笑道：「聽起來你似乎有很多故事，那你先不要走了，你和我講講你的故事，我幫你恢復下精力吧！」

「好啊！」談寶兒答應，當下盤膝坐了下來，將自己如何遇到談容，之後怎樣成為草原神使，凡此種種，學著老胡說書的樣子，加上枝葉說了起來。

煙霞一面將真氣渡入談寶兒體內，恢復他剛剛被自己吸走的元氣，一面細細傾聽，不時問上幾句。

談寶兒自被談容施展移形大法捲入這亂世的洪流開始，心中藏了許多秘密，卻從來沒有和任何人說過，此時在這無邊孽海之底，終於無一隱瞞地說了出來，心中痛快可想而知。

等他說到二上蓬萊，煙霞早已將他陽氣修補完全，接口笑道：

「你這些經歷，任何一件說出去都足以讓別人豔羨一輩子了，姐姐我活了快百歲，可也不及你這半年的人生精彩。只是你這小鬼，你什麼都和我說，就不怕我出去將你假冒談容的事向天下公布，你不就身敗名裂了嗎？」

談寶兒誠摯道：「不知道怎麼回事，我一見到姐姐，就覺得你是我的親人，值得信賴，有什麼話我都敢和你說！」

煙霞搖搖頭，笑道：「小鬼，在江湖上混，可不是憑直覺辦事！你這麼輕易信人，以後可是要吃虧的！」

談寶兒笑道：「那也不是！這麼久以來，我可就和姐姐你說過，其餘的人，就連我最親的若兒老婆和無法那賊禿驢都沒有說過。這江湖險惡，我可還是知道的！對付惡人呢，我就用最惡的法子，但是對付好人呢，我的提防就會少些。」

煙霞問道：「那什麼人才是好人，什麼人才是壞人？」

談寶兒詫異道：

「這還用問嗎？真心對我好的，自然就是好人，想要害我的，自然就是壞人了！」

煙霞見他眼黑如墨，誠摯地望著自己，本想提點他幾句，但最後想了想，笑道：

「你這想法不能說錯，但也不能說對，將來你經歷的事多了，自己就明白了！不過你將姐姐當作好人，又將那絲巾拿來給我，姐姐我可不能不報答你！我便帶你上海面上去看一次孽海花吧！」

「哦？孽海花是什麼花？不過看大姐的樣子，應該是什麼好東西吧！」談寶兒摸摸頭，正胡思亂想的時候，煙霞卻已伸手過來握住他的手，念動咒語，白色光球頓時破開無邊血水，朝著海面飛去。

第六章　孽海花開

煙霞似乎有一種在這血水中傳遞法力的神奇本領，千丈距離，不過是談寶兒眨了幾下眼的時間，已然輕鬆穿越。

下一刻，兩人已到了孽海之上。兩人在那種大如荷葉的植物上站好，煙霞立時收去一直籠罩在兩人身上的白色光球，將兩人暴露在天海之間。

談寶兒忽然想起一事，叫道：「哎呀不好！姐姐，這裏還有一個人！」但等他抬頭去望天上，卻發現本該在上面等寶貝的左連城竟已不在。

煙霞笑道：「不用找了！左連城已被我扔進這道藏乾坤陣法的一個角落裏去了，他看不到我們，也聽不到我們說話的！」

「哈哈！那就好啊！」談寶兒放下心來。

煙霞笑了笑，指著蔓延整個海面的那種神奇植物道：「寶兒你看，這就是孽海花，這種花就是以這無邊孽海中的血水爲養分，每十年開一次花，絢爛至極，不過花期只有一刻鐘！」

「啊！那豈不是比曇花還短？」

「對！姐姐我到這裏近三十年，卻也不過看到了兩次花開，你運氣好，正好趕上了！不過這花好看還在其次，最重要的卻是這花開之後，會結出一種神奇的果實！」

「什麼果實？」談寶兒好奇至極。

「你向下看就知道了！」煙霞微微一笑。

一望無際的大海，裏面流動著觸目驚心的血紅，上面燃燒著更紅的火焰，燎過這一片蒼茫，以一種上升的姿態無限攀升，彷彿要熔透那九萬里之上的寂寂蒼穹。

海面上如流雲一般的熱氣在花間飄逸，形成陣陣的長風，帶動著那火紅的葉子招搖著，蔓延開去，形成一波一波的血浪。於是整個天地都是一片讓人窒息的血色，孽海四周，變成了一個巨大的熔爐。

煙霞如仙子一般，赤足站在一株孽海花的花葉之上。熱風讓她輕盈曼妙的身姿隨著葉子飛舞，一頭如火長絲，隨之飄流，形成一種遺世獨立的丰采。

談寶兒站在她身旁，看著這無邊無際的血之海，遙想當年神魔交戰，屍橫遍野，兩族勇士的鮮血交匯一起，流落成海，一時心中竟是毫無半點恐懼，反是為之全身血脈沸騰，恨不得立時能手持神兵衝馳在千軍萬馬間。

「小鬼，你準備好了！」煙霞囑咐談寶兒一句，將一根白玉似的手指在唇間咬破，再一下垂，一滴嫣紅的鮮血順著指尖滴了下去。

這小小的一滴血珠，落入孽海之中。頓時間，水滴四周的海水為之沸騰起來，咕咕冒出一個個磨盤大小的氣泡。氣泡在一瞬間蔓延開去，裂開之後，溢出紅色的熱氣，蒸騰上天，隨之變成玫瑰色的雨滴，灑落下來，砸在孽海花葉之上，清脆有聲。一時天海皆籠罩在一片華麗的玫瑰雨嵐裏。

孽海之中本有許多生靈，此刻各色游魚紛紛潛游上來，有的細如粉絲，有的寬如巨劍，五彩斑斕，卻都一一躍出水面，好似一片片瑰麗的花瓣在暖春時候爭奇鬥豔一般。

天空不知從哪裡飛來一群群談寶兒從未一見的奇異鳥類，有的人首鳥身，有的三頭九翅，有的雙頭比目，凡此種種，不一而足。這些奇怪水鳥，或比翼翱翔，或向下俯衝，或相互追逐……遮天蔽日，窮盡萬象。

魚鳥之外，各種海中奇獸，各種昆蟲，也讓人目不暇接，這各式生靈，在滔滔血水之上，滿海的烈火之中，或鳴或嘯，或飛或跳，彼此輝映，形成一道道既詭異又瑰麗的風景。這死氣沉沉的天海間，陡然洋溢出無限的生機。

談寶兒一生之中，從來沒有見過如此壯觀奇景，不由為之目眩，他緊緊握住煙霞的手，在這個姐姐的身邊，此時的他不再是可以力挽狂瀾的英雄，僅僅是一個純潔好奇的孩子。

那雨下了一陣，漸漸變得細如髮絲，如掛在天邊，隨著風四處飄散，爲整個海天籠罩上一層的朦朦。那各種生靈，卻越發熱鬧，

煙霞笑道：「小鬼，花可要開了，你睜眼看清楚，可千萬別錯過了！」

隨著她話音落下，海面上一直燃燒的烈火開始慢慢熄滅，本是紅得如血的天空的顏色忽然開始轉淡，而那海天間的億萬生靈也似乎感覺到什麼，各自收斂聒噪，安靜下來。

談寶兒眼睛也不敢眨，大氣不喘，認真盯著眼前所發生的一切，生怕錯過什麼。只見過不得多時，天空的血色消失不見，海面平靜，氣泡不再外冒，而孽海之上的血火也在悄然熄滅，一時玉宇澄清，明月朗照，海天俱被還原成湛藍色。

一片湛藍之中，布滿整個孽海的孽海花也皆褪去紅色，露出碧得清脆欲滴的大大的綠色葉子，像極了碩大的荷葉。唯有那花骨朵兒卻是依舊一如既往的金光璀璨，外面包裹著血紅的烈火。

煙霞玉臂一伸，也不知從哪裡弄出一支玉簫來，湊到朱唇邊上，吐氣如蘭，頓時一串天籟之音，順著孔洞徐徐傾瀉而出。

簫聲響起之後，海天之間忽又生出和煦微風，一海的孽海之花隨著微風歡快搖曳，而田

田的葉子之上，那金色的花骨朵上也在微風裏徐徐綻放開來。

花朵展開之後，依舊被烈火包圍，但花蕊的中心露出一片璀璨金光。那金光是如此的奪目，層層疊疊地充斥整個海天間，讓談寶兒幾乎睜不開眼睛。

簫聲婉轉，如泣如訴，孽海花卻開得如火如荼。過不得多時，整個孽海中的孽海花已然全數綻放，一眼望去，金光灑滿整個海天，所有的一切都披上了一層金色的外衣。

談寶兒置身其間，只覺得全身每一處都有熱血在沸騰不休，有一種與生俱來的久違感動占領了他的心胸。

「啊！」地一聲，他忍不住仰天長嘯，伴著簫聲，大聲唱道：

「御風舞蒼穹，橫雲渡楚天。一羽飄零千萬里，蟾宮問天仙。仙人問我何所來，我語仙人北斗邊。仙人為我歌一曲，道是我住天宮年又年，青絲如月凋紅顏。前生何有成仙志，夢醒已是三千年。安得世間白頭郎，一夕歡歌不知年……安得世間白頭郎，一夕歡歌不知年……」

那一海的生靈，盡皆為這曲聲所動，或隨聲沉浮翺翔，或發嘯相應，一時魚躍金波，鳥翔獸走，千奇百怪，卻也千聲萬相，說不出的美麗。

一曲唱罷，那孽海之花已是怒放無遺，談寶兒隨著煙霞的簫聲停住歌唱時，只覺得長久以來困擾在心胸中的種種擔心種種抑鬱，好似也隨著那孽海花一起綻放開來，瞬間消散一空。

從來沒有一刻，他如此堅定的知道自己前方的路該怎麼走，胸中充塞著沖天的豪情，無怨無悔。他不由仰天大笑，滿海的孽海花和其餘各式的生靈，受他精神所感染，竟也各自回應出歡躍情狀。毫無理由的，談寶兒知道自己的精神修養在剛剛孽海花開的剎那，已有了長足的進步！

一笑既罷，談寶兒這才覺出臉頰有如蟻爬，抬手一摸，卻不知何時已是淚流滿面。

煙霞早已停簫相待，見此笑道：

「小鬼，孽海花開，十年一現，你有幸看到，該高興才是，反哭個什麼？對了，你剛才唱的歌很是好聽，卻不知是誰作的？」

「我也不知道！」談寶兒搖搖頭，「我是聽昊天盟的一個小姑娘唱過，剛才一激動，情不自禁就溜了出來！」

說著話，當日在皇宮裏，吳月娘伏在自己背上柔聲歌唱的情景頓時歷歷在目，心想這次昊天盟攻打蓬萊，卻不知這丫頭有沒有來呢。

煙霞看他神色，笑道：

「小鬼，你還真是夠風流的啊，紅顏知己遍天下，欠的情債太多，小心將來沒有辦法還！」

談寶兒嘻嘻一笑：「怎麼還不了？到時候我將她們全都集合起來，舉行一個轟動天下的比武招親大會！誰打贏了誰就跟我！」

這個兒時夢想卻是除了「如歸樓」的玩伴張三之外，他第一次對著人說出，話一出口，他才覺出自己的心態也隨著精神力的增長悄然發生了變化。

煙霞為之莞爾，正想再說點什麼，卻見那開得如火如荼的孽海花不知何時已開始悄然凋謝，金色的大如人手掌的花瓣悄然離開花莖，隨風四處飛散，整個天空又被染成了金色。一直附在花瓣上的烈火卻在此時紛紛朝花蕊裏鑽，形成一個個火把的形狀。

煙霞笑道：「小鬼，可別說姐姐不提攜你，這孽海花開過之後，馬上就會結出果實，這些果實可都是極品好東西，你能帶走多少就帶走多少！還不快行動？」

極品！談寶兒一聽到這兩個字頓時從花葉上跳了起來。

這時候，剛剛還怒放的孽海花芳菲盡去，落英繽紛了一天一海，凋盡芳華的花朵結出了好似蓮蓬的巨大果實。他飛起來之後，御物之術展開，意念一動，那些果實頓時離開花莖，朝他張開的酒囊飯袋裏飛了過來。

煙霞叫道：「笨蛋！別摘花蓬，取蓬裏的種子就可以了！」

「知道了！哈哈！」談寶兒大笑著答應一聲，腳步已然落到海面，在海面凌波飛舞，而他所飛過的地方也再沒有蓮蓬飛出，而是萬千的金色蓮子從蓮蓬中飛出，金色的穀粒一樣，將他重重包圍，到最後再也分不清是蓮子落到他口袋還是他口袋裏倒出了千萬的蓮子。

眼見談寶兒孩子似的哈哈大笑著，一邊用凌波術在海面瘋跑，一邊將酒囊飯袋的袋口張到最大，將那些蓮子裝進袋子裏，煙霞也不由露出真摯的笑容。

曾幾何時，她也有這樣簡簡單單的開心過，縱馬奔跑在葛爾草原上，天藍草碧，只是歲月流轉，心中塞滿了人世的滄桑後，那些簡單的快樂早已離她而去。

談寶兒風馳電掣一般，在剎那間已躥出千丈之外，沿途的蓮子盡數落入了酒囊飯袋。所幸酒囊飯袋有一種特質，即便是放一座山進去，那也是完全沒有重量的，不然這會兒談寶兒已經抱著袋子墜到孽海深處去了。

約莫過了一盞茶的時光，孽海花所結的蓮蓬開始凋謝，只見之前一直在蓮蓬中燃燒的烈火陡然變成了黑色，在一瞬間燃盡了所有的蓮蓬。同時孽海花的莖葉也開始枯萎，過不得多時全數變成了枯枝。

那黑色的火焰開始在水面蔓延，如燎原一般，將那些枯枝燒了個乾乾淨淨絲毫不剩，而這時候，那些魚鳥等生靈卻聒噪起來，游魚紛紛躍出水面，飛鳥朝下俯衝，一起撞下那黑火，立時引起一片皮焦肉綻，慘叫聲不絕於耳，瞬間死於非命。

但其餘的魚鳥見此卻並無半點退縮，反而是依舊奮不顧身地投入黑火之內，瞬間化爲飛灰，融入無邊孽海。魚鳥生靈死傷殆盡之後，那無邊黑火迅疾又變回了血紅色。

黑火變紅，天海也在瞬間恢復了談寶兒最初下來時候的情狀，唯一不同的是那剛剛似已開到天涯盡頭的孽海花，再也看不到半絲影子，海中也再無任何生靈。

談寶兒握著洪爐鼎，腳下踏著一片孽海花瓣，立在空中，不可置信地望著剛剛發生的一切，心中的震撼實在難以形容。

煙霞不知何時已到了他身旁，悠悠道：

「上古神魔大戰，諸神最後獲勝，因此這孽海之水中魔血便比神血多，是以這海中常年盡是魔血狀態，而其中生靈盡是冤孽。但神血畢竟存在，在這孽海中孕育出了這孽海花。此花每十年開放一次，每次開放，都將這些魔血生成的冤孽所淨化，不然的話，這些冤孽遲早會破陣而出。此爲生死自然之數，你不必爲之難過！」

談寶兒這才明白過來，笑道：

「我不是難過，只是很奇怪爲何這孽海花有如此奇異的能力，竟然引得這麼多生靈甘願飛蛾撲火一樣的前赴後繼！聽姐姐你一說，我已經明白了。對了姐姐，這些孽海花的種子有什麼用？」

他邊說邊從酒囊飯袋裏摸出一把金色的蓮子，細細一看，只見那蓮子金光燦燦，當即喜道：

「哈哈，我明白了姐姐！你是知道小弟我是個窮光蛋，所以送這許多金子給我……哎喲，別打人家的頭！」

煙霞收回手指，又是好氣又是好笑道：

「這東西是神血的精華，乃是大補之物。只要服用一顆，就可抵得常人十年苦修的功力！可比等價的黃金貴了千倍萬倍，你個小鬼卻將它當成金子，可不是討打嗎？」

「十年功力？比黃金還貴千倍萬倍？真的假的？」談寶兒大喜過望，一時只覺得全身每一個毛孔都舒展開來，飄飄然，好似做了神仙。乖乖隆個冬，老子要是將袋子裏的東西全部吞下肚子去，那還不立時成了天上地下第一高手？要是將這些都賣掉，老子就是天下第一的富翁，哇哈哈，羿神老大也不會比老子有錢了吧？

「哎喲！」他正想得愉快，冷不防頭上又被煙霞重重敲了一下。

煙霞沒有好氣道：「你個小鬼，你是不是在想你將這些都吃下去，你就成爲天上地下第一高手，你要是將它們都賣了，就連羿神都沒有你有錢？」

「啊！你怎麼知道，難道你是我肚子裏的蛔蟲？」

「你又想討打是吧？蛔蟲？多噁心的！」煙霞舉起手指，眼見談寶兒嚇得倒退幾步，本是凌波不濕鞋的他頓時在海面濺起一片血水，不由失笑，「好了，我不打你，你給我乖乖過來！」

「誰打誰是小狗！」談寶兒這才重新過來。

煙霞道：「這孽海果一顆能增加十年功力是不錯，但一般人一生之中也只能服用一顆，天賦稍好的能服用兩顆，天資最好的人，也不能超過三顆，再多的話，只怕就會被裏面蘊涵的神火給燒死了！至於你要拿去賣，倒也不是不可以，只不過我想你銀子還沒有到手，就會有天降神雷，讓你腦袋開花！」

「不會吧？這算怎麼個說法？」

「天譴！這孽海果乃是上古諸神所流的血所化，你想羿神他們在天上看到你將他們高貴的血液沾染上銅臭，是怎樣的一種感覺？」

談寶兒再不說話了，因為他現在欲哭無淚。本以為這次既能變成絕世高手，又能變成天下第一財主，沒有想到一樣都搞不成。

煙霞見此笑道：「你也別難過。你雖然不能成為第一高手，但憑空增加個十年二十年功力，也是意外之喜吧？而其餘的孽海果你雖然不能賣，但卻可以送給親朋好友，大家一起增加些功力，豈不也是皆大歡喜？」

「哈哈！還是姐姐聰明！」談寶兒頓時轉悲爲喜，「回頭若兒、遠蘭、觀雨、月娘，哦，還有無法……哈哈，金翎軍的兄弟們也都一個人一顆好了！哈哈，有財大夥兒發，普天同慶！來來來，姐姐，快告訴我這蓮子怎麼服用？」

煙霞笑笑，揮揮手，發動真氣，談寶兒的身體四周頓時形成了一個水波。

煙霞道：「這是我這些年在這孽海中領悟的九陰流水陣，是個保護性陣法，這孽海果中的神血屬火，兩者抵消，就可無事了！你現在開始服用吧！」

於是談寶兒選了一顆看起來比較肥大的孽海果，約莫有胡豆大小，隨手扔進嘴裏。

那孽海果一滑進肚子，小腹中立時好似有了一團熊熊烈火，臉頰變成了血紅色，但當他按照煙霞所說的心法，運轉真氣調息一番，頓時那團烈火就化作了千萬條細小的熱流，流轉全身，頓時臉上血紅消失不見。

煙霞咦了一聲，詫異道：「小鬼，你的臉一下子就變回了正常顏色！你沒事吧？」

「有什麼事？我現在身體覺得說不出的舒服！」談寶兒不解。

「呵呵，看不出你這小子挺有天賦的嘛！那你再服一顆吧！」煙霞點點頭。

於是談寶兒又服了一顆。這一次，談寶兒依舊是稍微運了一下功，孽海果的熱氣便又再次被化成了千萬細流，融入經脈之中，臉色立時恢復如常。

煙霞大是吃驚，運轉一道真氣，射入談寶兒身體之內探測，但卻如泥牛入海，杳無音訊，等她再輸入一道真氣進去，談寶兒體內卻生出一股極強的反震之力，不由失聲道：

「小鬼，怎麼這麼快你就將這第二粒也消化了？」

談寶兒愣了一下，哈哈大笑道：

「這還用問？因為我是個天才！」

煙霞見這傢伙一副囂張欠揍的樣子，很想打擊他一下，但一時卻又找不到什麼別的好的解釋，唯有微笑搖頭。

談寶兒見此更加得意：「看起來這孽海果的威力其實也稀鬆平常嘛！」當即伸手從酒囊飯袋裏抓出一把來，也不知有多少粒，一下子全扔進了嘴裏去。

「不要！」煙霞大驚失色，想要阻止，卻已不及。

談寶兒吞下這一把孽海果，丹田中好似多了一個巨大的火爐，腹中絞痛難忍，不由痛得一下子慘叫起來，凌波術失守，跌落水面。

才一入海，丹田的烈火已然瞬間蔓延全身，談寶兒痛得幾乎立時暈死過去，但在迷迷糊糊之中，眼前景物一變，身體已在無名玉洞之中，但感覺卻和以前似乎有點不一樣，定睛看去，原來是玉壁之上關於大地之氣修煉法門的金色文字已然消失，取而代之的是一行行藍色大字：

沿大地之氣而上，可修煉九霄之氣，此氣浩然，充塞天地，得以習之，可御風弄影，倒轉星辰……

海面之上，煙霞又驚又急，忙也投入海水中。但等她落入水中，卻發現談寶兒正盤膝懸浮在海水中，全身被一層藍色的火焰包圍，四周的海水都被那火焰煮沸，煙氣四散。

見此情景，她知道這是談寶兒在運功調息，而見他臉色正常，竟然是處於完全正常的狀態。難道這小鬼竟然已經將那一把孽海果全數消化了？她一時驚疑不定，全然不知道該如何是好，唯有靜觀其變。

也不知過了多久，談寶兒陡然睜開眼睛，雙目中頓時射出兩道藍色閃電，閃電所過之處，水流被分成兩半，半晌沒有復合。

煙霞大吃一驚，正不明所以，卻見談寶兒雙唇一裂，大嘴張開，噴出一口金色霞光，她才覺得耳中傳來一串驚雷炸響之聲，那霞光挾帶著一股巨力已然到了身前，她大吃一驚，忙運轉九陰流水陣瞬間脫出孽海。

但等她才站到海面之上，談寶兒卻也已從海中飛出。只見談寶兒的身體晃了一晃，瞬間變成三頭六臂之身，三十根手指一起發動，成千上萬的藍色閃電頓時從指尖飛出，傾泄到四周方圓百丈之內，立時驚起血浪滔滔，海水爲之分流。

「不好！這小鬼走火入魔了！」煙霞眉頭大皺，便要飛身上前相助，但談寶兒的眼光卻已掃到她身上，那咄咄排空的萬千藍色閃電便在一瞬間全數落到了她身上。

只是一個刹那，煙霞引以爲傲的九陰流水陣便被這些閃電給轟了個煙消雲散，若不是她及時又補了一層蓬萊的弱水三千之陣，瞬間聚集了三千斤血水，組成一個防禦水牆擋住閃電餘威，她已然香消玉殞了。但即便如此，當今蓬萊掌門的師妹孽海守護至尊同時還兼職做過前任草原神使的煙霞，還是被瞬間擊出百丈之外，貼著孽海水面滑行許久才定下身形來。

談寶兒在擊出這一排藍色閃電之後，放聲大笑：

「氣凌九霄，惟我至尊！原來這就是九霄之氣！」

他一笑完，神智也瞬間恢復過來，四處尋找，卻沒有看到煙霞，忙運轉青龍訣，視野頓時遍布周圍三千丈，發現口角溢血的煙霞，暗叫一聲糟糕，踏著凌波術飛行過來。

「對不起啊姐姐，那個……剛才我……」談寶兒摸摸頭，很有些不好意思。

煙霞卻沒有理會他的道歉，而是招招手道：

「過來過來，讓姐姐看看！你這小鬼還真是個怪胎，怎麼吞了那麼多孽海果都沒有事？而且好像還因此功力大進？」

談寶兒走到煙霞身邊，任她全身捏捏摸摸的，自己卻露出害怕神情道：

「這孽海果一顆兩顆的也就罷了，一旦服多了威力果然是驚人的，不過因為這些孽海花本身就是神血所化，而我身體裏的真氣卻是眾神之主的羿神所修煉的，天生對他們就有一種懾服力，所以我才可以吞下這麼多都沒有事。」

「那你不是隨便吞多少都沒有事？看起來你成為天上地下第一人的理想並不是個虛無縹緲的夢啊！」煙霞又驚又喜。

談寶兒看她真心為自己高興，暗暗感動，卻搖頭笑道：

「也不是這樣，剛才我一下子吞服了一把，已經將羿神訣從第一階段的大地之氣提高到了第二階段的九霄之氣境界了，以後再服，除了固本培源之外，再不會有什麼別的用處了。」

當下細細將剛才迷糊之間發生的事說了一遍。

煙霞恍然大悟，道：「你個小鬼，還好這次你領悟到九霄之氣，不然已經被那神火給燒死了，下次可別這麼莽撞了！」

談寶兒連連點頭，像極了個乖寶寶。

煙霞笑笑，拍拍他肩膀道：「我看你剛才那一擊，功力竟已在我之上，即便遇到四大天人，也有戰勝之機，姐姐我很是放心放你出海了！」

「姐姐你這就要趕我走？」談寶兒失聲道。他自幼沒有父母，在這短短一段時間裏，已當煙霞如姐如母，對她已然有了一種依戀，一聽說前者要他離開，大是傷心。

煙霞笑道：「癡兒，天下無不散之筵席，該散時就散吧，別做那小女兒情態，平白讓我看不起你！」

談寶兒用力忍住眼淚，點了點頭，勉強笑道：

「知道了姐姐，我不會讓你失望的。那我先走了！回頭我會來看你的！」

煙霞點點頭，最後看了談寶兒一眼，裙袖一揮，談寶兒身後的虛空頓時裂開一條巨大的口子，裏面一陣旋風飛出捲住他，瞬間將他吞沒，口子隨即合上。

談寶兒只覺得眼前一黑，睜眼再看時，眼前夜黑如墨，星辰在天，四周山風凜冽，自己已經重新在懸崖之上。

他輕輕嘆了口氣，收拾情懷正要離開，卻見那虛空中又閃出一道裂縫，一團黑物從中飛出，落到地上顯現出一個人形，正是帶他進入蓬萊禁地的蓬萊七星之首左連城。

左連城看到談寶兒，不由驚喜交加，熱淚奪眶而出，上前一把抱住談寶兒的腳，哭道：

「戰神大人，能再看到您，真是太好了！」

談寶兒飛起一腳，將這廝踢出老遠：

「幹什麼，找死啊，本大神的真身也敢褻瀆！」

左連城猝不及防下被摔得頭破血流，卻也反應過來，忙陪笑道：「大神不要誤會，小人只是剛剛險死還生，所以見到您才很激動，不是存心冒犯！」說時將孽海中經歷細細說了一遍。

原來左連城本來是用偃木之陣，駕了朵碧雲停在孽海上空等待著談寶兒上來，但不知何時被莫名其妙地扔進了一個古怪的空間，他全身無力無法動彈，但偏偏四周全是鱷魚獅鷲等猛獸惡禽，不斷撕咬他的身體，痛楚難忍，但就在他自以為必死的時候，卻忽然發現自己能動了，而下一刻他就完好無損地出現在了禁地之外。

談寶兒聽他敘述，自然明白是煙霞惱他隨便帶外人進出禁地，算是給他的薄懲，那些猛獸惡禽應該都只是陣法幻象。但他卻不說破，反是一副氣乎乎的樣子道：

「你還好意思說，我在血海之底，本來是搜索神兵法寶的，但看到你被困到仙陣之中，這才拼死救你出來，連一件法寶都沒有時間收取，你說這筆賬咱們怎麼算？」

左連城聞言，又是懊惱又是感動：「啊！大神你爲了救小人，連法寶也沒收取？這……

這叫小人怎麼報答您才好呢?……啊!有了!」左連城忽然叫了起來。

談寶兒被他嚇了一跳，怒道:「你個白癡，想嚇死你爺爺啊，沒事鬼叫鬼叫什麼!」

左連城被大聲呵斥，卻不敢生氣，反是陪笑道:

「大神息怒，大神息怒!是這樣的，這仙家禁地出來，就要再過十五天才能進去了!大神得不到裏面的法寶，心裏想來很不愉快!不過小人已經想到另外一件寶物，可以讓大人開心開心!」

「哦?什麼寶物，說來聽聽!」談寶兒頓時來了興趣。

「這件寶物麼，此刻正在凌霄殿裏!大人還請移駕!」左連城嘿嘿笑了起來，眼中盡是邪惡光芒。

談寶兒看他笑得詭異，不由更加好奇:

「媽的!你別賣關子，先給老子說，到底是什麼好的寶物可以比得上仙家法寶?」

左連城忙道:「回大人的話，我們蓬萊呢，最重要的法寶都被家師藏在水天閣裏，但老實說，這些東西對凡人或許是寶物，但對大神你來說，只怕用來擦屁股你都嫌髒!所以呢，小人這次獻給你的，並不是一件東西!」

「不是東西?那是什麼?」談寶兒一時沒有反應過來。

左連城嘿嘿笑道：「是一個活人！一個活色活香的大美人！蓬萊最美的美女，我的師父羅素心！此刻她正在凌霄殿裏，我這就帶大人去，你看如何？」

「你……你說的是真的嗎？」談寶兒萬萬沒有料到左連城竟然會想出這樣一個混賬主意來，一時只有瞠目結舌的份。

但這副表情落到左連城眼裏，就變成了失魂落魄，於是忙不迭地陪笑道：

「當然是真的，當然是真的！小人敢以性命擔保，我師父絕對是整個蓬萊第一美女，容貌絕對比仙女還美，大神你見了就知道小人不是說謊了！」

談寶兒覺得自己快被這混蛋給打敗了，自己已經算是很無恥了，沒有想到和左連城一比，才知道自己純潔得像個三歲的小孩！他心中轉著念頭，表面卻沉吟道：

「那好吧！既然你這麼有誠意，本大神不成全你就顯得有點矯情了！你前頭帶路，咱們這就啓程吧！」

左連城忙不迭的答應，前頭帶路，兩個惡棍懷揣著鬼胎，放聲大笑，一起離開懸崖，朝著凌霄城方向走去。

長夜未央，星辰閃爍，冬日的夜晚，空氣濕冷。順著崎嶇山路，兩人不時再次來到之前那個絕壁甬道。談寶兒再看峽谷上的古怪圖文，那些圖形他依舊不識，但那些這些文字他終於想起自己當日是在葛爾草原上曾經見過，這正是草原各族的通用胡文。

當日在草原的時候，胡戎族長之女桃花曾經教他認過，可惜當時他多數眼光都逗留在了桃花身上，這些字自是人家認得他，他認不得人家。

談寶兒想起這些絕壁上的文字該是煙霞入禁地之前刻上去，以遣思鄉之情。只是卻也不知道說了些什麼，不然倒是可以想知道她有什麼心願也未可知。一念至此，他再次將那些圖文默默記憶一遍，希望將來回到草原去找桃花問問。

出了絕壁甬道，兩人展開身法，穿過草莽，過不得多時，到了瀛洲廣場，再上登雲梯，一路無事，不時重新登上凌霄城。

上次昊天盟大戰蓬萊，凌霄城被楚接魚和軒轅狂兩人聯手弄得灰飛煙滅，重建之後，城中戒備已非前日可比。當時談寶兒雖然到了樓閣上作壁上觀，但視線僅僅限於廣場四周，對於凌霄城深處如何並不知情。這次進來，才發現這裏樓閣成群，建築雄偉深邃，比之永仁帝的皇宮並不多讓，暗自嘆爲觀止。

好在左連城本身就是蓬萊首徒，熟悉建築格局和巡邏守衛的順序，而談寶兒經過在孽海中一圈打轉，得到孽海果之助，一身法力已然憑空晉級到了和四大天人同級的恐怖境界，此外，孽海花開的刹那，他的精神力更是有了長足的進步，對事物的敏感程度遠遠超越以往。這兩人聯手，自然是進出這防備森嚴的凌霄城如入無人之境。

兩人在樓閣陰影間也不知穿梭了多久，談寶兒漸生煩躁，皺眉道：

「你爺爺的！到底還要多久才到？」

左連城嚇了一跳，忙傳音道：

「戰神大人請息雷霆之怒，你看，前面這可不就到了嗎？」

隨著他手指方向，前方忽現一片白石所造樓閣，如一片白色長雲，攀在一座險峰的崖壁之上，極是清雅脫俗。

談寶兒點頭道：「不錯不錯，這個房子建得很有創意很有品味嘛，是誰設計的？」

左連城聞言，不禁輕笑著點了點頭，認真答道：

「除了逸仙樓，其餘都是無極祖師設計的！」

要知道兩人現在所看到的地方，正是蓬萊派的白雲深閣，除開剛剛他們去的那個仙家禁地之外，這裏就算是蓬萊最重要的地方了。因爲藏著蓬萊所有典籍和法寶的水天閣，供奉歷代蓬萊祖師靈位的逸仙樓，以及蓬萊掌門住的入雲閣，全都在這裏。

「哦！是那臭小子啊！瞭解了！」談寶兒裝模作樣地點頭。

左連城道：「大人，這裏是蓬萊佈局最森嚴的地方了，以小人的能力，是偷進不了樓的！你看要不就你自己去家師所在的入雲閣吧！」

談寶兒笑嘻嘻道：「誰說要你偷偷進去了？你給老子正大光明地進入雲閣去！反正這次事了之後，你也要成神了，走之前，總要給你師父道別的不是？」

左連城無奈，只得陪笑道：「是，是，小人這就去，請大人隨後跟來！」

談寶兒盯著左連城的眼睛，笑嘻嘻道：「放心吧，我隨後跟來！」

左連城來到白雲深閣入口的地方，頭腦很有些暈眩，招呼也不打，就朝裏面走，兩名守衛見是他，卻也不敢攔阻，任由他進去。

但緊隨左連城的身後，卻似乎有一道淡不可見的影子貼身跟隨著，剎那也閃身入門而去。

其中一名守衛擦擦眼睛，碰碰旁邊的人道：

「小四，你剛剛有沒有看到其他的人跟著大師兄過去？」

小四笑道：「你這傢伙，該不會是這幾日做那事太多，頭暈眼花了吧？這是白雲深閣，每一寸土地每一寸空間上都有著至少十八層陣法的禁制，除開本門中如大師兄這樣的高手，即便是楚接魚那樣的變態，也是不可能偷摸進去而不觸發禁制的。」

「說得也是！」那守衛點點頭。

兩人說話的空檔，左連城已經進了白雲深閣，走不得多時，已然到了入雲閣前。

負責這裏守衛的卻是蓬萊七星的老七衛容。

衛容見左連城到來，不由喜道：「大師兄，你終於回來了？師父和我們大家都在到處找你呢！師父正在裏面等你，你快些進去見她吧！」

「嗯！」左連城點點頭，不再多說，推門進去。

衛容看他怪怪的，自不疑他心中有鬼，只道剛才戰神殿裏發生的事嚴重打擊了他的自信，也不以爲怪，只是暗暗嘆息。

入雲閣共有兩層，左連城進到底層之後，四處張望，卻不見談寶兒，正自奇怪，卻見身邊光影一閃，談寶兒已經顯出身形來。

左連城又驚又佩，道：「大神你真是厲害！這邊禁制極多，你居然也神不知鬼不覺地進來了！」

在孽海之中，談寶兒的真氣和念力都有了長足的進步，體內除了大地之氣外，已然多了一種九霄之氣。與大地之氣配合的身法是凌波之術，而與九霄之氣相配合的身法就叫「御風弄影術」，這種法術施展開來，他整個人再不是實體，而是變成了一陣毫無痕跡的風或者一個淡淡的影子，旁人根本無從發現。

談寶兒自然懶得解釋這些高深，只是淡淡一笑道：

「這種禁制，老子一泡尿也將他沖垮了！別說了！我們先上去辦正事！」

「好……咦，大人，怎麼你又不見了？」

「難道我每次進入陣法中隱身都要告訴你啊？別那麼多廢話了，快點上去幫我通傳一聲！」

「通傳一聲？」左連城愕然。

「難道你連這個都不會？你這個候選掌門是吃什麼吃大的啊！」談寶兒很火大。

「是是是……」左連城頭腦冒汗：「大神您稍等，小人這就給你通傳去！」說完，蹬蹬蹬踩著樓梯上去了。

左連城戰戰兢兢地走上樓來。

這時候，羅素心正盤膝坐在床上，思索著什麼問題，睜眼見他進來，詫異道：

「連城，你半夜三更來找爲師，有什麼事嗎？」

左連城看她眸光清澈如水，沒來由心頭一寒，但隨即想起自己現在有戰神罩著，實在不用懼怕這些凡人，當即膽氣一壯，哈哈大笑道：

「不是我，是戰神大人要找你！他過一會兒就要上來和你共度良宵，要你先去準備一下！」

羅素心臉色驟冷，喝道：「左連城，你胡說什麼？」

左連城被她一喝，頓時有些發顫，耳邊卻忽然響起談寶兒的聲音：「你怕個鳥啊，有老子罩著你呢！」他膽氣頓時爲之大壯，再次大笑道：

「我可沒有胡說！戰神大人君臨天下，看上你是你的福氣。」

「你……」羅素心氣得臉色發紫，急怒之下，手掌一揮，正正地印在了左連城胸口上，封水陣法發動，封住了他全身血脈，頓時死於非命。臨死的時候，他眼中一片的迷茫，顯然想不通戰神爲什麼不救自己。

羅素心在一個陣法將左連城打得永不超生之後，心情忽然平靜下來，察覺出不對的她當即駕馭著碧雲朝樓下飛去，但等她落到樓下時，四周空無一人，裝神弄鬼的戰神大人早已逃之夭夭了。

羅素心想了一陣，最後終於歸結到剛才左連城被談容的法體展現的奇蹟給嚇得走火入魔了，才做出如此有違常性的舉動來，最後嘆息一聲，叫來眾弟子將事情簡略說了，眾人都是嘆息惋惜不已，各自忙著操辦後事，一時哀鴻遍野，哭聲震天。

第七章　大亂之源

卻說談寶兒，在孽海之中他精神力大增之後，已然可以使用小三留下的一法萬相術，剛才在進入白雲深閣之前，他已在左連城身上放下了一個萬相術的副相，通過副相和本相的精神聯繫，他雖然在樓下，依舊很清楚地知道樓上所發生的一切，在左連城身死的一剎那，他已然收回念力，吐吐舌頭，瞬間轉移出入雲閣。

在他原來的計畫裏，這次只是想讓左連城這個混蛋身敗名裂，但萬萬沒有料到羅素心出手這麼狠辣。只不過對於左連城這種人，他是沒有一點憐憫的，暗暗冷笑幾聲之後，御風弄影術施出，整個人頓時在瞬間化作了一陣清風，飛出白雲深閣，沿著來路返回，越過重重樓閣，不時來到凌霄城中。

他化作清風圍繞著凌霄城轉了一圈，非但沒有找到若兒和楚遠蘭兩女，就連寒山派一干人等卻也遍尋不到，不由大是奇怪。

他想了想，飛出凌霄城來，卻發現在蓬萊派專門爲自己建造的戰神殿外，此刻竟圍著一大堆人，定睛看去，正是寒山眾弟子，一大幫人圍在殿門口，吵吵嚷嚷的，臉色多有不平。

談寶兒法力大增之後，耳力卻也是今非昔比，遠遠地他就聽見這些人吵嚷的內容，正是因爲自己的「法體」已不見，只以爲是蓬萊不守信用，一個個都嚷著要找蓬萊的麻煩。

談寶兒暗自感激，心說：畢竟老子死了之後，肯真心對自己好的人還是有不少，可不能讓這些人繼續爲自己擔心下去了，當即展開風形，順著人縫溜了進去。

神殿之內，若兒、楚遠蘭和秦觀雨三女正在自己的神像下，一個個梨花帶雨，愁容滿面，而無法卻正抓著兩個負責守衛的蓬萊弟子，提著醋鉢似的碩大的拳頭，一副兇神惡煞的樣子逼在那兩人的腦門前，旁邊寒山掌門的清惠師太正在好言相勸，道：

「無法師侄，不要再逼問他們倆了，依貧尼的看法，他們倆也是真的不知道聖僧的法體去了何處。」

「是啊是啊，最後看到戰神遺體的是大師兄，大師你儘管去找他，別爲難小人啊！」一名守衛哀求道。

無法眼睛血紅，怒道：「阿彌陀佛，那龜兒子知道我們要找他，早帶著老大不知跑哪個烏龜洞裏去了，我們怎麼找得到？」

這時候，楚遠蘭忽道：「算了無法，他們多半也不知道，我們還是趕快離開這裏，去找人要緊。你和寒山的諸位下山四處找找，我和公主去找羅掌門，或者她應該知道怎麼找到左連城吧！」

清惠師太點點頭道：「眼前也只有如此了！」說完帶著寒山派眾人就要離開。而無法等人也提不出異議，都轉身正要出廟，卻在這個時候，秦觀雨卻驚呼起來：

「啊！你們快看！」

眾人回頭順著秦觀雨所指的方向看去，一時皆呆住，各自驚喜交集。原來就在剛剛眾人轉身的剎那間，談寶兒已出現在那個神像上的香案之上。

若兒和楚遠蘭回過頭來，發現自己思念了千萬次的心上人，此刻真的斜坐在香案上，正看向自己。那壞壞的熟悉的微笑，那明亮的雙眼，雖然什麼都沒有說，但千言萬語卻已盡在不言中。

「老公！」

「容哥哥！」

兩女驚喜無限，同時歡呼一聲，縱身朝著談寶兒撲了過去。

「在！」談寶兒大笑著答應，一手一個，將兩人緊緊抱住。

「哈哈！老大！我也來！」無法喜極而泣，也朝著談寶兒撲了上去。

「哇塞！老子只有兩隻手，滾遠點！」談寶兒笑罵一聲，側身一讓，同時飛起一腳，正中無法的屁股，後者哎喲一聲，摔了個狗吃屎。

場中所有的人都笑了起來，但笑過之後，卻都覺得眼角有些濕潤，在這一刻，大家都沒有去想為什麼談容忽然死而復活，心中都滿是感動。還有什麼比多日的生死守候終於相思得償更讓人想流淚的呢？

「談大……」秦觀雨在兩女撲上去的時候，腳下動了動，但卻終於沒有過去，後面的話，出口之後也變成了一串無意義的呻吟低語。看到若兒和楚遠蘭臉頰都是淚珠滾動，她忽然覺得鼻子有點酸，眼眶中有些濕熱，慌忙轉過頭去，悄然朝殿外走去，但一行淚水卻已不爭氣地灑落在剛剛留下的腳印裏。

在這一剎那，秦觀雨忽然覺得自己竟然很嫉妒自己的好朋友若兒和楚家小姐。她拼命地讓自己不去想，但從寒山的那個夜晚第一次見到談寶兒，到這一路行來，和這個人在一起的點點滴滴，卻一股腦兒地湧上心來，讓這個在尼庵中苦修十八年的少女的心，再不能古井不波。

一切有為法，如夢幻泡影，如露亦如電，應作如是觀！秦觀雨輕輕地告訴自己。但這一刻的她，卻怎麼也無法將自己的情緒從這些夢幻泡影裏抽離出來。她做不到如是觀。

她信步走出神殿，只見殿外星斗滿天，輕柔的夜風好像一雙雙溫柔的手，吹在她的臉頰，撫摸著她寂寞的女兒心。

卻在此時，東邊的天際卻忽閃出一道刺目的閃電，那閃電是如此的巨大，彷彿是一把倚天之劍，劍光在一瞬間將蒼穹撕裂成兩半。

但這閃電來得快卻也去得快，僅僅是一剎那之後，降落到蓬萊三十六島的一個小島上，驚起震天動地的巨大轟鳴聲後，隨即一閃而逝，天地復又歸於寂寂。

秦觀雨卻敏銳地察覺到這道閃電的不同尋常，不及細想，當即展開御物術，凌空飛起，朝著東南落了過去。

雖然閃電落下的小島和瀛洲島距離不算近，而最要命的是在蓬萊，處處都是陣法，要想凌空直飛過去，那幾乎是不可能的事，是以秦觀雨雖然全力施展念力，等她落到這個小島上時，已經是一刻鐘之後。

那道閃電在遠處看來已經是聲勢驚人，落到島上之後所產生的威力更是觸目驚心。秦觀雨一眼望去，只見這島山上已經憑空被炸出了一個方圓里許的大圓坑，而坑的四周都是燃燒著熊熊的烈火，白煙升空，如雲蒸霞蔚，極是壯觀。

秦觀雨瞠目結舌一陣，朝著圓坑飛了過去，但她剛一落到圓坑的邊緣，卻陡然感覺到坑裏有一道凜冽的寒氣箭射而出，直沖九霄。

秦觀雨不敢直挫其鋒，忙朝旁邊閃過，便見一道白光已從坑裏直射出來。那白光射出坑外，定下身來，仔細一看，卻是身著白裙的赤足美女。

「謝姑娘！」秦觀雨看清這美女的臉之後，不由叫了出來，「你怎麼在這裏？」

這白裙赤足的美女自然正是魔教聖女，魔陸第一高手魔宗厲九齡的弟子謝輕眉。

謝輕眉看見秦觀雨也是微微一愣，隨即笑道：

「原來是秦姑娘，真是巧啊！」

「巧什麼巧？小師妹，你遇到我們魔族的熟人了嗎？」謝輕眉的話音方落，一個鐵塔似的巨人大叫著又已從坑裏跳了出來。

秦觀雨見這人身高八尺，還一身的腱子肉，手裏竟然托著一個巨鼎，大如洪鐘，造型古樸，本已是一驚，但再聽見他的話，立時變了臉色，厲聲道：

「你們是魔族的人？」

鐵塔巨人聽秦觀雨這麼說，也是大失所望，隨即咧嘴露出雪白的牙齒，怪笑道：

「原來不是魔族的啊！那可怪不得天狼大人我殺人滅口了！」當即身形移動，伸出一隻擎天巨手就朝秦觀雨的咽喉抓了過去。

「別節外生枝了，三師兄！趁蓬萊的人還沒有到，咱們還是快點走吧！」謝輕眉氣得不行，這個天狼師兄，老是一說話就能洩露自己的底牌，讓人氣個半死。

天狼伸出去的手這才收回，看著秦觀雨怪笑道：「算丫頭你好運，爺爺今天忽然不想殺人了！」當即兩人飛身朝著海面落去。

秦觀雨雖不明白這兩人搞什麼鬼，但既然是魔族之人，自是不能放過，冷喝道：「哪裡走，都給我留下吧！」飛身起來便要追去，但她才一動，那巨坑裏卻瞬間躥出一片烏光，朝她猛撲過來。

秦觀雨隱隱聞到一陣腥氣撲鼻而來，知道有毒，不敢怠慢，身體不得已下朝後一仰，同時施個《御物天書》裏的御木訣，意念到處，巨坑四周許多正在燃燒的樹枝紛紛離地而起，如離弦之箭，朝那一片烏光射去。

「啊！」只聽得一片難聽至極的慘叫聲響起，那片烏光墜落下來，變成了一個個蛇首人身的怪人，各自摟著被樹枝射中的地方，在地上蠕動哀嚎。

秦觀雨不知這正是魔人八族之一的蛇人族，只道是什麼妖物，驚愕不已。那些蛇人叫了片刻，隨即身體蜷縮成圈，化作一條條黑色大蛇，一命嗚呼。

秦觀雨愣了一下，忽然聽見海面傳來陣陣水聲，定睛看去，卻見謝輕眉和天狼已然落到海面一條小船之上，小船破開水面如箭遠去，她再想追時，卻已然不能，只能眼睜睜看著那一舟帆影消失在海天明月之間。

「是什麼人?」一個聲音響起。

秦觀雨回過頭去，發現問話的正是談寶兒，幽幽道：「你捨得過來了嗎?來的是謝輕眉!原來她竟是魔人!」

「啊!是嗎?」談寶兒被秦觀雨的態度和她突然發現謝輕眉的身分搞得有點矇，半真半假地愣了一下，「那我們快追!」

「不用了!」秦觀雨將他攔住，「已經走得太遠，追不上了!」

這時候，若兒、楚遠蘭、無法和寒山派人次第到達。眾人先前也是在瀛洲山頂看到閃電，並不知道發生了什麼，看著那大坑都是吃驚不已，再聽秦觀雨的敘述，一個個瞠目結舌之餘，紛紛議論起來，全然不知道魔人是如何突破九鼎大陣進入神州的。

這時候，天邊又閃過兩道光華，落下地來，卻是軒轅狂和羅素心。原來剛才在瀛洲山頂，兩人也都看到了這邊發生異常景象，忙一起趕了過來。

軒轅狂在人群中看到談寶兒，先是一愣，隨即哈哈大笑，上前一把抱住談寶兒，大力拍著他後背，大聲道：

「二弟，還是兩位弟妹有眼光!她們說你沒有死，你果然就沒有死!媽的，你個混球，怎麼現在才醒來，害得老子白白為你擔心……」

說到後來，他眼眶一紅，漸漸泣不成聲。一代絕世高手，竟然孩子似的當眾哭了起來。

談寶兒大是感動，卻一把將軒轅狂推開，哈哈大笑道：

「媽的，一個大男人怎麼哭得像個娘們！像我這樣的蓋世英雄，本該是拉風得像漆黑中的螢火蟲一樣，那麼憂鬱，那麼的出眾，即便是我睡著了，身上也該光華萬丈才對。這魔人還沒有趕出神州，神州百姓還等我拯救他們於水火；我的好老婆們還等著我……；你看看，老子還有好多大事沒有做，你這沒有眼光的傢伙，怎麼能認為老子就這麼不負責任地死了呢！」

他語調誇張，眾人聞言都不禁笑了起來，軒轅狂自也是失笑，道：

「媽的，說得對！最重要的是你都還沒有和我好好喝幾罈酒，怎麼能就死了呢！」

「哈哈！幾罈怎麼夠？至少也要幾缸啊！」談寶兒大笑。

眾人也跟著笑了起來，一時間竟然沒有人去管那剛剛被魔人弄出來的大坑，全都沉浸在一種喜悅裏。

眾人說笑中，又有許多蓬萊弟子聞訊趕來，除了左連城之外，蓬萊七星的其餘六人全數到場。羅素心自從到達之後，一直沒有和談寶兒說話，此時卻從人群中走出，慢慢走到談寶兒面前，忽然雙膝一曲，跪了下去。

談寶兒大吃一驚，忙伸手去攙扶，卻發現後者身體重如萬斤，鞋底和地面接觸的地方隱然有黃光燦爛，知道她是暗中使了個蓬萊的土系高級陣法立地千鈞，使身體和地面融為一體。

談寶兒心知以自己今時今日的功力或者可以強行將她扶起，但一來這樣太掃她面子，二來自己也並不打算暴露實力，唯有苦笑道：「羅掌門你這是做什麼？」

羅素心誠摯道：「談將軍於我蓬萊有存亡大恩，請受素心三拜！」說完當即低頭下去。

談寶兒自是裝模作樣的閃到一邊，但羅素心卻隨著他身形移動轉動身體，堅持磕了三個響頭。

其餘蓬萊弟子見了，也忙跪下道：「談將軍請受我三拜！」一時黑壓壓的一片人頭攢動，好不壯觀。

談寶兒心頭得意，心道：「沒有想到老子也有今天，整個蓬萊派的人都給老子磕頭，要是回頭到如歸樓說去，老胡和張三大概也得嫉妒死了！」口中卻笑道：「大家都起來吧，這又不是過年的，本將軍可沒有紅包給你們！」

眾人這才起身。羅素心一拱手，正色道：

「大恩不言謝！談將軍今後若有任何吩咐，蓬萊一派隨叫隨到！」

「呵呵，放心吧，我不會和你客氣的！」談寶兒笑著點點頭。他回頭望了望那巨大天坑，這才想起秦觀雨說這坑竟似是謝輕眉所造成，忙朝那坑走過去，邊走邊問秦觀雨道：「觀雨，你真的看到謝輕眉從這裏出來嗎？」

秦觀雨點了點頭，道：「沒錯！這地上的就是魔族蛇人的屍體，她身邊還有一個叫天狼的魔人一起！哦，對了，她手裏還拿著一個鼎，樣子很是奇怪！」

「鼎？」談寶兒聞言，頓時停住腳步，「那鼎什麼樣子？」

秦觀雨想了想，道：「青銅質料的，具體的形狀說不上來，只是很古樸的樣子，不常見到！」

「古鼎！」談寶兒的臉色頓時大變，三步併作兩步走到那巨大圓坑邊上，極目看了看，卻看不出個所以然，當即飛身落了下去。旁邊眾人見了，忙也各自跟著跳了下去。

這是一個圓錐形的巨大深坑，但四壁的石痕卻不是新的，上面刻著各種各樣的花紋，顯然是存在已久。這石坑高達百丈，下到底部的時候，黑漆漆的一片。好在眾人都視力驚人，而且蓬萊弟子也帶有照明的明珠，倒不難視物。

談寶兒看了看四周，問羅素心道：「羅掌門，這個地下大坑有多少年代了？」

羅素心苦笑道：「說了只怕你不信，這坑的存在包括我在內，都是一直不知道的。」

無法叫道：「真的假的，羅掌門？你看這四周的花紋都很古舊，說不定這裏就是你們蓬萊派藏銀子的地窖啊！嘿嘿，這下可是被魔人一下子都給弄走了吧！」

羅素心怎麼也想不到這禿驢有如此豐富的想像力，苦笑著正要解釋，卻聽楚遠蘭失聲叫了起來：「神州九鼎！」

四周所有的人聞言都是大吃一驚，齊齊將眼光集中到她身上。唯有談寶兒卻早已猜到這裏多半埋藏了神州九鼎之一，而被謝輕眉帶走的那只正是九鼎，聞言大是頹喪。

眾人矚目裏，楚遠蘭道：

「這四周石壁上的文字，應該是上古眾神時代留下的，因爲這些字是古代的金文。」

「哇！蘭嫂子你好厲害，連金文都認識？」無法佩服至極。他自幼混在禪林藏經閣，可說是飽讀天下經典，卻也並不認得這些文字。

其餘諸人自也不認得金文，聞言也是點頭，心說談容名震天下，沒有料到他的未婚妻也是一般的出類拔萃。只有談寶兒暗自詫異，心想：這丫頭好像是什麼輸贏（疏影）傳人，難道她們這一派除了教人怎麼賭錢外，還教人識字，天底下還有這麼好的賭場？回頭有機會時得找無法仔細問問。

楚遠蘭淡淡笑了笑，又道：

「這些金文的大意是說，這裏收藏了神州九鼎之一的流金鼎。從觀雨的敘述來看，那鼎多半已經被魔人帶走了！」

這下子人群「轟」地一下炸開了。要知道禹神九鼎大陣的傳說神州人盡皆知，而魔人一碰觸到九鼎結界就會被煙消雲散，更別說親自帶著九鼎走了。這一場大亂，只怕已是迫在眉睫了。

眾人吵吵鬧鬧一陣，最後卻都將眼光集中到了談寶兒身上。因爲唯有談寶兒現在沒有說話，而且通過上次力挽狂瀾拯救蓬萊派的舉動，加上他原來的聲望，現在他在眾人的心目中，地位已是如神一般。

但談寶兒的心中現在其實也是一團糟。他早就覺得謝輕眉到蓬萊來一定有什麼陰謀，初時他還以爲是對蓬萊不利，但卻萬萬沒有料到是這裏居然也收藏著一只九鼎，而且她居然輕車熟路地又像上次盜走吸風鼎一樣，就將這只鼎也取走了，她到底憑的是什麼呢？

他想了想，忽然一拍腦袋，對眾人道：「你們先等等我，我去去就來！」說完身形一閃，投入海水中，隨即消失得無影無蹤。

眾人搞不清楚他搞什麼飛機，但他入海之後就再也沒有痕跡，卻也追不上，只有耐心等待。

過了約莫半個時辰的樣子，談寶兒再次從水裏冒出身形，落到岸上，卻是衣衫如舊，寸布未濕，除了秦觀雨和無法知道這是青龍訣的效果外，眾人都是嘖嘖稱奇。

「容哥哥，你剛去哪裡了？」楚遠蘭代替眾人問出了自己心中的疑問。

談寶兒搖頭道：「去了一趟水晶宮。本來以為青龍那老小子會知道魔人的去向，哪知道這小子去北溟渡假去了，沒有打探出結果。」

寒山眾人聞言是口念阿彌陀佛，蓬萊派的則是讚嘆不已，但看談寶兒的眼神都是更加直了。想想吧，青龍可是羿神座下四大神尊之一，常人只能在夢裏才能看到他，談容去他家裏玩卻像逛街一樣容易，這樣的傢伙實在是厲害得沒邊了。

「那談將軍，眼下我們該怎麼辦？」羅素心貴為一派掌門，但在談寶兒這個戰神轉世面前就實在是不夠看了，畢恭畢敬地問談寶兒的意見。

談寶兒道：「看起來這裏真的曾經收藏了九鼎之一，如今落到魔人手上，如果他們將鼎帶出神州，那九鼎結界就不攻自破，魔人就能從各個方向進軍神州，那問題就大了！羅掌門，請你通知東海王以及四周諸島，讓他們提防。我要趕快回京城，讓皇上下令全國搜索魔人的蹤跡，希望能在他們將鼎帶出神州前追回來。」

「好的！出去我就讓人去辦！」羅素心答應。

當即一行人從巨坑出來，重回瀛洲山。羅素心一面讓人去通知東海王和包括昊天盟在內的一干黨羽，一面讓廚房煮下酒菜，在凌霄城中設宴慶祝談寶兒「死而復生」。

席間被眾人問起生死之謎，談寶兒這賤人當眾撒了個彌天大謊：

「當日擊退凌步虛之後，我真氣耗盡，元神出竅回歸神界，才被羿神告知我是戰神轉世，唉，我本來是打算在那邊多玩玩的，可是想到我的老婆們還在這人界等著我，就趕忙跑回來了，不想也就在那喝了頓小酒的功夫，這一回來人間已是三個月了！」

眾人聽得是目瞪口呆，嘖嘖讚嘆，心中對他越加敬重。若兒和楚遠蘭卻是心中甜蜜，一左一右摟著談寶兒的兩個肩膀，全然不顧忌自己的身分，搞得旁邊人豔羨不已。

既然他當眾承認自己是戰神轉世，那其餘一切神跡也就可以順理成章的解釋通了。羅素心想起左連城用火去燒戰神，最後落得走火入魔被自己打死，心中一陣嘆息。

因為談寶兒對蓬萊有關乎存亡的大功，席間蓬萊眾人不斷上來敬酒，談寶兒酒量頗豪，來者不拒，卻越喝越是精神。旁邊眾人看了自以為他是戰神轉世不足為奇，談寶兒自己卻是詫異至極，他先前酒量雖好，卻也不到千杯不醉的境界，此時卻怎麼喝也不醉，仔細想來該是功力大增，酒量也因此大增。

這一夜折騰，不許久就已到天亮，談寶兒立時向羅素心提出要告辭。

羅素心道：「戰神大人，我有些不情之請……不知能否移駕幾步說話？」

談寶兒笑道：「只要大哥不怕我挖他牆角，我無所謂的！」

軒轅狂笑道：「你要是有這本事，我是沒有意見的！」

談寶兒衝若兒和楚遠蘭笑笑，和羅素心到了凌霄殿中一處無人房間。

羅素心張嘴想說什麼，卻似乎又說不出來。談寶兒看她欲言又止，笑道：

「羅掌門是有太多的問題問我，一時卻不知從何問起是吧？那我就先說說屠龍大哥的事吧！」

他當即將自己在天牢中遇到屠龍子的事簡略說了一遍，然後說到自己兩上蓬萊，一直說到自己對陣楚接魚時都是真實，而昏迷之後的情況自然是說自己回到神界，一頓的玄虛。

羅素心聽得一愣一愣的，幽幽嘆了口氣，道：

「大師兄你這又是何苦呢，我當年只不過隨便說說罷了！你這後半生都在想破解張若虛的九九窮方陣，因此耗盡生命，但卻沒有想到這陣最後竟然救了整個蓬萊！這其中恩怨，實在是難說得很！」

談寶兒曾經聽煙霞說過，知道她和屠龍子之間似乎有感情糾葛，自己不便插嘴，只有裝傻點頭。

嘆氣完，羅素心又道：「談將軍，劣徒連城之前多有冒犯，但他也已經神智失常，被我不慎斃於手下，之前得罪之處，還請不要放在心上！」

「啊！左兒死了？」談寶兒裝模作樣叫了起來。

「嗯！」羅素心點點頭，望向談寶兒的眼睛，「他死了也就罷了！不過他身上的我派掌門信物碧玉符卻不翼而飛。我聽弟子們說，他臨死之前，唯一最近距離接觸的就是您，不知那碧玉符……」

談寶兒心頭大喜：「有竹槓敲了！」當即點了點頭道：

「不錯，那碧玉符確然是在我身上。是這樣的了，當時他一進來的時候，我正好還魂，順便就從神界帶了一顆可以讓凡人直接成仙的丹藥回來，他非要跟我買，但身上又沒有銀子，就將這玉符押給我，說是當一百萬兩！你看，這個，他這人雖然不怎樣，但我不可能有生意也不做是吧，就勉爲其難的答應了。」

羅素心聽得將信將疑。本來這諸神傳說已是虛無縹緲之事，她不願相信，但談容年紀輕輕就能做下許多驚天動地的事，若說不是天神轉世，卻又難以服人。她再一深想，想起左連城今天的行動反常，只怕是吃了神藥以爲自己要成仙了，才敢如此放肆，只是沒有料到那丹藥的效果並不是立時生效吧！

想「明白」道理，羅素心暗自慚愧，對談寶兒道：「談將軍，請稍等片刻！」說時轉進大殿內堂，過不多時捧出一大堆銀票，「將軍，這是一百萬兩，算是代劣徒所償！」

「這銀子呢，我本來是用不著的。不過眼下前線戰事吃緊，我就當是你蓬萊捐獻的軍費吧！」談寶兒假惺惺地收了銀子，將玉符歸還，心中卻後悔得腸子都青了，早知道羅妹妹這麼爽快，要一千萬兩就好了。

羅素心覺得談容既然是戰神轉世，自是真的不需要金銀這些俗物，聞言只覺得順理成章，再無懷疑，反是對其高尚人格讚賞不已。

兩人又說一陣閒話，出了大殿來。

外面天光大亮，廣場上，寒山派眾人已將九木神鳶準備好，若兒等人也已上去，只等談寶兒一上去就可以出發。

談寶兒就要啓程，卻被軒轅狂叫到一邊。

談寶兒看這老小子神秘兮兮的，不由低聲抱怨道：

「大哥，怎麼你兩夫妻都是這樣，非要把人家拉到一邊私會才滿意啊？」

「滾你爺爺個蛋吧！」軒轅狂笑罵一聲，臉色隨即變爲嚴肅，「二弟啊，大哥既然認了你做兄弟，就不能不提醒你一下。你的陣法雖然奇詭，但楚接魚的功力高深莫測，你上次能勝他實是僥倖得很！若是路上遇到他，可要多加小心。」

談寶兒知道自己雖然得到孽海果之助學成了九霄之氣，但楚接魚卻已超越了天人境界，一旦相遇，勝負難說得很，聞言先是點了點頭，隨即卻是心念一動，道：

「大哥，似乎這天人境上面的逆天境你也已達到，你教我……嗯，好像沒有什麼時間了，那你隨手給我一堆逆天境的絕世武功秘笈什麼的，我回頭慢慢修煉，等我練成了，就不用怕他了！」

「不行！」軒轅狂搖頭。

「爲什麼不行？還大哥呢，這點忙都不幫！」

軒轅狂笑道：「不是我不幫你，而是幫不了你。逆天境的領悟靠的是自己，不是別人能幫忙的！而且依我看，你這一輩子，都和逆天無望，老老實實的修煉你現在的功法吧！」

「有你這樣做人大哥的嗎？不肯給法門就算了，還詛咒我永遠無望，真無恥！」談寶兒心裏很悶，搖頭走開。

見他到了九木神鳶上，清惠師太正要下令起飛，卻聽一人嘶啞著嗓子叫道：

「等等我！」

眾人詫異至極，循聲望去，卻見一顆人頭從登雲梯方向慢慢冒了出來。這人一頭的亂髮蓬鬆，臉上髒兮兮的，看不清楚面容，自也不知老少，衣衫襤褸，與其說是穿著衣服，倒不如說弄了些碎布條胡亂纏在了身上。

眾人皆愕然，顯然弄不清楚這人的來歷。那人張著一雙空洞的眸子四處望了望，最後落到九木神鳶上，看到談寶兒，眼神裏頓時充滿熱切光芒，踉踉蹌蹌地就撲了過來，同時淚如雨下，用一種肝腸寸斷的聲音哭道：

「老大，等等我，老大……」

「兄弟哪位啊？」談寶兒覺得自己並不曾有這樣一個小弟。

「我……我是小青啊！」那人哭得幾乎說不出話來。

「小青？別逗了，小青哪有你帥？」談寶兒這沒心沒肺的賤人，一時竟沒有想起小青是誰，出語就很敷衍。

「小青！」秦觀雨聞言，忙飛了過去將他扶起，回頭對談寶兒喜道，「談大哥，真的是小青！我還以為他掉懸崖下摔死了呢，找了好多天沒有看到……沒有想到，這可真是……」

她天生一副慈悲心腸，這一激動，頓時喜極而泣，再也說不出話來。

談寶兒這才記起當日自己第一次上蓬萊的時候，被左連城騙進困天壁，小青因為走在最後面，沒有進壁，卻被左連城聲稱一個陣法打下懸崖深處去了。

這些日子，談寶兒自己多歷風雲，奇遇連連，忙得應接不暇的，卻也沒有時間去記得這個來歷不明的倔強小弟。這時陡然聽秦觀雨說眼前這人竟是小青，忙也下了神鳶，飛身過去。

他仔細一看，發現這人臉上雖然滿是泥汙，但輪廓間果然就是小青，心中也是不由一喜：「哇塞！真的是小青啊！怎麼著，這幾日都跑哪個爛泥堆裏快活去了，連老大也不理？」

若兒本也跟著過來，聞言失笑道：

「老公你又在亂說話！這可是個人，又不是烏龜，怎麼能去泥堆裏快活？」

小青苦笑，有氣無力道：

「這位姑娘是誰？我老大說的怎麼會錯？我還真是去爛泥裏了！當天過橋的時候，我走得慢，等你們都進了房子我還沒有進去，事後就被左連城給打下山崖，那山崖下面滿是陳年爛泥，我直接落到泥堆裏了。我一醒來之後就尋找路，努力地想爬出來，只是這山實在太高，我一直爬到今天才算是爬上山來！怎麼樣老大，左連城沒有對你們不利嗎？這是在哪裡？」

「啊！難怪我在山崖底下找不到你！原來你早爬到別處去了啊！」秦觀雨失聲道。

眾人聽得面面相覷，望著小青，再也不相信世上有這樣倒楣的傢伙。

靜寂裏，卻聽羅素心失聲道：「你真被連城打進了萬載泥潭？居然還自己爬了出來？」

「什麼萬載泥潭？」談寶兒問道。

「是這樣的。在通往困天壁的路上，那座鐵橋之下很久以前是個山谷，陰冷濕潤，每年山上的樹葉和枯枝什麼的掉進去，久而久之就腐爛，然後形成淤泥！等閒人掉進去，就爬不出來的！沒有想到這位小兄弟年紀輕輕，居然有毅力堅持爬出來！真是難得！」羅素心眼中滿是佩服。

聽她這麼一說，眾人都對這少年的毅力肅然起敬。

談寶兒搖頭苦笑，對小青道：「你這混蛋，誰叫你逞能！當初要不是非要倔強得要一個人走，也不用吃這麼多苦頭了。三個月，媽的，你以爲是三秒啊！以後不准這樣了，知道不？」

「嗯！」小青認真點點頭。

當下談寶兒伸手一甩，運勁將他弄上神鳶。若兒等諸女也跟上。清惠師太見人齊了，便下令起飛。三百寒山弟子一起施出念力，九木神鳶帶起一股猛烈旋風，扶搖直上萬里蒼穹。

山頂蓬萊派眾人揮手作別，人影漸漸變小，不時小如蚊蟻，到最後，連那雄偉壯麗的瀛洲山也漸不可見。

因爲此時距離蓬萊大戰已有三月，而談寶兒單刀赴會直上九靈山將南疆王賀蘭耶樹幹掉之後，南疆就已經平定，當日跟隨談寶兒南下的金翎軍眾人自也已在小關的率領下回歸京都大風城。所以九木神鳶上天之後，並不再去南疆，而是直接一路直朝大風城而去。

神鳶平穩飛翔之後，談寶兒與若兒回到房內，望著窗外的白雲流煙，突然想到煙霞，又由煙霞想起了孽海果，當即摸了一粒出來，遞給身邊的若兒。

若兒看這果子小若胡豆，金光燦燦，可愛至極，不由奇道：

「這果子好香哦！是什麼東西？」

談寶兒笑道：「我從神界拿回來的。每個凡人吃了都可以增加十年功力！」

「切！少吹牛了！你這瞎話能騙過別人，可騙不過本宮！」若兒撇撇嘴，「你這樣子，哪裡會是什麼戰神轉世了！你這三個月究竟怎麼回事？這果子又是哪來的？還不給本宮從實招來？」

談寶兒想不到這丫頭竟然聰明得如此冰雪，但這果子的來歷卻是不能說的，只能神秘一笑道：「這是大秘密，可不能告訴你！怎麼著？怕這果子有毒，不敢吃嗎？」

若兒撇嘴笑道：「誰說我怕了？你捨得害我嗎？」

談寶兒聽得心頭一暖，覺得自己能得到一個這麼信任自己的老婆，真是天大的福氣，當即也不廢話，施出九陰流水陣，將若兒護住，讓她服下一顆。

不時若兒的臉色就變得通紅，身體四周也是雲蒸霞蔚，慢慢運功調息了約莫半個時辰，臉色恢復如常。

談寶兒見此喜道：

「不錯啊若兒，半個時辰就消化了一顆，看起來你應該可以服用第二顆！」

第二顆若兒消化的時間就稍微長了一些，足足用了三個時辰才算大功告成。

這樣的速度，自然是不能服用第三顆了。但這樣的成就已讓若兒開心至極，忍不住在談寶兒臉頰上親了一下道：

「老公，我覺得自己丹田的真氣真的好像增加了四倍！太好了，回去可以找父皇要雲臺點將錄來玩了！」

「什麼雲臺點將錄？」談寶兒摸摸臉頰問。

「嘻嘻，你不告訴我這果子的來歷，我也不告訴你，咱們扯平了！我去叫楚姐姐來，你也給她吃幾顆果子吧！」若兒離開房間，歡天喜地的出去了。

過不得多時，若兒果然帶著楚遠蘭進來，隨之前來的還有秦觀雨和無法。談寶兒拿出孽海果，展開陣法，給三人服用。

出乎談寶兒意料，楚遠蘭和秦觀雨居然也吞吃了兩顆孽海果，至於無法則更是變態，竟然一下子達到極限的吃了三顆。雖然這三人的法力都是主修精神術，效果一時半會不能完全顯示出來，但三人卻都是直覺念力有了突飛猛進的增長。

見到這孽海果有如此神奇的效果，眾人都是喜不自禁，無法更是打算用熱吻來表達自己對老大的崇拜熱情，但被談寶兒的拳頭無情的拒絕在他臉上。

鬧了一陣，若兒道：「老公，我看不如將這孽海果給所有寒山派的人一顆，人人都增加十年功力，豈不是很好？」

秦觀雨忙道：

「不可！這果子如此珍貴，只怕談大哥身上也沒有幾顆，不用隨便送人！」

談寶兒笑道：「不礙事，我身上不多不少正好還有八百來顆，這些東西留在我身上也沒有用了，不如寒山派的人人手一顆好了！我是你們的聖僧，總該爲你們做點什麼的吧！大夥不用和我客氣！」

「啊！八百多！你一下子全給我們了，這怎麼好？」秦觀雨震驚之餘只剩下感動了，覺得跟著談寶兒這麼慷慨大方的老闆真是沒有行錯步。她卻不知道這孽海果珍貴是不假，但談寶兒這賤人在孽海中少說也搜刮了幾百萬顆，這區區八百不過是九牛一毛而已。

當下談寶兒在自己的屋子裏布下了一個時間比較持久的九陰流水陣，使得整個屋子看起來像極了一個水晶宮。

秦觀雨去請來寒山掌門清惠以及六大長老。對於談寶兒要全力提高本派弟子的綜合素質能力，這幾位寒山巨頭自然是搏命的支持，七個人嘴裏雖然都沒有說什麼肉麻的感激話，但這大恩不言謝，以後於公於私寒山都要聽談寶兒的驅使，大家卻都是明白的。

於是在這七位巨頭親身體驗了孽海果的神奇作用，各自服用了一顆孽海果，人人都覺得自己距離成佛成祖又大大地進了一步的情形下，規模壯觀的寒山派集體增功行動正式開始。每日沒有控制神鳶飛行的寒山弟子，輪流到談寶兒的屋子裏服用孽海果。

九木神鳶展開凌雲金翅，扶搖在九萬里高空，以肉眼難見的高速向著大風城瘋狂的飛行，而寒山派的實力在孽海果的滋潤下，茁壯的成長。

談寶兒每日裏則與若兒、楚遠蘭和無法三人混在一處，日子過得有滋有味，猶如神仙。

但神鳶飛了一日，他卻忽然覺出什麼地方不對，想了想才道：

「啊！對了，今天一天怎麼都沒有看到觀雨和小青呢？」

若兒笑道：「觀雨姐姐雖然沒有剃度，但怎麼說也是出家人，老和你一個大男人混在一起，怎麼也不方便啊，在師門掌門面前總是要避嫌的！倒是小青，這小子古古怪怪的，不知道躲哪裡去了，也不知一天在搞什麼鬼！」

無法嘿嘿怪笑道：「誰知道這小子是不是暗戀著老大，自覺羞於見人才躲起來……」

後面的話還沒有說完，談寶兒惱他亂說，念力一動，頓時讓他上下嘴唇黏合在一起，再也說不出一句話來。

旁邊兩女先是目瞪口呆，隨即卻是芳心竊喜。無法是禪林高手，念力之強她們先前都是見識過的，經過孽海果的改造之後，功力更是有了質的飛躍，卻沒有想到談寶兒輕描淡寫就讓他嘴唇再也張不開，這種實力才配被稱作大英雄，才配做自己的夫君啊！

兩女正幸福遐想的時候，談寶兒卻笑道：

「看吧！叫你們背後別說人壞話，你一說他就來了！」

眾人並未聽到腳步聲，聞言都是詫異，但果然過不得片刻，他們所在房間的門便已被人推開。小青紅著眼闖了進來，見到談寶兒就是翻身拜倒道：

「老大，請你給我一顆神果吧！」

神果是談寶兒對所有人說的孽海果的名字。談寶兒奇道：

「清惠師太沒有給你一顆嗎？」

小青道：「有給過一顆！我服用之後，覺得果然功力大增，但一顆遠遠不夠，還請老大再賜一顆給我！」

談寶兒眉頭大皺：「這神果乃是羿神所賜，凡人只能吃一顆！你怎麼可以貪心不足？」

小青哭道：「老大慈悲，再賜我一顆吧！」

談寶兒冷冷道：「別說我現在身上沒有神果，即便真的還有，我也不會再多給！我這是為你好！」說完一拂衣袖，出門而去。

屋子裏兩女面面相覷，她們素知談寶兒為人大方，卻為何這次獨獨不肯多給小青一顆。

唯有無法猜到談寶兒心意，對小青笑罵道：

「阿彌陀佛，你一個大老爺們怎麼動不動就哭，沒有出息！好了，我去幫你勸勸他！」

無法出得門來，在神鳶上逛了一圈，最後在一個偏僻角落發現談寶兒，慢慢走上前去。

談寶兒頭也不回道：「是兄弟的就別讓我難做。」

無法笑道：「我怎麼會讓你難做。我是想和你說，你千萬別心軟。老實說吧，我也發現小青這小子很不簡單，他表面看起來身手平平，但身上卻有著念力的痕跡。這小子意志堅定至極，居然能爬三個月，硬生生從淤泥裏爬到瀛洲山頂。要是你用神果助他，只怕瞬間就能變成一個絕頂高手。」

「不錯！我現在都還弄不清楚這小子究竟是哪裡來的，嘿嘿，雖然我並不怕他真是我的敵人，但沒有必要貿然就給自己增加風險吧！」

「沒錯，沒錯！老大英明啊！」無法點頭。

兩個惡棍對望一眼，隨即都是哈哈大笑。

兩人想的自然是沒有錯，但小青卻似是烏龜吃秤砣鐵了心，在往後的幾日裏，幾乎對談寶兒是寸步不離，一臉可憐相，張口閉口都是神果。談寶兒被搞得很頭大，最後一發火，直接將他扔進太極禁神大陣中，這個世界才算是清淨了下來。

此後這種情形反覆出現，小青緊咬談寶兒不放，尋死覓活，死死糾纏。秦觀雨看得心疼，卻不便開口，就讓若兒和楚遠蘭去求談寶兒，兩人都是搖頭。

楚遠蘭道：「容哥哥素來做事極有主見，我是他未來妻子，更不能隨便影響他。」

過得一兩日，小青再沒有了先前銳氣，只是跟著談寶兒，眼中滿是悽楚，搞得無法這樣的惡僧都不敢和他對視，和三女一起紛紛遠離談寶兒。

但談寶兒無賴出身，有的是死纏爛打的經驗，自不將這點伎倆放在心上，就讓小青跟在身邊，神情泰然自若，打死不鬆口，反而是一來二去，竟然從中尋到樂趣，爲旅途平添許多愉快。

第八章　閉月神箭

九木神鳶飛行迅速，不過五日時光，已經從神州最東邊飛到了中央地帶。

這一日晚上，天邊星辰燦爛的時候，談寶兒極目望去，發現地面有一個醒目黑點，似曾相識。清惠師太命眾人將神鳥降下，落到地面時候，竟已是到了寒山。

因爲是夜深人靜時候，神鳶降落在寒山的後山「水月庵」外只不過是刮起了一陣大風，因此並沒有引來什麼人的關注。談寶兒因此對清惠師太大爲佩服，心說這老尼姑對時間的把握如此精準，真是難得。

到了水月庵，小青依舊糾纏著談寶兒，希望能得到一顆孽海果，但被談寶兒用禁神陣困在屋外天井裏，好好享受了一晚上的佛門風露，到天明時候已是凍得頭滿白霜，眼中卻滿是倔強。談寶兒次日見了，竟也暗自嘆氣，隱隱有了些心軟，大有點英雄惜英雄的感覺。

只是感覺歸感覺，理智歸理智，所以最後神果談寶兒依舊沒有給。

寒山已經到了，距離京都大風便不算太遠，次日一大早，談寶兒就向清惠師太辭行，朝大風城進發。

臨別之際，清惠師太合十為禮對談寶兒道：

「聖僧，你是我寒山至高無上的存在，容不得半點閃失，雖然聖僧本身法力已是超凡脫俗，但魔人多詐，不可掉以輕心，所以貧尼想派遣五十名俗家弟子，由觀雨率領，日夜保護你的安危，還望聖僧千萬別推辭。」

談寶兒大喜，只差沒有說神尼你真是我的老媽，知道我捨不得觀雨妹妹，你就找這麼個冠冕堂皇的理由給我，再說，這麼多保鏢總是好事一件，當即笑道：

「有這麼多漂亮的妹妹保護我，我怎麼捨得推辭？哈哈，觀雨，諸位妹妹，以後小弟的小命可就拜託你們了！」

「聖僧客氣！」一干女弟子早在路上就見過談寶兒，知道他性情隨和從無架子，聞言都是微笑拱手。

一行人別了清惠師太，下了寒山，浩浩蕩蕩殺奔大風城。

走在寒山與京城之間的樂遊原上，談寶兒看著身邊美女如雲，雖知身邊諸人都不是自己老婆，但卻也感受到了自己夢想中的那種壯觀場面，對將來可能出現的景象更加憧憬。

行走間，秦觀雨說起幾個月之前若兒留書出走，談寶兒跳崖離開去南下尋找若兒的故事，兩位當事人都只覺得恍如隔世，楚遠蘭見了，心中釋然，三人握手各自對望一眼，眼中心中都滿是甜蜜，這冬日枯原的空氣，便沒有那麼冷了。

這二十里樂遊原，三人卻只盼它前方長無盡頭。

走了約莫一個時辰，冬日的陽光下，前方卻出現了一座雄偉城池巍然屹立，赫然正是神州大夏朝的京都大風城。

若兒散開長髮，掙脫談寶兒的手，興奮地向前跑去，邊跑邊叫道：

「京城，京城，偉大的李若兒公主又回來了！所有的人，你們聽到了嗎？」

眾人為她情緒感染，臉上都洋溢著熱情笑容。但等一行人到達城門的時候，卻被一個守門的百夫長喝住：「站住！站住！你們這幫形跡可疑的傢伙給我站住接受檢查！」說時雙槍交叉，將衝在最先的若兒擋在了大門之外。

談寶兒一群人全都傻了，顯然沒有想到有人竟然敢攔公主的駕，這下子只怕又將有一場暴風雨。

不想若兒愣了一下之後，卻咯咯笑了起來：

「這位將軍，我們哪裡形跡可疑了？」

那百夫長得意笑道：「你們一行五十多人，但卻只有兩個男人和一個和尚，其餘的全都是年輕漂亮的美女，一路舉止輕佻，不可疑是什麼！哼哼，本將軍明確告訴你，現在不要你們說話，但你們說的每一句話都將成為呈堂證供！來人啊，將這些人都給我抓起來！」

「是！」旁邊百多名手持武器的士兵一下子圍了上來。一干進出城門的百姓見了，各自都是詫異至極，在一邊指指點點。

若兒的臉色頓時變了。談寶兒心說老子再不出馬，你們這些混蛋肯定腦袋要全掉，他快走幾步，上前拉住那百夫長的胳膊：「這位將軍，能否借一步說話？」

「少來這套！」百夫長很不領情地一下子甩開了談寶兒的手，一臉洋洋得意，「你這樣外地來的小白臉我是見多了！想賄賂老子是吧？門都沒有！你也不看看布元帥麾下有沒有貪贓枉法之徒。有什麼話就這裏說吧！」

談寶兒又是好氣又是好笑，他再也沒有想到，自己這個大英雄榮歸故里，受到的待遇是如此的離譜。他心說：你個龜孫子要尋死，老子要不成全你就是不夠仗義，當即冷冷道：

「布元帥麾下要全都是你這樣有眼無珠的白癡，這皇城早晚會被魔人攻破！」

這話一出口，城門口眾人全都傻了。布天驕貴為京都兵馬大元帥，地位何其顯赫，現在竟然有人當眾放這樣的狠話，那還了得？

那百夫長聞言卻也是愣了一下，隨即猛地跳了起來，大叫道：

「將這臭小子給我亂刀分屍！」

「是！」一干士兵都是大怒，當即舉著兵器朝談寶兒殺了過來。

旁邊百姓見到兵刃寒光閃閃，都是倒吸一口涼氣，而這少年文質彬彬的，顯然是個世家子弟，都預感到眼前將是羊羔遇到群狼，有人已經拿手捂住眼睛不敢多看。

但下一刻，四周卻忽然變得一片寧靜。眾百姓全都目瞪口呆，臉上全是不可置信的表情。因爲守衛城門的百多名士兵在這一瞬間，全部如中魔一樣的凝固了起來。所有的人臉上的表情都還保持著和剛才一樣，但卻紋絲不動。

包括若兒在內的諸女見此都是驚呆了，一個人光憑念力就讓百多人紋絲不能動的可怕法力，這還是人的力量嗎？

無法見此驚道：「千手觀音術！老大怎麼會我禪林的不傳秘學千手觀音術？」

事實上，這並不是禪林的千手觀音術，而是在孽海之中，談寶兒功力疾增後領悟了一法萬相之術。一法萬相術是玄武神尊的本源法術，有兩大功能：第一就是改變修煉者的容貌，這一點說起來和畫皮之術、移形大法有異曲同工之妙。第二就是一相化萬相的功能，這又和一氣化千雷有相似之處，但一氣化千雷化的是真氣，一相化萬相則化的是念力。學會一相化萬相，念力就可以由一個本相化出一萬個副相，通過本相和副相的聯繫，分別去控制一萬個不同的物體。談寶兒現在自然是無法用出萬相，但用出百相卻是輕而易舉，上次在蓬萊的時候，談寶兒就曾經用副相來追蹤監視左連城，現在用副相來同時控制上百人，不想竟也立時成功。

「啊！魔人啊！」那百夫長嚇得腿一軟，倉惶地朝城門裏跑去。

談寶兒冷哼一聲，無形無相的念力將他鎖定，這人頓時如吊鋼絲一樣離地而起，在空中手舞足蹈，極是狼狽。

「住手！」忽聽一個如悶雷般的聲音憑空響起，緊隨其後，城門之上捲起一團金色的小型龍捲風，朝著談寶兒猛襲來。

「來得好！」感受到這旋風裏的強烈勁道，談寶兒哈哈大笑，意念一動，落日弓已然到了手上，弓弦一振，一道淡藍色的閃電刺破虛空，朝著旋風的中心射去。

「噹！」一聲金鐵交鳴的脆響，談寶兒射出的一氣化千雷被磕飛出去，落到地上，擊出一個丈許方圓的大洞，而那金色的龍捲風卻也被還原爲一件披風，凌空飛起。

金光一閃，一人如鵬落下，接近披風，伸手一抄，迎風一抖，穿到身上。

定睛看時，這人卻是個鬚眉皆白的老將軍，頭戴金盔身披金甲，在一雙神威凜凜的眼睛映襯下，就連他那一臉的皺紋也好似是無數把鋼刀一般，說不出的神威凜凜。

談寶兒打量這老將軍的同時，後者的眼神也落到了他的身上，一時間兩個人互相對望，空氣中好似有無數無形的電光在悄然碰撞，四周的空氣在這一刻卻又彷彿凝固起來，使得周遭好似一個沉悶的熔爐，讓人窒息。

高手！絕頂高手！兩個人心中同時連續閃過兩個念頭。然後老將軍的眼光就落到了若兒身上，頓時臉色大變，迅快幾步上前，屈膝跪地，恭聲道：「老臣布天驕參見公主千歲千歲！」說完連續磕了幾個頭。

這人果然就是京城兵馬大元帥布天驕！談寶兒心中點了點頭。

若兒閃到一邊，然後快步上前將布天驕攙扶起來，笑道：

「布王叔不要多禮，你是從小看著我長大的，又被父皇封為一字並肩王，見他都不用跪的，你的禮我受了，回頭父皇可要罵死我了！」

「那是陛下榮寵，但禮數總是不要廢的好！」布天驕搖搖頭站起來，側臉望向談寶兒，「不知這位是？」

談寶兒忙快步上前：「末將談容見過布元帥！」

這幾個字他朗聲說出，場中人人聽得清清楚楚，不管是圍觀的百姓還是那百多名被念力封住的士兵，全數失色。因為早在兩個月之前，從蓬萊傳來的消息說，談容是戰神轉世，已然回歸神界，說難聽點就是已經掛掉了，朝廷還在蓬萊給他建廟享受人間香火。這少年竟然還說自己就是談容！難道他活得不耐煩了？

唯有布天驕眼中滿是熾熱光芒，哈哈大笑道：

「談將軍快快請起！老夫早就知道談將軍乃天縱之才，怎麼可能英年早逝？當日你死訊傳來，自陛下以下，滿朝文武無不悲痛，唯有老夫當眾大笑，說『魔人未滅，英雄豈肯早亡？』哈哈哈，怎麼樣？談將軍你今天不就死而復生了嗎？」

談寶兒心道：「你比老子自己還看好自己？也不知是真是假。老子回頭可要去找人問問！」臉上卻一副感激神色道：「多謝元帥看重，談容必當粉身碎骨以報效國家！」

說到粉身碎骨一句，他心中卻想起真正的談容，他的老大，已經真的粉身碎骨，灰飛煙滅在大草原了，心中不由一慟。

他這一走神，精神分散，一直鎖定那百多名士兵的念力就出現了斷裂，這些人全數自由了起來，在方才慣性的作用下，紛紛前傾，摔了個惡狗啃屎。

那名一直懸浮在空中的百夫長更是不堪，從空中掉下，一個屁股向下平沙落雁式落到地上，硬生生將地面砸出一個大洞，一時煙塵四起。

眾人見了都是瞠目結舌，這人卻大笑起來：

「本將軍修煉有鐵臂神功，想摔死我，沒有前途的，哈哈！」

眾人一頓狂汗！

布天驕更是暗自冷汗直冒，心想本將軍一世英明，怎麼會有這樣的手下！談寶兒諸人聞言也是不由莞爾，先前不快隨之煙消雲散。

那百夫長大笑一陣之後，猛然記起剛才布天驕和眼前一夥人的對話，頓時嚇出一身冷汗，手足癱軟，張大了嘴，和其餘的那些士兵一樣，再也說不出話來。

布天驕卻不理會這幫人，只是對若兒道：「雲蒹公主和談將軍想來是要入宮面聖，老夫職責在身，怕是不能遠送了！」

若兒笑道：「好！回頭再找王叔敘舊！」率先跨入城門而去，談寶兒朝布天驕拱拱手行了一禮，率領諸人入城。

一旁眾百姓這才如夢初醒，歡天喜地叫道：「戰神回來了，戰神回來了！」懷著喜悅加恭敬的神情跟了上去。

城門口。

那百夫長傻傻地看著談寶兒諸人離開，好半晌才回過神來，翻身朝著布天驕磕頭如搗蒜道：「元帥救我，元帥救我！」其餘一千士卒如夢初醒，忙也如法炮製，跟著跪倒在地，一起大叫。

布天驕皺眉道：「到底是怎麼回事，你們怎麼會和他們起衝突的？你們都如實給我說來！不能有半點隱瞞！」

眾人互相看了一眼，最後還是那百夫長苦著臉，一點不漏地細細說了出來。

布天驕聽得倒吸一口涼氣，哭笑不得，指著那百夫長的頭道：

「布善啊布善，你還真是有氣魄！皇上最寵愛的公主，全神州百姓心中的大英雄，楚尙書的獨女，禪林和寒山的佛門弟子，你居然也敢留難？你……你……你們還是回去自殺謝罪吧，或者可免九族被誅！」

「元帥不要啊！念在我們追隨你多年的份上，你大發慈悲救救我們吧！」一千人抱著布天驕的腳，苦苦哀求。

布天驕嘆了口氣，這些人好歹都是自己的部下，別說自己捨不得，即便捨得，回頭真被斬了，只怕自己也面上無光。他想了想，沉吟片刻，最後道：

「這些人中，雲蒹公主固然是身分最爲尊貴，但談將軍才是當今風雲人物，只要他不和你們計較，你們就不會有事。這樣吧，你們回頭去一個地方，然後……」

眾人聽了半晌不作聲，各自面面相覷。最後布善遲疑問道：

「這樣真的行嗎？元帥！我們百多條性命可全都在此一舉啊！」

「我怎麼知道？死馬當作活馬醫吧！」布天驕很不負責地扔下一句，掉頭閃人，留下一幫可憐蟲哭喪著臉，全然不知該如何是好。

卻說談寶兒進城之後，那一干百姓一大叫，城中百姓聞言紛紛擁過來看熱鬧，這其中少不得有認識談寶兒的，見了果真是當日在百萬軍中取過敵帥首級，亂雲山上空手招來雷電，一把火燒退張天師，還隻身平定南疆叛亂的談容引領著公主歸來，一時都是喜不自禁，各自奔相走告。

一傳十，十傳百，眨眼之間，整個京城都知道談容復活歸來，紛紛跑來一睹大英雄大戰神的風采，頓時萬人空巷，東大街上水泄不通，人群歡呼吶喊，興奮得熱淚盈眶，一個個手舞足蹈地朝前衝。

要不是談寶兒一行人，人人都是高手，念力發出，在四周形成了一個無形的保護場，談寶兒身上只怕連褲子都不會剩下一條了。

但饒是如此，談寶兒這一行人移動寸步都是難上加難，老半天沒有走出十丈之地。人流卻是有增無減，簡直如潮水一般塞滿了街道的每一個角落。後來的人手裏都拿著鮮花雞蛋胡蘿萄、米酒牛肉之類的慰問禮物，還有更多的人手拉手扯著橫幅，顯得聲勢浩大，上面寫滿了各種各樣支持的語句。

最離譜的是，人群裏竟然有個白髮蒼蒼的老伯伯，步履蹣跚，卻依舊兇猛地朝這邊擠，邊擠還邊朝旁邊的年輕人直瞪眼，那惡狠狠的殺氣直接讓人退避三舍。

談寶兒感動得一塌糊塗，眼中泛著淚花，很是感慨地對身邊眾人道：

「我談容何德何能，竟得老人家如此厚愛！」

他說完話，正打算是不是釋開念力，破例親切接見一下這位老年粉絲，便聽那老人對著周遭一干年輕人大叫道：「你們這幫後生，年紀輕輕的，以後機會一大把，爲什麼還要和我這個要入土的老頭子搶看美女的機會？」

「京城四大美女有三個到場，這種機會一百年也難得有一次的好不好？」旁邊的年輕人道。

「就是，就是！兄弟別和他說了，咱們繼續看！秦姑娘我們認識，你們說誰是公主誰是楚姑娘……」

談寶兒好歹是在南疆歷練過一陣，才沒有當場暈倒。旁邊諸女都是咯咯出聲，笑得花枝亂顫，無法則是忍著笑，狂念阿彌陀佛，希望能平息某人內心的情緒。唯有小青面無表情，保持了從出寒山以來的一概冷酷。

事實上這滿街的人，自然不會都是來看談大英雄的，很多的人還是衝著他身邊的美女來的。他身邊的五十多名美女，全是氣質脫俗，特別是若兒、楚遠蘭和秦觀雨，名列京城四大美女之三，這任何一個人拉出來都足以引起轟動，三人同時亮相，不引起瘋狂才是怪事。

英雄美人，相得益彰，這樣珠聯璧合的組合，自然引起滿城風雨。這樣的陣勢，很快驚動了城守軍，但人實在是太多，群眾的熱情又是相當的高，軍隊雖然很想上來解救公主和談將軍於苦海，但卻也不是一時半會能夠的。

於是談寶兒一行人就好似是大海裏飄搖的小舟，隨時都會被覆滅。不過談寶兒對此是一點也不怕，反而是暗自得意。

要知道在離開臥龍鎮的時候，他的夢想就是成爲天下最最最大的英雄，然後戴著紅得像火的龍女花，騎著最高大的雲騎，在大風城轉他半天，讓京城的公主郡主們都爲他尖叫，然後設置個擂臺讓她們群毆，來個比武招親。

現在雖然情形略有出入，但這氣氛卻是差之不遠的。所以現在他心情大好，臉上掛著的滿是笑，熱情地和眾人揮手打招呼。

他正一副小人得志的樣子，忽聽前方傳來陣陣馬蹄之聲，隨即是一通喧天鑼鼓，裏面夾雜著整齊的馬蹄聲，予人威武雄壯之感。

整個東大街上本是喧鬧不斷，但這馬蹄聲卻似有著某種神秘的魔力，眾人一聽之下，都情不自禁地住口，再不敢亂動。偌大個東大街上鴉雀無聲，落針可聞。

被人打斷的談寶兒很是不爽，不由暗罵一聲道：

「這誰他娘的這麼大陣仗，竟然能搶走大爺我的風頭？」

這時候，一排高聳的旌旗卻已進入他的視線。

看到那排旌旗的時候，談寶兒就沒有脾氣了，因爲他已經認出了那是誰的。

高高的旌旗下面，是一片金色的潮水湧動，卻是一支金色的騎隊，馬上騎士金盔金甲，就連背上的弓箭手手中的武器都全是金色的，神威凜凜。

談寶兒定神看去，只見這支騎隊最前首的正是小關，而這支軍隊正是禁軍三軍之一，歸他自己所統領的金翎軍！

小關和金翎軍眾人在人群中發現談寶兒，都是神情激動，雖然限於規矩不能立時過來，但卻都用眼神頻頻向談寶兒示意，眼中滿是不可置信的驚喜。

金翎軍的馬隊行動緩慢，但偏偏有著一種排山倒海的氣勢，他們一向前，四周的百姓就自動閃避一旁。馬隊向前走了沒有多久，百姓便全部閃到了街角，談寶兒和那馬隊之間立時空空蕩蕩。金色馬隊也分別閃到兩邊。

太陽光射了出來。照在金甲上，說不出的耀眼。黃金騎隊過去，一對手捧鮮花的美貌少女走了出來，邊走邊撒花。花瓣落地，一色的金光燦燦，卻是一地菊黃。

沖天香陣透過之處，滿城盡帶黃金之甲。

香花美女過處，走出一大堆頭戴烏紗的文臣和一群身批盔甲的武將，這些人中大多卻是老面孔，從太師范正、國師張若虛、禮部尚書楚天雄，以及其餘五部尚書侍郎，以及各軍將領。最讓談寶兒意外的卻是太師范正的兒子張浪和范成大也在。

楚天雄看到談寶兒，臉上雖然沒有表示，但眼神中卻交織著驚喜和欣慰。張若虛臉上依舊掛著微笑，好似談寶兒的生死早在他預料之中。范正的表情則很不爽，好像談寶兒欠他幾百萬兩銀子似的。至於禮部員外郎范成大，看到談寶兒卻很是膽怯地將眼神移到別處，顯然這次南疆的美妙經歷，在他幼小的心靈中留下了可怕的陰影。

文武百官之後，有一駕金碧輝煌的馬車，四周插滿龍旗虎幡等各種旌旗，一群太監簇擁在一旁。

過得片刻，馬車停下，文武百官也一起停下，有太監上前將馬車珍珠簾拉開，攙扶著一個身著龍袍的老者走下車來。旁邊有太監尖聲叫道：

「皇上駕到！」

於是文武大臣們紛紛下跪，齊聲道：

「參見皇上！」

從車上走下來的人，自然就是大夏當朝皇帝永仁。永仁即位以來，多有出宮，京中百姓對他的儀仗也是極其熟悉，見到這個陣勢，也早知是皇上出宮，此時見到文武大臣已跪，便也跟著紛紛跪下，口稱萬歲。

談寶兒自然不能例外，與若兒和楚遠蘭一起跪下行禮，但無法和寒山諸弟子卻都是佛門中人，只是合十鞠躬而已，永仁帝身邊的禁軍士兵見了各自嘖嘖稱奇。

永仁帝下車之後，前視片刻，在人群中找到談寶兒，龍行虎步地走到他身前，伸手將其扶起，大笑道：

「魔人未滅，英雄豈肯早死？哈哈！布元帥說得沒有錯，魔人未滅，戰神你怎麼肯回歸神界呢！朕就知道你終有一日會回來，剛才正在早朝，聽人彙報說你復活歸來，朕立刻就率領百官趕來，沒有想到你真的回來了，真的回來了……」

說到此處，當朝天子竟是語聲哽咽，老淚縱橫。

談寶兒心道：「老傢伙演技不錯嘛，十秒落淚都會，實力派啊！」但談大英雄卻也不是省油的燈，當即眼眶一紅，淚珠也是赤裸裸滾燙而下，口中用一種嘶啞但是人人能聽到的聲音道：「有勞陛下擔心，臣真是罪該萬死！」

「容卿休要胡說！你是國家棟梁，神州希望，千萬不要輕言生死啊！」永仁帝感動至極地拍著談寶兒的肩膀，隨即將他抱住，喜悅的眼淚不要錢的亂流。

旁邊一干文武大臣見了這種君臣相會的動人場面，都是忍不住流下喜悅之淚，失聲痛哭不止，其中少不得有人演技不夠，卻掏出隨身準備的辣椒粉胡椒粉之類，偷偷塗到眼角，頓時淚如泉湧，如喪考妣。

眾百姓鬧不清楚這幫傢伙搞什麼飛機，卻少不得受他們情緒影響，也是要追隨一番皇帝大臣們的感受的，一時牽衣頓足，哭聲直上雲霄。

天空飛過的鳥雀見了，少不得奔相走告：「兄弟們，城裏死了好多人，今天有祭飯可以飽餐了！」

好歹這場落淚比賽很快結束，不然不等魔人進攻，這城裏的人早被自己的眼淚給淹死了。

眾人哭得正自酣暢，卻忽聽一個女聲抱怨道：

「父皇你可真是偏心，只記得你的將軍，可是一點沒有將你的公主放在眼裏！難道你再不疼你的女兒了？」

敢在這樣的場合說這樣的話的，自然只能是雲蒹公主李若兒。

永仁帝聞言反應過來，這才放開談寶兒，擦擦眼淚，笑道：「這可不是父皇不疼你，國家國家，自然是先國後家的。你和談將軍一起歸來，我自然是要先看到他再看到你的。」

一干大臣聽了，頓時哭得更加大聲了，扯著嗓子叫道：「陛下英明，神州之福啊！」眾百姓雖然沒有這麼誇張，卻也都是各自點頭不已。

若兒自然不會吃自己老公的醋，聽永仁帝說了，那點裝出來的假幽怨也就煙消雲散了，臉上滿是甜蜜。

永仁帝拍拍愛女的手背，將她放開，微微抬手示意眾人安靜下來，轉頭面向談寶兒，忽然喝道：「談容聽封！」

談寶兒嚇了一跳，忙再次跪倒。

「前日你孤身深入百萬大軍，取得魔人主帥首級，解了龍州之圍，已是不世奇功，今日又率領金翎軍平定南疆，在蓬萊挫敗盟匪！朕現在封你為天威王，領地為雲、夢兩州，此外再封抗魔大元帥，領前線三州之兵。另賜黃金百萬兩，美女八百名！」

此言一出，人群立時騷動起來。這樣的賞賜，可絕對是古往今來所未有的厚重。談寶兒聞言，更是幾乎當場跳起來，他腦中立時出現了兩個畫面，第一個是自己正率領百來名壯漢在從國庫裏朝外絡繹不絕地搬銀子，第二個就是自己坐在大大的華麗房子裏，成百上千的美女在身邊環繞，一派的酒池肉林，外邊還有百萬兄弟在那裏吶喊助威。

談寶兒心中狂喜，幾乎脫口而出就要謝恩，但這時候，他耳邊忽然聽到有人輕聲咳嗽了一聲。這聲咳嗽好似一個炸雷，直接將他從太虛幻境打回原地。於是他搖頭道：

「謝皇上恩典，但這些東西臣都不要。」

永仁帝大是詫異，笑道：「那你要什麼？你儘管說出來，不管是人是物還是官職，只要是朕能拿得出來的，絕不吝嗇！」

千萬人矚目裏，談寶兒肅然道：「微臣不要官職，也不要黃金美女。只懇請陛下將雲蕪公主嫁與微臣，與楚家小姐楚遠蘭並列爲妻！」

「啊！」一街的百姓和滿朝文武所組成的人群轟地一下炸了開來。

要知道封王裂土，美女黃金，幾乎就是每個男人心中的最高理想了。但手握三州兵權統領百萬大軍對抗魔族的天威王大元帥，加上百萬黃金八百美女，在談寶兒的心中，重量竟然遠遠比不上一個雲蕪公主。

卻在這時，忽見太師范正出列，厲聲道：

「臣懇請陛下將談容這亂臣賊子拿下！古來下嫁名將大臣的公主不少，但公主與其他女子並列為妻的事，唯一所見，就是上古三皇五帝之時，大帝堯帝將兩女娥皇女英皆婚配於舜。談容如此要求，乃是居功至傲，謀逆篡位之兆，請陛下立刻將此人誅殺，以正綱常！」

這個玩笑開大了！范正話音一落，滿場都是鴉雀無聲。

談寶兒頭皮發麻，心裏暗自將這老傢伙的祖宗十八代都罵了個遍，但他和楚天雄剛想說什麼，永仁帝卻已擺了擺手，兩人一番滔滔不絕的辯駁之言頓時說不下去了。

只見永仁帝微笑道：

「太師言重了，你這麼說可是寒了天下英雄的心啊。容卿不過是喜歡了朕的公主，乃是大喜事一件，看兩個丫頭的神情，她們也是願意效仿娥皇女英，這乃是一段大大的佳話！你將其扯到謀反什麼的，就實在是太離譜了！好！容卿，君無戲言，你的要求朕准了。不過先前的封賞，除了美女八百這一條之外，其餘的依舊作數。不可推辭！」

「皇上英明！」談寶兒大喜過望，慌忙磕頭，「謝陛下恩典！」

等他磕頭起來，已經從抗魔英雄一等天威侯一等鎮南大將軍搖身一變，成為大夏天威王、抗魔大元帥、當朝天子和禮部尚書的女婿。這只是他表面的身分，在暗地裏，他還是羿神筆的傳人，玄武神龜的兄弟，寒山的聖僧，蓬萊屠龍子的傳人，真劍無雙軒轅狂的義弟，禪林新星無法的老大……從來沒有一刻，談寶兒的身分如此的多。

但這些都不在現在的談寶兒思維之內，他眼前現在全是那百萬黃金的燦燦金光，那光芒刺得他雙眼迷離，手指顫抖，嘴唇開合，卻再說不出一句話來。

旁邊的若兒和楚遠蘭看了，直以爲這小子因爲娶了自己喜悅激動，一左一右牽住他的手，臉上滿是幸福光澤，卻全然不知道談大英雄激動的是另有其事。

永仁帝龍顏大悅，撫鬚笑道：「英雄美人，朕好久沒有看到這樣的場面了！國師，你給朕擇個就近的良辰吉日，朕要給他們完婚！」

張若虛笑道：「良辰吉日需得與新郎新娘自身的身體配合才行，不知三位是否介意將手讓貧道把把脈呢？」

談寶兒心中大恨：「你個老雜毛明明是道士，竟然也學江湖上賣狗皮膏藥的郎中給人把脈，分明是想吃老子兩位老婆的豆腐！」面上卻不得不一副尊重權威的表情，微笑道：「國師請！」一挽衣袖，率先手腕遞了過去。

張若虛伸出兩個手指，在他脈搏上停留片刻，又在若兒和楚遠蘭的手腕上如法炮製，最後掐指一算，笑道：

「陛下，按照三位新人體內的五行狀況，三日之後即十一月初八，就是個大大的黃道吉日。」

永仁帝拍手道：「好極了！容卿的府邸兩月前就已完工，楚卿家你幫忙佈置一下，三日之後就舉行婚禮！」

「臣領旨謝恩！」楚天雄滿臉喜色答道。雖然他對談寶兒忽然要娶公主頗有些不滿，但後者在能娶到公主的同時沒有忘記自己的女兒，而且是雙妻並立，這樣的榮耀足以讓他開懷。

永仁帝也是紅光滿面，事實上，在上次得到談容單槍匹馬平定南疆的消息之後，他就發現這談容簡直是個絕頂的人才，一旦他歸來，必定要想盡方法將他多加籠絡，而剛才在皇宮裏得到談容死而復活並且帶著若兒歸來的消息的時候，他腦中便出現了同樣的想法，只是沒有料到這事最後卻是先由談容自己主動提出來，省了他不少的力氣。

范正本還想說什麼，永仁帝狠狠瞪了他一眼，嚇得這老傢伙頓時沒有了臉色。

永仁帝笑道：「三日之後，戰神天威王大婚，舉城同慶，皇宮會對民間開放酒席，朕也將大赦天下。以後每年的十月初八，就定爲戰神紀念日。」

「陛下英明！」滿街的人都是跟著歡呼起來。皇宮對民間開放，這可是百年難遇的盛事，大家不高興才怪了。

眾人歡呼裏，永仁帝又下一旨：「好了，事情就這樣辦吧！朕要起駕回宮了，天威王、雲蒹公主和楚遠蘭伴駕，其餘的人都先回去吧！」

聖旨一下，自然無人膽敢抗命，剛剛圍聚在東大街的眾人陸續散去，而滿朝文武大臣也跪安各自回自己府邸。秦觀雨和無法一干人則是被楚天雄接走，帶到朝廷專門爲談寶兒所建造的府邸裏安置。

談寶兒三人被永仁帝帶上御輦，帶回皇宮，細細盤問。於是談寶兒就從自己如何在草原認識若兒，之後如何護駕南疆，以及後面發生的事細細說了。

永仁帝聽得擊節連連，笑道：「原來這其中還有如此多的曲折。只是可惜了那怒雪城的大門，竟然因爲朕的公主，被一支箭就給震碎了！」

眾人聞言都是大笑。

緊接著，談寶兒又說之後自己和楚遠蘭千里逃亡，又如何引水滅了南疆王的幾十萬大軍，之後如何單刀赴會，在九靈山頂大發神威，卻被困在九靈大陣，若兒和楚遠蘭遠赴東海求救，自己又如何會合寒山一派，之後力挽狂瀾，滅了昊天盟和南疆王府的雙重夾擊，因此真氣耗盡，昏睡三月，乘坐九木神鳶回歸。

這許多故事，本已是曲折離奇，錯綜複雜，再加上談寶兒舌燦蓮花的演繹，刪去許多他丟人的和一些如小三和煙霞等不可輕易告人的情節，同時又添加一些神奇的過程後，頓時變得更加匪夷所思，傳奇至極。

說到後來，就連談寶兒自己都有些佩服自己居然一路瞎撞，居然稀里糊塗就立下如此多的功勞。

作爲聽眾，永仁帝固然是聽得嘖嘖稱讚，即便是作爲當事人的若兒和楚遠蘭，也對其中許多細節並不是特別瞭解，聽到緊張處，也是緊緊握住他的手，手心滿是香汗。

等說到謝輕眉終於盜走九鼎之一的流金鼎時，談寶兒道：

「皇上，這九鼎大陣，關係神州安危，臣急沖沖趕回來，是懇請陛下能夠立即下旨，調集精兵強將，全國範圍內設置關卡，搜索這些魔人的蹤跡，決不能讓他們將鼎帶出神州！」

永仁帝道：「這些日子，朕也在思索九鼎的事，或者這九只鼎本身真有神功，但這九鼎結界一事應該只是一個騙局而已。不然的話，結界未破之前，這幫魔人還不是潛入神州了？再說，如果帶走一鼎結界就破，上次謝輕眉帶走了皇宮宗廟裏的那只鼎，這結界早已破碎，但時至今日，卻也沒見魔人從任何一個方向大舉進兵啊！所以，全國範圍內搜索魔人間諜是不錯，這九鼎之事，之後卻不必放在心上。」

談寶兒聽得一愣，他或者可以說上次謝輕眉並未帶走吸風鼎，但對於那麼多魔人如何潛入神州卻沒有被結界的力量化掉，他自己也是說不上來，但小三明明說這九鼎不能讓魔人得到，這卻是千真萬確的。

他正不知該如何說，楚遠蘭卻道：

「陛下認爲九鼎之事是無稽傳說，那請問陛下，當初第一次人魔戰爭時，天火燒掉魔皇三十萬大軍的事又怎麼解釋？在第一次人魔大戰的中期，魔族曾經占領過九大州之中的陽州和橘州，但他們大軍卻是慢慢推進，每占一地，魔教教主就必須花費大量時間作法去抵消這一地的九鼎大陣的影響，軍隊才能順利駐紮，而他們一向後退，再占領一個地方後，更必須重新作法。這又是爲什麼？」

第一次人魔大戰爆發之初，魔皇一面用大軍強攻北部邊關外，一面卻又派遣了三支奇兵從水路繞道奇襲京師大風城，但這三支奇襲部隊分別進入東面的莞州，南面的越州和西面的雲州時，他們所在的天空都憑空落下了一場天火。三支十萬人的部隊，無一倖免。而等魔人燒光之後，這三場大火也就憑空消失不見，最神奇的是大火只燒死了魔人和他們的坐騎，而這塊地面其餘一切事物卻是毫髮無傷。

在此後的戰爭中，魔人的探子一進入九大州的範圍之內，立時便會被天火所焚，消失得無影無蹤。至此人魔兩族才相信了那九只巨鼎果然是結成了一個陣法結界，同時守護著九大州。之後此陣被稱爲九鼎大陣。

楚遠蘭問的這兩點，正是關於九鼎大陣的起源傳說。

永仁帝道：「朕這些日子都在查找關於這些事的真相，通過資料顯示，朕發現當年的天火事件，僅僅是無方神相蕭圓前輩的巧妙設計。天師教有一種比燎原符還高級的火符，叫做斷念符。這種符一旦燃燒起來，只燃燒能思維的生物，對於不能動的生物卻可以無傷。當年蕭圓前輩肯定是事先得到消息，所以在魔人所在的三州之地悄悄佈置下了這種符。」

談寶兒三人聽得面面相覷。

永仁帝又道：

「這天火是他們設計出來的，那麼之後關於九鼎結界的事，只怕也是他們放出來恐嚇魔人的。魔人每占一地就要作法，只怕也是因爲蕭前輩等人在城裏做了手腳吧！唉！前輩們爲我們留下了智慧，我們卻當做是保護傘，以爲從此高枕無憂，真是愚不可及啊！」

若兒和楚遠蘭兩女聽得頻頻點頭，唯有談寶兒心知小三絕不會無的放矢，但偏偏關於小三的事自己答應他不能隨便透露，一時暗自著急，卻是全然無可奈何。

永仁帝看他神情緊張，顯然不能釋懷，更加覺得這傢伙是個大大的忠臣，便笑道：「容卿不必擔憂！你先看看這個！」說著從袖子裏取出一小卷錦軸遞了過去。

談寶兒接過一看，文字倒很簡單，全數認得：

龍州魔人忽退百里，武神港魔人也已撤退。十一月初一。

永仁帝解釋道：「這是朕剛收到的前線戰報！其餘的諸處城池也是收到這樣類似的情報。試問如果九鼎結界破去，魔人就能長驅直入，這時候他們應該是大舉進攻，而不是像往年冬季一樣進行龜縮吧？」

魔人因為有太多的獸性，是以每年一到冬天就會困乏，特別是八族之一的蛇人更是有冬眠的趨向，一到冬季，他們的戰力就會下降。是以每年的秋季他們的攻勢最為兇猛，而到每年的十二月之前，他們都會放棄很多城池，進行戰略撤退，退到神州最北邊的雲天山之後堅守，直到明年開春再進行大戰。

這一點談寶兒自然知道，聽永仁帝一說，頓時也是釋然。如果九鼎結界真的有用，謝輕眉肯定不會選擇在這個時候去解開結界，打草驚蛇，給神州充分的時間去準備。或者真的只是因為那九鼎本身有無上神力，小三才如此著急吧。

永仁帝太久沒有看到若兒，很是親熱，拉著三人在宮中看戲閒話，這一聊就是半日，眼見天黑，永仁帝讓人傳來晚膳，四人一起吃飯。楚遠蘭家教森嚴，舉止自然是矜持有禮，但談寶兒流氓慣了，見桌上美味佳餚所列皆是自己生平未見，自不懂得什麼是客氣，大吃特吃。

永仁帝自不會疑心這位談大英雄的來歷，只是懷疑自己是不是軍費沒有給足，搞得自己的大將在外面沒有飽飯吃，回頭派出特務機構夜騎暗自調查戶部和兵部尚書，果然被他查出許多紕漏。

酒酣耳熱，賓主盡歡時，已是長夜盡頭，永仁帝道：「時候已然不早，容卿你和遠蘭就不要回去了，今夜就在宮中歇息吧，你府上和楚尚書那裏，朕會派人去通知！」說完便傳來太監，帶了口諭過去。

談寶兒和楚遠蘭自是再不能推辭。永仁帝道：

「容卿，你剛剛回來，也不要去衛天殿了，就和遠蘭一起住青雲殿吧！」

陛下英明！談寶兒聽得熱血沸騰，正要答應，卻聽若兒鼓掌道：

「那再好不過了，你們都住宮裏，明天一早我就可以從洗玉樓直接來找你們玩了！」

永仁帝笑道：「你剛一回來，就又要去洗玉樓找柳妃？朕還說今晚傳她來未央宮呢！」

「不嘛父皇！」若兒摟著永仁的脖子撒嬌，「她陪了你好幾個月了，若兒就搶你的老婆一晚上你都好意思不讓啊！」

「好吧，好吧！朕算是怕你了，今晚她就是你的了！不過記得睡覺別踢被子，凍涼了朕的愛妃，可是拿你是問！」

「知道了！」若兒大喜，朝談寶兒和楚遠蘭說聲晚安，直接出門去了。

領路的太監姓黃，人稱黃公公，是永仁身邊的親信，震於談寶兒的威名，又見他如此受寵，便也刻意籠絡，臨走之前細細將宮中注意事項不厭其煩的細說一遍，最後不忘叮囑道：「王爺，您領金翎軍不久，這皇宮大內的森嚴規矩您所知不多。您雖然聖眷正隆，犯些小錯或者還好，但若是觸了某些忌諱，陛下也是護你不住。所以這晚上，您最好就別出門，即便要出門，也千萬不要出青雲殿範圍！」

談寶兒心道：「老子上次背著個盟匪在宮裏追一個魔族的妖女，最後還大鬧宗廟，這忌諱犯的還少了嗎？」口中卻忙稱謝，並順手塞過去幾張銀票：「多謝黃公公指點，一點小意思請公公喝茶！」

黃公公不動聲色，餘光一瞥，發現那銀票竟是面額上千，眼中便滿是笑意，又著實客氣幾句，這才告辭離去。

送黃公公出門回來，隔壁楚遠蘭的房間已是燈熄燭滅，談寶兒回到自己房間，望了望那厚厚的宮牆半晌，最後憋出一句：「我恨牆壁！」當即喝了點水，躺進錦被羅帳裏，合眼休息。

這幾日都是坐在九木神鳶上，睡眠品質難免有些下降，今天又是一天的折騰，沾枕即眠。

睡到半夜，迷迷糊糊中，談寶兒忽有所覺，陡然睜開眼來，頭頂屋瓦之上竟有細微顫動。他暗暗吃驚不已，心說這皇宮難道真的變成了菜市場，是個人都敢半夜三更的來轉一圈？以前也就不說了，江湖上的兄弟難道不知道，現在這禁軍三軍之一的金翎軍可是由老子掌控的嗎？

他心中惱怒，當即運轉九霄之氣，展開御風弄影之術，整個人化作無形的清風，從屋瓦的縫隙裏穿出，落到屋頂之上。

一眼望去，樓閣崢嶸勾心鬥角裏，一條淡淡白影若隱若現，雖然快如流光，但談寶兒卻看清那是一個長髮女子的背影。

難道是謝輕眉？談寶兒又驚又喜！但他轉念一想，卻又是不對，要知道自己從東海過來可是乘坐的九木神鳶，一日萬里之速，謝輕眉功力再高也不可能達到這樣的速度。但這人不是謝輕眉，卻又是誰？

他一邊想，一邊化作清風緊緊跟了上去。

那女子身法迅捷，只如電光閃動，沿途士兵無一發現，但她再快也快不過上古奇術御風弄影，自然也不會知道身後有人近在咫尺的在追蹤自己，只是一味向前。兩人一前一後地飛了一陣，前邊那白影忽從房頂落下，鑽進一片華麗樓閣中。

談寶兒緊步跟了上去，無意間瞥見那入門的大殿門楣上書有三個大字「保和宮」，心中微微一凜，剛才黃公公離開前曾經特別叮囑幾個地方不能去，這保和宮屬於內宮範疇，裏面住的都是永仁帝的嬪妃，除開輪班的禁軍，任何人擅自闖入都是死罪。

他正動念的功夫，那女人卻已經進了保和宮，繞過侍衛，進了一個名叫「雨柔殿」的大殿前，輕輕推開一扇窗戶，飛了進去。

箭在弦上，談寶兒也顧忌不了這麼多，身法一點也沒有停頓，在那女子合上窗戶的剎那，順著窗戶縫，無聲無息地飛了進去，將御風弄影術的風形轉爲影形，化作一道淡不可見的黑影，落到一處暗角裏。

事實上化作無形的風更不易被人覺察，但御風弄影的意思就是，動時爲風，靜時爲影，他一旦決定要停下來，自然就只能化作影子。

因爲已是三更之後，是以大殿之內，只點了一盞昏暗的長明宮燈，映得整座大殿昏昏沉沉，氣氛微微有些詭異。但更詭異的卻是屋子裏的人，在本該屬於嬪妃安睡的大床上，此刻正坐著一個臉上掛著淡淡微笑的年輕男子，嗯，確切的說應該是個少年。

待談寶兒看清這少年的臉，幾乎當場叫出聲來。

他在京城識人不多，但不巧得很，這少年他偏偏就認得。因爲這少年正是上次直接將他送進天牢的張浪，國師張若虛的兒子。

在這一剎那間，談寶兒的腦中閃過無數的念頭。即便張若虛手眼通天，也不可能在晚上安排張浪出現在這深宮之中，那就只能是白天。今天白天來迎接自己的人堆裏正好就沒有張浪，說不定就是那個時候他趁人少溜進來的。

這幾個念頭在他心中閃過只是剎那間。眼見白衣女子進來，張浪蹭地一下從床上起身站了起來，而那白衣女子關上窗戶後，回過頭來。

談寶兒之前一直在那女子身後，現在終於有機會看清她的臉，一見之下卻不由失望至極，因爲這女子非但不是一個美女，反而是奇醜無比。

那女子看見張浪，臉上滿是喜悅之情，也是三步併作兩步朝他撲了過去。

張浪輕輕一笑，摟過那女子，問道：「那神箭到手了嗎？」

那女子笑道：「我就知道，沒有看到那東西，你終究不放心！」說時伸手向頭髮裏摸了摸，不時取出一支閃閃發光的小箭來。

張浪看到那箭，大喜過望，一把搶了過來，喃喃道：

「原來這就是傳說中的閉月神箭！」

閉月神箭？什麼東西啊？談寶兒見張浪如此神情，這東西多半很厲害，但偏偏自己壓根沒有聽過，一時如坐悶鍋，心說老子是不是該抽個時間好好讀點書了。

張浪看了那神箭片刻，隨即狠狠在那醜女臉頰上親了一下，道：

「巧巧，你果然不愧是聽風閣主的親傳弟子，這東西藏在凌煙閣那麼隱秘的地方你都能偷出來！」

醜女得意一笑，道：「聽風閣別的不行，這機關算術卻最是擅長，再說，永仁那老兒帶我進去了好幾次，要是還偷不出來，那可不是丟人嗎？」

談寶兒聽她如此稱呼皇帝嚇了一跳，但隨即心中一動，這娘們竟是宮中的嬪妃，她臉上戴了人皮面具……這幾個念頭才一轉，他全身陡然一寒，全身毛髮倒豎，慌忙展開身法，瞬間挪移出三丈之外。

「蓬！」一張紅色的符紙貼在談寶兒方才立足之處，頓時炸起一蓬燃燒的木屑，通紅的，如絢麗的煙火一般綻開。

張若虛！待談寶兒餘光瞥見發放符紙那人容貌的時候，低低罵了一聲，再不敢停留，御風弄影再次轉形，化作一縷清風，從門縫裏溜了出去。

第九章　天之裂痕

「誰？爹！你怎麼來了？」張浪發現那燃燒的符紙，先是大驚，隨即看見張若虛，卻是一愣。

張若虛一揮道袍衣袖，那符紙頓時熄滅，再張手一吸將那殘餘符紙收回，走到兩人身邊，看了看兩人一眼，忽然左掌快捷無比地拍在那醜女身上。

紫光一閃！那醜女不及反應，頓時被這一掌拍中，指著張若虛想說什麼，卻只吐出了一口鮮血。

「巧巧！」張浪大驚失色，慌忙上前將醜女抱住，細看時卻已香消玉殞，不由回頭望著張若虛怒道：「爹你到底在做什麼？」

張若虛慢條斯理地將藏在手心的紫色符紙收入腰間布袋，然後這才冷冷瞪了張浪一眼，道：

「你這畜生還好意思問我？我跟你說過多少次，不要打凌煙閣中東西的主意，你嘴裏答應得好好的，回頭居然勾引皇妃，幫你去取閉月神箭！」

張浪不服氣道：「凌煙閣中的東西，朝中除了我們父子，再無人會用，我們有責任讓這些寶物重見天日立威沙場，不是嗎？」

張若虛冷哼道：「立威沙場？就你那點本事，哼哼……剛才要不是我及時趕到，嚇走在暗處偷聽的人，你明晨就準備在天牢裏度過你下半輩子了！」

「啊……剛才有人在偷聽？」張浪這才大吃一驚，「爹你怎麼不將他抓住？」

張若虛露出凝重神色，搖頭道：

「此人精通隱身遁跡之術，又機警得很，硬要抓他必然要大動干戈才行，那一來還不得驚動整個皇宮？不過我已將你的情人殺了滅口，你回頭將她屍體化掉，我現在就將閉月神箭還回去，即便他有膽子去告密，卻也沒有證據指證你，這件事就成了永遠的懸案！」

張浪皺眉道：「可是爹，這皇妃失蹤，畢竟是大事，回頭皇上追查起來，只怕又是一場大亂吧！再說，這柳巧巧暗地裏的身分可是黑道三大勢力之一聽風閣的弟子，武風吟只怕也不會就這麼算了的吧？萬一那人是你對頭，去告密的話，問題可就麻煩了！」

張若虛淡淡一笑：「我雖不知他是誰，但大風城中，能在我張若虛眼皮底下溜掉的人，卻是屈指可數！他這人外方內圓，斷斷不會幹損人不利己的事，你放心就是。」

張浪大喜：「那這閉月箭，爹你讓我先玩玩再還回去吧？」

「不可！你以爲這閉月箭是玩具嗎？這是凌煙閣諸寶之首，如我不帶回去，凌煙閣明早就絕對會塌掉！給我！」

張浪再不敢多說，當即將那支閉月神箭交給他老子，他自己則掏出一張化屍符，念動咒語貼到了那醜女身上。然後父子二人同時消失不見……

卻說談寶兒，雖然撞到張浪的醜事，但他在肯定剛才張若虛僅僅是通過真氣的波動感覺到了自己的存在，不可能看清楚自己的容貌後，便決定本著不惹火燒身的原則，對這件事裝作沒有看見，當即溜之大吉，迅快地回到了青雲殿自己的住處，偷笑回味一陣，很開心地繼續睡覺了。

次日一大早，談寶兒還在睡夢中，就聽見門外傳來腳步聲，隨即若兒便闖了進來。

談寶兒見小丫頭小嘴嘟著，臉色不善，便笑道：

「是誰將我們的公主殿下氣成這樣啊？」

若兒氣鼓鼓道：「還不就是那個柳巧巧……就是柳妃了！昨天晚上還和我在一起睡的，一大清早招呼都不打，卻不知道死哪裡去了，昨晚還說今天陪我上街去買新衣服呢！」

柳妃？柳巧巧？不會這麼巧的吧！談寶兒心念一動。

若兒又道：「你不認識柳妃，這妮子有趣得很，雖然她是父皇的愛妃，但關係和我卻是極好的……算了，你不認識她，說了你也不知道，回頭你見了就知道她的好了！你快點洗漱，我去叫楚姐姐一起吃早點，一會兒我帶你們進雲臺去玩！」

雲臺啊！談寶兒心中一動。

雲臺又叫白玉雲臺，乃是大夏開國皇帝所建，和另外一個有名的京師名勝凌煙閣一起，分別是爲了表彰當初開國有功的七十二賢中的武將和文臣。

在昨夜之前，談寶兒對這兩個地方就已經很感興趣，不過那只是止於對英雄的崇拜，昨夜聽張浪居然從凌煙閣中取了什麼閉月神箭出來後，他對這兩處地點的興趣就更濃了。此時一聽若兒說去雲臺，自然是很開心的了。

等他洗漱完畢到了隔壁，楚遠蘭也已經梳妝好了。

楚遠蘭臉色比往日來得紅潤，卻也不知是人逢喜事精神爽，還是因爲昨夜偷偷想了他一夜，陡然見到他有些害羞，總之是嬌豔不可方物，和若兒比肩而站，真是一對仙子，看得談寶兒心中大樂。

三人出了青雲殿，直撲未央宮。永仁帝早已等候三人多時，當即讓人開飯。

用過早飯，若兒道：「父皇，我今天要和你駙馬去雲臺玩，你將雲手給我吧！」

「你要雲手做什麼？你至少要十年之後才能使得動它的啊！」永仁帝一愕。

若兒得意道：「那可未必。這次我跟你的大將軍出去轉了一圈，功力可是大進了。使用雲手已經完全沒有問題了。」

「真的假的？」永仁帝將信將疑，卻還是從懷裏摸出一隻白玉雕成的人手，遞給了若兒，「反正這東西留在朕身邊也沒有用，之前朕只是幫你保管，現在你有個英雄蓋世的夫婿保護你，朕也不擔心別人來搶，不管你能不能用，以後就都留在你身邊吧！」

「謝謝父皇！」若兒大喜，在永仁帝臉頰親了一下。

永仁帝臉上露出仁慈的笑容，搖搖頭，對談寶兒道：

「容卿，你自去龍州前線後，離開京城有一年時光，半年前你回到京城也不過待了一晚上，對京城只怕有些陌生了。難得公主這麼有興致，朕就放你兩天假，讓你們三人四處逛逛。婚禮之事，有楚尚書給你籌備，大可不必擔心！」

「陛下英明！」談寶兒大喜。他確實還沒有好好在京城逛過，這些日子歷經風波，難得有個閒暇的日子，有兩位相陪去逛街，自是再愜意不過。至於無法小青等人，在重色輕友的大前提下，卻是暫時可以放之腦後的。

三人當即拜別永仁帝，換了便裝，出了皇宮來，卻見宮門口早已停了一輛華麗馬車，若兒拉著談寶兒和楚遠蘭就要上車。

談寶兒笑道：「若兒，既然是逛街，當然是走路逛著才好啊，坐馬車會少很多樂趣的！你要是擔心被別人認出來，我可以用畫皮之術的。」

若兒道：「不用了，不用了！這逛街呢，等我們去了雲臺回來再逛吧！嘻嘻，我可是等了十多年了，終於可以用雲手了，當然是要先去雲臺的了！」說時就拽著兩人上車。

談寶兒兩人無可奈何，被拉上車來。

馬車啓動之後，若兒一時用手去摸那玉手，一時又拿玉手去貼臉，臉上樂開了花。談寶兒兩人都是好奇不已。

楚遠蘭問道：「若兒，這雲手到底是什麼東西，讓你這麼迫不及待啊？」

「秘密！」若兒咯咯笑了起來，「總之，一會兒到了雲臺你們就知道了！」

白玉雲臺和凌煙閣都在京城的北邊，距離城牆並不遠，都是依牆而建，並且相互對望，而高度卻遠遠超過了那二十丈高的城牆，站在上面，可以輕易地望見城外氣勢磅礡的天河和蒼瀾江水，但更重要的是，可以望向北方的土地，讓人生出憂國憂民的情懷。

本來這樣的高度，在京都建築中，也是鶴立雞群的，是屬於一進城就能瞭望到的所在，但談寶兒這兩次到京城，第一次是在晚上，第二次又是被大群人所包圍，是以並未注意到。

等他下了馬車之後，才發現這兩個建築出類拔萃的高度，比之皇宮還有過之。一問若兒才知道，這是開國皇帝故意所為，說是英雄賢士功在社稷，重於天子，這兩座紀念碑一樣的東西，高度便故意高過了皇宮，而之後京中所有建築，便不允許高過這兩個地方。

白玉雲臺和凌煙閣是一左一右相對的。白玉雲臺是一個五邊稜臺的形狀，高達五十丈，稜臺的底座方圓有三十丈，頂端卻也有二十丈，全部由一種白色的石頭所建成，卻並非真的玉石。凌煙閣則是一座木質的樓閣，由下而上，筆直挺立，高度和雲臺相若，被分成了大約有十層的樣子。

這兩處地方的四周雖然沒有保護的柵欄，但卻有著約莫五百人的禁軍在森嚴戒備。因為神聖，所以除非是朝廷命官，是不允許靠近雲臺的，朝廷命官，平時也只允許在臺下樓前祭拜。只有到了清明、重陽和國慶等盛大節日的時候，這些人才登上雲臺和凌煙閣中緬懷先賢，同時尋常百姓也在此時被允許到臺下樓前來祭拜瞻仰。

馬車停到雲臺前面，立時守衛的禁軍中就有兩人上前來，其中一人正是負責這百多名禁軍的年輕百夫長，名叫蒙田。

蒙田行禮將三人接下車來，對若兒笑道：「公主殿下今天又來祭拜雲臺啊！大夏國中，數公主最是敬重先賢，比諸位皇子還要勤勉，真是讓人敬佩！」

若兒笑道：「他們一天都有事在身，不像我這樣有空啊！對了，本宮身邊這位是談容將軍，昨日剛被父皇封為了天威王，這是楚尙書的千金楚遠蘭姐姐。」

「啊！見過天威王殿下、楚姑娘！」蒙田等人每日在雲臺守衛，雖然久慕談容之名，卻並不曾見過真人，聽到本人就在眼前，自是忙不迭的行禮，眼中滿是敬重。

談寶兒這些日子習慣了被人奉承，自然而然地就養成了一種氣度，忙也點頭回禮，客套幾句，應對很是適當。

大家說了一陣話，若兒將剛才在路上買的香燭拿下車來，對蒙田道：「蒙將軍，這次你就不用陪我上去了，我們三人自己上去就行了！」

以前每次若兒上去都是蒙田相陪，拿拿香燭什麼的，最主要的卻是保護公主的安全。只是這次在若兒身邊的是談容，蒙田便也放下心來，識趣地點頭稱是，領著三人來到雲臺下。

雲臺雖然僅僅高達三十丈，但從下面向上望，臺頂真的有雲氣繚繞，很是神奇。雲臺三面皆是陡壁，唯有南面是一條陡峭石階，左右有鐵鏈縱橫，兩邊都有士兵把守。

走到臺下，談寶兒這才發覺這雲臺從上到下，用巨大的楷體字，在臺身上雕刻了幾十個人名，其中刻在最上面的，就是開國之初的雲臺三十六將，至此以下，乃是歷朝歷代立下巨大戰功的名將，每一個名字的背後，都代表了一個個傳奇，一時不由心中激蕩，心說老子死後，不知道能在上面留名不，留的名字是談容還是談寶兒……。

他正想的時候，卻聽若兒道：「蒙將軍，你將沿途的士兵都給我撤到臺下來，將臺下給我團團守住，沒有本宮的命令，任何人不准上臺來，違令者斬！」

蒙田見公主今天表現如此奇特，知道必定事非尋常，卻也不敢多問，當即傳令上去。過不多時，上面士兵全數撤了下來，在臺下守護。若兒這才帶著談寶兒和楚遠蘭登臺。

三人朝臺上走去。

談寶兒憋了滿肚子的疑問，但大多問題一會兒上臺都會有答案，最後卻終於被他想到一件事：

「若兒，我聽人說陛下有九子一女，但爲何這這兩次進京，滿朝文武都來歡迎我，偏偏就沒有看到過你那些皇兄呢？你剛說他們每天都有事忙，都是忙些……蘭妹，你拉我衣袖做什麼？」

被談寶兒一說，楚遠蘭不得不縮回了手，神情很是尷尬。

「楚姐姐，沒事的！老公又不是外人！」若兒衝楚遠蘭笑笑，對談寶兒道：「他們真能有什麼事了？一天不過耽於酒色而已！九位皇兄，沒有一個成器的。父皇每次和我說起後繼之人，都是頭疼不已。可惜歷代帝皇之中，數他子嗣最少，這卻也是沒有辦法的事。」

談寶兒哦了一聲，怕若兒傷心，卻不敢再多問，一時氣氛頗爲沉悶。好在這三十丈高的雲臺並不算特別長，過不得多時三人就看到了臺頂柵欄。

那柵欄的建築材料卻不是如臺身一樣的冒牌貨，而是貨真價實的白玉，在陽光下極是晶瑩剔透。

登上臺頂，談寶兒頓時只覺得眼前大亮，細看時，卻是眼前立下了無數塊漢白玉雕成的石碑，陽光照射下來，被石碑逐次反射，光影層層相疊，這臺頂便有如琉璃世界一般。

這裏的每一塊石碑上都雕刻著一個人像，神態各異，有的殺氣騰騰，有的溫文儒雅，有的微笑捻鬚，有的怒目圓睜，卻無一不是身批甲冑。談寶兒一置身這裏，也不知爲何眼前竟滿是刀光劍影，耳邊全是鼓角爭鳴。

楚遠蘭之前也沒有上過雲臺，對於雲臺的瞭解，也僅僅只是從她父親楚天雄那裏聽來的，此時一到臺上，卻也是心潮澎湃，興奮地拉著談寶兒的手，指著那些石碑上雕刻的人像和人像下面介紹生平的小字，激動至極。

「容哥哥，你快看，這是雲臺三十六將裏的天王劍皇甫御空，沒有想到，他的鬍子竟然和他的外號一樣！這是拳神張揚，天啊，他和雷王趙五居然都是這麼帥！這是邪王陳驚羽，果然有些邪氣……這是被爭議是不是該放到凌煙閣裏的唇刀舌劍夜無傷，沒有想到居然這麼的年輕……」

雲臺三十六將和凌煙三十六士的故事，乃是每個說書先生的必備科目，每日聽老胡說書的談寶兒對這些人的事蹟自然是耳熟能詳，一聽楚遠蘭說這就是誰誰誰，頓時也很是激動。若兒卻因爲是公主身分，來過這裏好多次了，並不覺得新奇，只是微笑地看著兩人。

兩人說了一陣，楚遠蘭忽興致闌珊，神色一黯，嘆了口氣道：

「男兒何不帶吳鉤，收取關山五十州。容哥哥，你覺得這句詩怎樣？」

談寶兒哪裡又懂什麼狗屁的詩文了，但前陣在青龍號上的時候，他被若兒逼過多次，此時已經不再慌亂，笑道：

「你問我嗎？我不懂詩詞的啊！」

「切！」這話立時引來兩女的同時鄙視。談容號稱「詩畫雙絕」卻說不懂詩詞，說出去只怕會讓許多人笑掉大牙，兩女自然是打死也不信的，可惜她們並不知道，此談容早非彼談容。

鬧了一陣，楚遠蘭道：「男兒何不帶吳鉤，收取關山五十州，這話自然是不錯的。這雲臺上的諸位前輩名將，都在抗擊魔人一事上有大功於國，收取的河山也是不少。只是一將功成萬骨枯，他們能在雲臺留香，卻又是犧牲了多少人的性命呢？」

若兒咯咯笑道：「楚姐姐，你和觀雨那妮子待久了，也學得她一般的慈悲心腸了。哎喲不好，你要是哪天也去尼姑庵，你的容哥哥還不得心痛死啊？」

「你個小妮子就知道亂說！」楚遠蘭大窘，說著話就去掐若兒的肩膀，若兒自然側身閃避，兩女鬧成一團，在玉碑間穿梭，如穿花蝴蝶一般，將那層層光影打破擾亂，身上更增迷人光彩。

談寶兒看得目眩，心中一片喜樂，有這樣的兩位佳人相伴終老，人生如此，更有何求？

兩女鬧了一陣，最後還是楚遠蘭率先罷手。

若兒自也只有停下，笑道：

「楚姐姐看起來文靜，掐起人來可是一把好手，老公以後你可要注意哦！」

這話引得楚遠蘭當即又有了想揍她的衝動，但若兒一個閃身已到了談寶兒身邊，抱住談寶兒的肩膀嘟著嘴一臉哀怨：「看吧看吧，她被我揭穿本來面目，又要惱羞成怒了！」

楚遠蘭大惱，卻不便動手再落口實，一時竟是無可奈何，唯有苦笑。

談寶兒一手一個握住兩人纖手，笑道：

「都別鬧了！若兒，你不是說到這裏有事的嗎？」

「對啊！差點忘了這好玩的事呢！」若兒說著，伸手從懷裏摸出之前永仁帝給她的那隻玉手，一臉的興奮。

這是一隻女子的手，雕刻紋理極是細膩，如不細看，很容易讓人以爲是一隻美人的皓腕，在陽光下灼灼生輝。談寶兒和楚遠蘭都是嘆爲觀止。

若兒神情肅穆，將那玉手撫摸一陣，嘴裏念念有詞，忽然之間，那玉手的食指從其餘四指間突了出來，朝著雲臺上一塊玉碑指了指。

立時地，那玉碑被手指所指到的直線位置上，陡然有了一個黑點，那黑點如一個氣泡一般忽然擴大，隨即變成一個巨大的圓形陰影。

「倏！」一聲怪異的輕響，那玉碑之上淡淡的玉色光華一閃，一個人影從那碑裏閃了出來，落到三人的面前。

談寶兒三人同時嚇了一跳，不由自主朝後退了一步。細看之下，只見這人年紀很輕，英俊不凡，一身的青衫，整個人給人的感覺只有兩個字：優雅。最奇特的是，這人的容貌，卻好似在哪裡見過一樣。

那年輕人站定之後，徑直朝若兒行了一禮，道：

「夜無傷參見主人！不知主人見召，有何吩咐？」

「夜無傷?!」談寶兒和楚遠蘭同時驚呼起來，「開國三十六名將之一，唇刀舌劍夜無傷？」兩人齊齊朝他身後那玉碑看去，只見那碑上所雕刻的人物形象和眼前這年輕人一模一樣，而下面一行小字的起首三字，正是夜無傷。

若兒先也是微微驚慌，此時卻是興奮至極，圍繞這夜無傷轉了幾圈，雀躍道：

「你真的就是兩百年前那個夜無傷？」

「如假包換！」

「兩百年前！你是人是鬼啊？」談寶兒頓時傻眼了。

夜無傷看了看他，笑道：

「看起來主人這位朋友還不瞭解什麼是雲臺點將錄。早在兩百年前，聖帝將魔人逐出神州，建立大夏王朝。之後聖帝飛升神界，但魔人卻只是被趕出了神州大陸，他怕日後魔人再犯神州時，後輩子孫無法抵擋，就求我等三十六將捨棄肉身，將靈魂分別留在雲臺，將召喚之引留於雲手，也即是雲臺點將錄之中，他的後輩子孫便可以通過這隻手召喚我等幫忙！」

「哇塞！你們還真是夠忠心的了！」談寶兒很無語。在他看來，對一個人忠心或者無可厚非，但是要對他的子子孫孫都盡忠，那就未免太傻了。聖帝不愧是聖帝，個人魅力簡直是牛得無邊無際了。

「別說那麼多廢話！夜無傷將軍，那我現在是你的主人，是不是我讓你做什麼，你就要做什麼？」若兒小臉興奮得紅撲撲的。

「當然！主人有何吩咐？」夜無傷微笑。

「吩咐啊……」若兒直接傻眼了。

事實上，雲臺點將錄的存在在皇室內部也是個機密，歷代知道這隻手存在的只有兩個人，就是皇帝和他其中一個女兒。因爲當初聖帝爲了不讓後世子孫濫用雲臺點將錄，所以特意將點將錄做成女手的形狀，並且在上面施法，後世子孫中只有女子才能使用點將錄，而女子一旦嫁人，這點將錄就必須歸還皇室，由皇帝本人保管。

但這兩百多年以來，皇室之中卻沒有一個女子有機會使用點將錄，其中機緣不到是一個原因，再有就是使用這點將錄至少要二十年以上的功力修爲，就算她天賦高，四歲開始學習法術，那這時候也有二十四歲了，通常公主在這個時候早已嫁人了。

所以，若兒實際上就是兩百年以來第一個召喚出三十六將的人，而她召喚出夜無傷之前也確實沒有想過要他幫忙做什麼。她仔細想了想，忽然笑了起來：

「這樣吧！好久沒有看到小三了，你就幫忙扮隻烏龜爬吧！」

「撲通！」談寶兒直接絕倒在地。他再也想不到，這丫頭辛辛苦苦將一代開國名將召喚出來，居然是要他做這樣上不得檯面的事。

楚遠蘭也是哭笑不得，傳音給若兒道：

「若兒快收回成命！鬼魂不可辱，英魂更不可褻瀆，否則引起他們不滿，就麻煩了！」

但她話音未落，卻見夜無傷已四肢伏地，在地上爬了起來，邊爬還邊搖頭晃腦，並且口中發出古怪叫聲，神態姿勢無一不像一隻超級大烏龜。

談寶兒三人面面相覷，一時都是作聲不得。

其時豔陽高照，隆冬的雲臺一片金光燦燦。

夜無傷怡然自得地在地上爬了五圈，最後仰頭微笑問若兒道：

「主人，這可夠了？」

若兒笑嘻嘻道：「夠了夠了，你這人挺好玩的，快點起來吧！」

夜無傷拍拍手，起身站起，一臉的愜意，彷彿剛才不是在當眾學烏龜，而是和美女結伴旅遊歸來。

若兒笑道：「雲臺三十六將，口舌最利的就是你夜無傷了，這學烏龜叫果然是惟妙惟肖，名不虛傳，名不虛傳啊！」

談寶兒和楚遠蘭聽她如此說，幾乎沒有當場昏倒。人家那是辯才無敵，這學烏龜叫很像，又是哪門子的名不虛傳了？但夜無傷卻微笑道：「多謝誇獎！主人還有別的吩咐嗎？」整個人優雅得無邊無際，全沒有半點火氣。

若兒眨眨眼睛，嘻嘻笑道：「既然我讓你做什麼都可以……那你幫我將身邊這傢伙狠狠揍一頓吧！」最後手指所向卻是談寶兒。

談寶兒大驚失色：「拜託！姑奶奶你別開這樣的玩笑好不好……哎呀，你這傢伙還真不給面子，這就來啊？」

他說話的剎那，夜無傷身影幻化，左拳右掌已朝他攻了過來。

談寶兒習慣性的使出凌波術，踏了個五行方位，險險避過，夜無傷咦了一聲，手足加快，再次攻了上來。

談寶兒以往使出凌波術，於眾人圍攻中也是進退自如，但這次才踏出幾步，夜無傷的拳腳就已近在面門，竟是避無可避，無奈下十指真氣一透，大地之氣化作金色閃電射出。

「轟！」地一聲巨響，拳掌之風撞到閃電，周遭空氣頓時被炸開。兩人各自後退一步。

談寶兒只覺得臉頰被爆炸的餘勁撲過，隱隱生疼，一時暗自心驚，心說開國三十六將果然不是吹出來的。

「一氣化千雷！」夜無傷臉色變了變，停下手足，對若兒道：「對不起主人！聖帝曾有吩咐，三十六將遇到會使一氣化千雷者，都不可冒犯，你的命令我無法完成了！」

「真的假的？」若兒很是懷疑，但看夜無傷一臉嚴肅，便不好再說什麼了。她正想弄點什麼新的花樣，這個時候，耳朵裏忽然聽見一陣悅耳的聲響，回頭過去，才發現那聲響的發出所在竟然是那一塊塊玉碑。

除了夜無傷雕像所在，其餘三十五塊玉碑上都射出奪目的玉色光華，同時顫抖搖晃起來，這陣陣鳴玉之聲，便是其顫抖所發。那聲響是如此的悅耳，卻又綿綿無盡，瞬息間便從雲臺之頂傳了出去，覆蓋了整個京城。

京中百姓聽了，無不爲這玉鳴聲所動，一時盡皆陶醉，全然忘記了自己正在做的事。

若兒見此歡喜無限：「這聲音太好聽了！夜無傷，這是因爲他們寂寞了兩百多年，都在歡呼本公主來尋他們玩了對不對？」

夜無傷的臉色卻一反之前的優雅，慘白得很，和他鬼魂的身分倒是很符合。他皺眉搖頭：

「不是！白玉鳴響，乃是鬼魂不安！三十六玉碑齊鳴，就是他們和我一樣，都有了不祥的預感！似乎是有什麼可怕的事即將發生……」

忽聽楚遠蘭失聲驚呼了起來：

「你們看那是什麼？」

「啊！」談寶兒和若兒順著她手指方向看去，隨即也是同時失聲。

楚遠蘭手指的方向乃是不遠處的天空。先前京城的上空本來是豔陽高照，碧空如洗，但這個時候，東南的天空卻忽然多了一個嫣紅耀眼的口子。

那裂口初時只是小如月牙，但卻在不斷向兩邊延伸，眨眼之間，竟張大了十倍不止。那片天空，好似忽然被劃了一刀的美人臉，有著一種妖豔的淒美。

夜無傷本來一直是保持著一種說不出的優雅態度，但此時臉色卻是瞬息間變了好幾次，最後用一種似是興奮似是惆悵的語氣道：

「兩百年了，兩百年了！聖帝所擔心的事，終於還是發生了！天之裂痕，居然真的還是被魔人打開了！」

談寶兒正想問什麼是天之裂痕，卻忽見那其餘三十五座玉碑上都在一瞬間冒出一片陰影，隨即裏面都冒出一個人來，其外貌形狀正好和碑上所刻一模一樣。

雲臺三十六將，兩百年後終於齊集人間！

除開夜無傷之外的三十五將齊集之後，一起向手握雲手的若兒行禮道：

「大敵當前，臣將擅自出碑，請主人恕罪！」

「大敵？什麼大敵？」若兒先是一片茫然，隨即卻張大了嘴，再也說不出話來。

遠方天空，那紅色裂痕此時已經停止了變長，但這時候卻如人的一張嘴，忽然從中間張開，一蓬黑水從裏面掉了出來。細看時，那黑色的流動物體卻不是水，而是無數個細小的點，只因為這些點太多太密集，才看起來像水。

「這是……魔人！」談寶兒不由失聲叫了起來。

經過孽海之中那一把孽海果的提升，談寶兒功力大增之後，眼力也已經是有了質的飛躍，是以一看之下，頓時發現那密密麻麻的黑點，居然是一隻隻黑色的巨大老鷹，而牠們的爪下全是黑盔黑甲的士兵，只是頭的形狀和人頭大大的不一樣，有的像蛇，有的是像老鼠，有的像老虎……最重要的是裏面有的像狼，正好和當日在葛爾草原上所看到的狼人一模一樣，那麼毫無疑問，這些從頭型到髮型都古怪無比的士兵，正好就是八族魔人！

那老鷹密密麻麻的，數目不知有多少萬，牠們從裂縫裏飛出，隨即落到地面，將爪下士兵放下，復又飛回裂縫之中，不時又抓著一名士兵再次飛出。一時間，黑色的士兵如天水傾盆而下，眨眼之間，便全數落到地上，密密麻麻地填滿了京城的東南，一眼望去只如一片黑漆漆的牧草。

談寶兒這些日子在軍中久了，對人數的估算已頗有眼力，發現這片刻的功夫，落到地上的魔人已有了十萬之多，而天上的魔人卻依舊源源不絕地從那裂縫之中漏下來，一時不由呻吟起來：

「天啊！還有！這次到底來了多少魔人啊！」

雲臺三十六將均是久經沙場，雖然也都從沒有經歷過眼前這樣的詭異情形，但卻都處亂不驚，邪王陳驚羽忽道：

「不好！魔人要攻打東門了，請主人下令，我們趕快支援！」

若兒這時候也看見那最先下來的十萬魔軍已朝著東門如潮水般湧了過來，當即豪氣干雲道：「好！三十六將，大夥一起去東門吧！」當下率領著三十六將一起展開身法，朝著東門飛去。

談寶兒深深望了楚遠蘭一眼，道：「蘭妹，你趕快入宮去通知皇上，我跟他們去幫忙！」說完化作一蓬清風，消失不見，身後傳來楚遠蘭的叫聲：

「容哥哥你保重啊！」

談寶兒此時身具九霄之氣，御風弄影之術更是上古神人之術，是以他一旦全力展開身法，速度之快就很有些駭人了。但即便如此，三十六將之中卻依舊有三人的速度和他不相伯仲，即邪王陳驚羽、唇刀舌劍夜無傷和另外一個天王劍皇甫御空。

他和這三人飛在最前面，跟在他們後面的三十三將則是每十人左右一組，分爲三組，顯示出這些人的實力也是分爲三個等級。但即便是最差的第三等級的十名大將，身法也比若兒快了許多。是以落在這支隊伍最後的，反而是這支隊伍的主人。若兒對此是意見大了，但好歹現在是去抗敵，不是去看戲，她也不好意思叫前面的人停下來等自己。

眨眼之間，談寶兒和陳驚羽三人已到了東面的城牆之上。

東城輪守的士兵自是早已看到魔人從天而降，都驚懼交加，好容易在東門守將胡風的一頓呵斥下，鼓起了勇氣，準備木石箭油之類抗敵，忽見身後天空又有一隊人馬降下，都是大驚失色，慌亂間便有人將箭射出。

這下子立時引來連鎖反應，本是恐懼至極的士兵們不受自己控制的射出箭，一時萬箭齊發，全朝空中的三十八人落了下來。

鎮守京城的部隊，所用的箭並非普通貨色，這批箭是由天師教的人所造，上面用法力刻上了各種各樣的符咒，一旦射出之後，便可借得水火風雲之力，是以被稱爲法箭。

此時萬箭齊發，有的箭一離弦就變成了冰箭，有的則是一離弦就變成了火箭，更有的在箭矢四周形成了一小股旋風……一時之間，空中水火交融，好不壯觀。

飛在三十六將之前的談寶兒本是風形，但被這萬箭所逼，卻不得不現了原形，不由怒氣交加，大喝道：

「天威王抗魔大元帥談容在此，誰敢放肆？」

這一喝之中，卻已用上了念力。念力就是精神力，精神越強，其力便越強，此時他盛怒之下發出，念力當真是非同小可，近身的上千支箭矢頓時被逆轉方向，朝城下落去。

陳驚羽三人之前看到談寶兒化爲風形疾飛已是大吃一驚，此時見他如此神威，心中都是一聲長嘆：

「沒有料到，兩百年不出雲臺，世上竟已多了如此英雄少年！」

這三人在大夏開國之初，都是極負盛名，此時自是不甘人後。陳驚羽雙掌翻飛，瞬間拍出一排怒濤似的真氣，夜無傷手中卻是一把大刀，虛虛做了個橫封的架勢，至於皇甫御空則是身上陡然射出成千上萬的無形劍氣。

空中的箭矢被這三人聯手一擊，頓時也是齊齊反向落下城去，而這個時候，魔人的先鋒虎族騎兵也正好穿過鐵索橋，抵達城下。

虎族乃是魔人八族中最勇猛的一族，這一族除了坐騎是生長在魔陸古蘭山頂的黑毛老虎之外，他們自身更能幻化虎形，力大無窮，是以每次出征，魔人主帥必定以其爲先鋒，這次進犯大風城自也是不例外。

但他們卻萬萬料不到，大風城守軍用的全都是法箭，再被談寶兒等四大高手運力反射後，這片箭雨簡直就是無堅不摧。立時地，衝在最前面被這萬支法箭籠罩的三千虎族先鋒部隊，紛紛中箭身亡，有的更是連慘叫聲都來不及發出。

來勢洶洶的魔族大軍，行軍速度頓時慢了數倍。

「真的是談將軍！」城上人族士兵看清楚漸漸逼近的談寶兒容貌，都是一片歡呼，頓時腿也不軟了，氣也不喘了，全身都有力氣了。

談寶兒身法展開，瞬間落到城牆之上。

守將胡風見了，慌忙跪拜道：「參見王爺，願王爺千歲……」

談寶兒喝斷道：「大敵當前，哪那麼多屁話！趕快指揮士兵迎戰！」

胡風如夢初醒，應了一聲，轉過身去，卻見城下已是黑壓壓的一片虎頭攢動，不由大驚失色，忙大叫道：

「放箭，放箭！」

立時箭如雨下，城下的虎族騎軍頓時一陣人仰馬翻，但這次的效果卻遠不如方才，因爲這次射箭的不是談寶兒四人，而虎族騎軍本身皮糙肉厚，再加上裝甲之精良冠絕魔人八族，是以這次雖然依舊是一萬支箭，但射落的魔人只有一千不到。

饒是如此，城門下也已堆了無數的屍體。後面的魔人卻不退反進，前赴後繼，悍不畏死地踏著城下同伴的屍體，兇猛至極地衝了上來。

談寶兒一眼望去，只見漫山遍野都是黑色的老虎，上面坐著虎頭人身的虎族騎軍，饒是他素來天不怕地不怕，卻也不由爲之一陣膽寒。

但戰場之上，卻由不得他猶豫。城牆之下已經堆了無數的虎騎屍體，要命的是黑虎背上的虎騎死去之後，老虎因爲皮毛堅韌，卻並沒有掛。這些老虎一隻隻高如駿馬，力大無窮，一起發力迅猛地衝擊著城門，整個城門搖搖欲墜。

「必須阻止這些老虎繼續衝擊城門！」談寶兒叫了起來。

「放箭，放箭！」胡風慌忙下令。

但這些老虎的皮毛卻實在是太厚了，這些法箭射下去，基本上有作用的只有那一部分符咒的法術效果，而箭矢本身的殺傷力卻可以忽略不計。

一輪弓箭過後，城下也不過傷了百來頭老虎，而沒有受傷的卻有數千頭之多，那精鐵所澆築的城門眨眼間便已被這些猛虎撞得千瘡百孔。城門口的士兵們慌忙用大石車抵在門後，但卻是杯水車薪，全然不管用。

「看我的！」人群中有人哼了一聲。眾人立時覺得眼前一片白光閃耀，再看時，一蓬耀眼得似流星的光華從邪王陳驚羽的手裏落了下去，如一層水銀一樣，傾泄到了城下，城下虎群無一遺漏。

再看時，那些原本發瘋似衝擊城門的老虎，身上全是寒冰，已經在一瞬間變成了冰雕，再也無法動彈。後續的老虎和虎族騎軍被擋住去路，頓時人仰虎翻，城下亂成一團，慘叫怒吼，卻全然不知路徑。

「天意神冰……你，你是……」胡風手指著陳驚羽，想起這招法術的大威力，腦中浮現出一個本朝開國大將的名字，一時卻是怎麼也不敢相信。

這時候，其餘的雲臺三十六將和若兒也已落到城頭。

若兒急匆匆跑到談寶兒身邊，關切道：

「談將軍你沒事吧？」

談寶兒知道因為在戰場上的緣故，這丫頭就不叫自己老公，而稱呼為將軍，但那關切柔情卻是半分不少，朝她微笑道：「沒事！」兩人伸手一握，都是一股暖流在心，只覺得城下縱然朝風驟雨卻也視若等閒。

但他握著若兒的手，漸漸有了些濕熱，嗓子眼裏好似有一團火在燒灼一般。一眼掃過去，卻見城上的士兵們更加不堪，一個個手足發軟，只差沒有癱倒在城牆上。如果不是有若兒在，他幾乎想立刻就腳底抹油溜之大吉了。

只因爲城下的敵軍此時實在是太多了！

第十章　魔人攻城

便在虎族騎軍衝擊這瞬息之間，那妖紅裂痕之中，卻又已湧現出無窮無盡的魔人軍隊，瞬息之間鋪滿了大風城下。那漫山遍野的黑色大軍，卻也不用做什麼，光是那交織著的腳步聲、喊殺聲、坐騎的嘶吼聲和那雄壯的軍樂聲，就足以驚天動地。

眾人手足發軟的時候，卻忽聽若兒叫了起來：

「不行！我們必須要阻止更多的魔人從那裂縫裏出來！邪王，夜無傷，你們有什麼辦法沒有？」

一邊的胡風和眾士兵直接就聽傻眼了。他們本來就覺得這批從天而降的傢伙很有些眼熟，這會兒聽若兒一叫名字，立時就想起自己家裏貼門神的時候是沒有少貼這三十六人的形象。想到早已作古的開國功臣，雲臺三十六將活生生的就在自己眼前，這些人只覺得自己肯定是在做夢，一時全然不知該如何是好。

陳驚羽和夜無傷對望一眼，都是搖頭。

陳驚羽道：「那個裂縫不是魔人弄出來的，而是本來就有的天之裂痕。本來這個裂痕是一直被九鼎結界的威力給罩住的，但現在看來，九鼎結界似乎已經被人破了！所以……」

後面的話，他沒有說，也已不用說下去了。談寶兒固然知道九鼎之中一定藏著一個秘密，但卻萬萬料不到這個秘密竟然是這樣。原來九鼎結界所維持的並不是一個結界，而是支撐著天之裂痕。但這一切，魔人卻又是如何得知的？他們又是怎麼通過裂縫將如此龐大的部隊運抵這裏的？這浩瀚蒼穹中，到底藏了多少的秘密啊！

「難道這個裂縫就真的沒有辦法補上了嗎？」望著越來越多的魔人從那天之裂痕裏流出來，談寶兒問道。

三十六將一陣沉默。

最後，一直沒作聲的皇甫御空道：

「天機軍師和無方神相博古通今，若是兩人中有一個在，或者能想出辦法。」

談寶兒很想說，您老這不是在說屁話嗎，說了等於沒有說。

這時，三十六人中的雷王趙五嘆了口氣道：

「大夏重武，我們雲臺三十六將，得蒙聖帝施展固魂之術，才能保留靈魂於白玉碑中。凌煙三十六士卻沒有這麼好的運氣了。軍師和神相再長壽，只怕也已作古了吧！」

這話說得眾人一陣頹喪。卻在這時，胡風卻叫了起來：「不好！魔人的大部隊過來了！」眾人慌忙朝城下看去。

之前魔人只有一隊十萬人左右的虎騎衝鋒，但城門下橫衝直撞的黑虎被邪王冰封之後，後續的虎騎失去衝鋒的陣地，銳氣一失，便只能在城門下周旋，並不能前進半步。此時虎騎軍卻忽然從兩側散開，竟有成千上萬條巨蟒從魔軍陣列裏游了出來，朝城下撲來。

這些巨蟒條條有五丈長，水桶似的粗，最要緊的是周身環繞著一層黑色的火焰，所過之處，嗤嗤作響，塵土揚起。

「不好！是魔蟒之陣！」三十六將眾人齊齊變色。

邪王陳驚羽高呼道：「快撒硫磺！」

但他叫過之後，眾人卻是面面相覷，無人應答。

談寶兒見此怒道：「胡將軍，你還愣著做什麼？還不讓人撒硫磺？」

胡風戰戰兢兢道：「城上並無硫磺！」

夜無傷冷冷道：「大膽！魔人八族之中，蛇族最是兇悍，聖帝規定各地城池都必須儲備硫磺，為何大夏京城反而沒有？」

胡風苦笑道：「諸位將軍有所不知！為了全力抵抗魔人進攻，硫磺等戰略物資多已運抵前線，京中並無留下半點存貨！」

三十六將先是一頓訝然，隨即眼中都露出讚賞神色，心說聖帝後裔，果然都是明君。但這一耽擱時間，那批巨蟒已然如電捲一般撲到了護城河前，吊橋上的虎騎紛紛讓路閃到一邊。

邪王見機叫道：「快將吊橋拉起來！」

城頭眾士兵如夢初醒，慌忙去拉吊橋的鍘。

但就在此時，巨蟒陣中卻有一蟒平地飛起，如龍騰空，空中一個漂亮的甩尾，身體化作一個蛇首人身的丈二巨漢，重重落到橋上。

整個吊橋爲之一陣劇烈搖晃，城上上百名的人族士兵運力去拉，卻如螻蟻撼大樹一般的紋絲不動。

談寶兒看得心急，便要去幫忙，但這瞬息之間已有十餘條巨蟒撲到了吊橋之上，從容通過，他就算有萬斤之力，怕也是無可奈何了。

「放箭，潑油！」陳驚羽大叫。頓時萬支法箭齊發，各色光芒再次閃耀。只是城中守軍不料魔軍天降，那油鍋卻沒有燒起，這潑油卻只能省了。

但這些巨蟒蟒皮之厚更勝黑虎，法箭射到身上，傷亡甚少，眨眼之間便已有百餘條游過了吊橋，在城下仰著三角巨頭，卻不行動，只是將燈籠似的雙眼睜著，望著城頭虎視眈眈。

「牠們這是要做什麼？」若兒不解。

「回主人，估計是要聚集千頭，釋放蟒火！」邪王冷笑一聲，眼睛卻望向了夜無傷。

夜無傷微笑道：「兩百年沒有開口，今日動動唇舌卻也無妨！」說完這話，他的嘴依舊張合，但嘴裏卻再沒發出任何的聲音。

眾人一陣奇怪，談寶兒更是看得大爲鄙視，心道：「該不會是這傢伙在雲臺困的太久，沒有吃飯，連說話的力氣都沒有了吧？」

但就在這時候，城下那群本是安靜不動的巨蟒卻都焦躁不安起來。

再過片刻，那焦躁不安變成了劇烈的騷動。緊隨其後，這些巨蟒一條條在原地翻滾起來，發出慘烈的怪叫聲。牆頭上眾人雖然不明所以，但卻看出這些巨蟒都痛徹心扉，叫聲淒慘無比，雖然是敵人，居然都生出了同情之心。

吊橋上那蛇首巨漢也是一般焦躁，抬頭望著城牆上，眼中滿是不信，臉上神色又驚又懼，卻在猶豫片刻之後，猛然從橋上跳起，化作蛇形，飛退回護城河對面。

等他落到對面土地時，城下那百多條巨蟒卻已經趴在地上一動不動。城上眾人定睛看去，只見那些巨蟒遍體鱗傷，顯然已經斃命，一時皆失色。

談寶兒心中一動，回頭再去看夜無傷，夜無傷臉色發白，鬢角微微有汗珠沁出，心中恍然大悟：「原來唇刀舌劍也是一種精神術！這些蛇刀箭難傷，卻也抵不過這精神的攻擊！」

蛇人雖退，但城頭上的諸人卻一點輕鬆的意思都沒有。魔人八族，只不過現了兩族，卻已是如此威猛，而那天之裂痕裏卻依舊有黑潮湧出，氣勢漸顯澎湃，顯然這時候出來的才是真正的魔人主力。

但饒是如此，從城頭一眼望去，天痕之中巨鷹不斷飛出，天痕之下，已經密密麻麻地滿是黑壓壓的一片。

黑盔黑甲黑色的兵刃，在陽光照耀下，反射出一種黑色的光澤，映照得整個東南的天際黑光沖天，使得整個大地都陷入了黑夜，和大風城這邊的豔陽高照形成鮮明的黑白對比的兩個世界。

大風城中的百姓自是早已看到天空的詭變，有人認出那天空的老鷹正是魔人八族裏的鷹族，但方才虎蛇兩族的兇猛衝擊，將一切聲音都淹沒下去。這會兒兩族既退，百姓才知道害怕，整個城幾乎亂成了一鍋粥，人群奔相走告，惶恐像瘟疫一樣在瞬間瀰漫了所有的人群。

天空有了裂痕，瞬息之間京都大風被魔人包圍，這兩件事的任何一件都能讓人食不知味，當兩件事發生到一起的時候，就能足以讓人崩潰。東南邊的百姓因爲最靠近天之裂痕，是以這裏的恐慌也是最大，就在蛇人退卻的瞬間，街上已是車水馬龍，恐慌的人潮紛紛向北城和西城洶湧而去。

城上，談寶兒諸人之前也一直關注著城外，此刻陡然聽到城內煮沸一般的聲音，回頭過來，卻都是大驚失色。難道魔人沒有進城，這城已經從內部破裂？

若兒當即一把抓住談寶兒的手，急道：

「談將軍，城內百姓大亂，現在只有你的威望才足以平息他們的恐慌！你快點和他們說幾句吧！」

「我？」談寶兒愕然。

「對對對！談將軍你在百萬軍中取過敵帥首級，有你說一句，百姓一定會冷靜下來！」胡風也是如夢初醒，慌忙附和。

雲臺三十六將被封閉兩百多年，自是不知談大英雄的光輝事蹟，一聽，他居然在百萬魔軍中取過敵帥首級，都是不由肅然起敬。

「說？說什麼？」談寶兒一時沒有反應過來。

「廢話！」若兒有些生氣。

「廢話？說廢話有什麼意思？」談寶兒一臉茫然。

要不是眼前這傢伙是自己的老公，若兒肯定要讓士兵們將這白癡拖下去毒打一頓。但這時唯有耐心道：「當然不是廢話……本宮的意思是說，在這樣危機的時候，你應該說幾句給大家鼓勁的話！」

「鼓勁的話？這個我會啊！」談寶兒反應過來，當即飛身離開城牆，懸浮半空，對著城裏喝道：「大家都不要慌，聽我談容說幾句吧！」

其聲大如洪鐘，彌蓋了整個大風城，城裏城外都聽得清清楚楚，人群紛紛安靜下來。而他身邊的諸人則都是被震得耳膜發疼，城牆上的土都爲之飛揚起老高。

卻是談寶兒使出了當日楚遠蘭所教的傳音之術。

這門傳音術分爲傳音入秘和傳聲入眾，分別是秘密的對單人傳音和要最大範圍的人群聽到，談寶兒以前只試過傳音入秘，並沒試過傳聲入眾，他唯恐聲音不夠大，於是運足了十成功力，於是出來的效果就如獅吼龍吟，聲勢驚人到了極處。

聽他這麼一吼，城裏眾人先是覺得天上落下了一個旱雷，紛紛嚇得躺在了地上，再之後反應過來，自然全都肅靜下來，一時皆將眼光落到空中的談寶兒身上。

被這麼多人行注目禮，談寶兒暗自有些洋洋得意，當即開口大聲道：

「啊哈，這個，那個，諸位客……大家吃了午飯沒？」

「撲通！」城頭城下跌倒一大片。

若兒簡直要暈倒了：「讓你說幾句鼓勁的話，你怎麼問人家吃飯沒有做什麼？」

「這個，人當然是要吃了飯才有勁的啊？」談寶兒十分委屈。

大地上一眼望去黑沉沉的一片，魔人的軍隊已經鋪天蓋地，席捲到了百里之外。但天之裂痕裏，巨鷹不斷飛進飛出，新的魔軍依舊如天河氾濫一般，滔滔不絕地湧出來。

城頭上。

「看起來大家都沒有吃，都沒有力氣站穩啊！」搞得大家都很無語的談寶兒卻在喃喃自語，但足以讓所有的人都能聽到，隨即聲音陡然轉大，「是的！本將軍現在也還沒有吃午飯！這些可惡的魔崽子，竟然敢侵犯我們的家園，讓我們連吃飯的心情都沒有，簡直是……」

「太可惡了！」城裏百姓異口同聲接道，其中卻還夾雜一片嬉笑之聲，顯然大家現在將談寶兒當成了隔壁家的阿三，再沒有像剛才一樣的緊張。

這情形別說是若兒詫異至極，就連一邊的雲臺三十六將也有些摸不著頭腦了。

他們的主子，聖帝李元可是個了不起的演說家，大夏皇宮裏至今還保存著他歷史上的多次激動人心的演說詞，並作爲皇族內部的必修課程廣爲流傳。但聖帝歷次的精彩演說裏，再沒有一次和談寶兒有任何的相似之處。

但談寶兒眼見眾百姓的反應，卻大為得意，繼續大放厥詞：

「本將軍在此向你們保證，有本將軍在一日，這些魔崽子是進不了我們的城的！那話怎麼說的來著，天塌下來，都有偉大的戰神談容大人雙肩給你們撐著！當然了……」

他後面的話本來是很想說：當然了，小弟我肩膀窄，但我身後還有英明神武的永仁陛下罩著啊！但人群山呼海嘯一樣的歡呼聲卻將他後面的話徹底給淹沒了。

雲臺三十六將和若兒等人徹底傻了，他們不明白這樣的演說，居然也可以贏得民心，一時大生高山仰止之心，嘆息哲人的智慧，果然不是凡夫俗子所能理解。

於是在後世的傳記之中，談寶兒以上所說的話，被連續記載在了一起，面目如下：

初，魔犯大風，大英雄以傳世之姿，巍然矗立大風之巔，言天之將傾，吾將獨力而支。百姓由是感激，遂許以驅馳……。

談寶兒對這樣的效果當然是滿意得無以復加，正想再吹噓自己幾句，忽聽城外魔人陣中有人朗聲笑道：「天塌下來也能雙肩抗了，談將軍真是豪氣干雲啊！卻不知能不能接下厲某三招呢？」

那聲音響起於魔人陣列，但在談寶兒聽來，卻好似在耳邊一樣，他驀然回首，已有一道絢麗的月白光華從那萬馬千軍中疾射而來。

這一道光華來勢本也不甚猛烈，但卻不知爲何威勢卻迅猛至極，更讓談寶兒覺得恐懼的是，身邊雖有三十六將環繞，成千上萬的大夏官兵，但他卻覺得自己孤絕無援，這一次的危難，無論如何，他都只能自己面對。

夜無傷和陳驚羽一起失聲道：

「孤月之弦！」

談寶兒自然不知道什麼是孤月之弦，但眼見那白光來者不善，心念一動，落日弓便已在手裏，弓弦一響，一道集中成束的藍色閃電便已離弦射出。

千分之一剎那，月白光華和藍色閃電撞到一處，空氣中發出一聲驚天動地的悶響，巨大的爆裂聲波，震得整個城牆都爲之顫抖起來。

但那月白光華和藍色閃電同時消失的剎那，談寶兒舊的真氣耗盡，新的真氣未生的時候，他的面前卻已憑空出現了一張巨大的中年男人的臉——最詭異的卻是，這裏只有一張臉，脖子以下的身子全然不可見。

談寶兒的眼神和中年男人的眼神在一剎那撞到一起，他頓時只覺得腦袋一陣劇痛，好似有一道冰錐忽然從頭頂被人打了進來，冷痛的感覺讓他站立不穩，腳下一個踉蹌，整個人頭下腳上，朝城下摔落下去。

「老公（談將軍）！」若兒眾人失聲驚呼，欲待前往搶救，但那張本是懸浮在空中的巨臉，卻忽然移動到了談寶兒身側，露出一個風神俊秀的白衣男人全身來。

這人的胸膛和談寶兒的身體相平，嘴角牽動，露出一絲若有若無的微笑來，同時右掌豎立成劍形，狠狠地朝談寶兒攔腰劈了下去。

這一掌本來也不算快，但才一劈出之後，白衣男人的身體忽然分裂出了成千上萬個身體，密密麻麻，將談寶兒重重疊疊地包圍起來。

陳驚羽和夜無傷等雲臺三十六將早在談寶兒墜落城牆的一剎那，便已催動身法來救，但等他們到達的時候，正好撞到這成千上萬個白衣男的身體，每個人都不分先後地撞到一個白衣男的身體，然後無一例外地被這人掌劍上散發出的凌厲劍氣給硬生生撞回了城牆上，劈里啪啦地跌倒一片。

是天魔解體大法！陳驚羽、皇甫御空和夜無傷三人被逼退的一瞬間，腦中同時閃過這個念頭。三人乃三十六將中實力最強，是以被劍風逼退的距離也是最少，三人同時凌空一折，再次反撲而下去救談寶兒。

只是在這一瞬間，三人心裏卻都知道，在天魔解體大法面前，唯一能救談寶兒的只有他自己，他們所做，不過是盡人事聽天命而已。

但三人才一動，頓時便失聲驚呼起來：「啊！」眼中盡是不可思議表情。

被千個白衣人包圍中的談寶兒，以身體為中心，忽然發射出成千上萬道的藍色閃電，如星芒一般朝外擴散。這一瞬間，他整個人就好似一個藍色的仙人球。

但能讓陳驚羽三人動容的卻是，光芒包圍中的談寶兒此時竟然變成了三個頭，六隻手臂，那成千上萬的閃電正是從六隻手的三十根手指裏透射出來的！

彷彿只是過了一剎那，卻又好似過了幾萬年，空氣中絢麗的光華消失不見。

「好一個三頭六臂，好一個談容！」千萬個白衣男的身體如疊紙牌一樣在瞬間重疊歸一，發出這樣一句感嘆，隨即如一顆流星一般朝魔人軍中陣容遁去。

「閣下又是誰？」談寶兒的三張嘴同時大喝，念力一動，便要去追，卻在此時，忽聽耳畔虎吼連連，身下一片的陰風刺骨，低頭一看，自己距離地面已不足三丈，之前被陳驚羽天意神冰冰封的群虎不知何時已被解開冰凍，正朝他凌空猛撲上來。

「找死！」談寶兒冷哼一聲，落日弓一振，弓弦上頓時撒出一片火紅色的火焰。那火焰射出之後，瞬間如煙花一般爆開，形成上千個細小的火球，朝地面射去。

那火球由落日弓射出，自是迅捷無比，群虎騰空而起，不及躲閃，撞到那火球，先前刀槍不入的皮毛此時卻如雪見炭，嗤嗤作響，紛紛慘叫著，復又掉下地面去，不時燒烤成了一堆香噴噴的烤肉——蓬萊三昧真火之陣，精鐵也能融化成灰，何況區區幾隻老虎？

但這一耽擱，那白衣男卻已遠遁百丈，落到魔人軍隊陣中而去。

「果然是個快槍手啊，來得快，去得也快！」談寶兒暗罵一句，收回三頭六臂術，飛回城上。

若兒最先撲了過來，劫後餘生，她再也顧不得矜持，直接上前將談寶兒緊緊抱住，激動道：「老公你好棒！」

聽到這話，談寶兒正要自我吹捧一下，卻聽夜無傷叫了起來：

「大家快看！骷髏族竟然也來了！」

他忙抬眼望去，只見那天之裂痕裏，此時開始流瀉出一種慘白的光芒，細看時候，卻是一個個骷髏骨架，有人形的，也有各種動物形的，不一而足，但手裏卻都握著明晃晃的兵器。顯然這就是魔人八族之一的骷髏族了。

骷髏族的數量極多，等所有的骷髏都從裂痕裏搬運出來之後，這批軍隊的數量竟然和之前已經到達的軍隊數量相等，本是漆黑一片的地面，此時終於變成了黑白交織的兩種顏色。

所有的鷹族這時終於紛紛棲息到地面上，化作鷹首人身全身長滿鳥羽的鳥人。那天之裂痕也終於慢慢合上，裏面終於再沒有魔人出來。

一黑一白的兩支魔族軍隊，整齊的排成涇渭分明的兩個方格形狀，陣列在東南的天空下。雖然都一動不動，但那驚天的殺氣，卻似已穿過數里時空，讓整個大風城都在瑟瑟發抖。

城頭之上，除了雲臺三十六將和談寶兒等有限幾人之外，其餘人大多臉色慘白。

夜無傷嘆道：「人骷狼虎，魚鷹蛇鼠！沒有想到，魔人八族，竟然全數都來了！」

談寶兒細細一數，發現那魔人陣列之中，果然是有和神州人類一模一樣的人族，有全身都只是骷髏的骷髏族，獸首人身的狼族和虎族，頭光無毛嘴大如碗的魚族，全身鳥羽的鷹族，以及蛇人和鼠人兩族。以前只存在老胡書裏的魔人八族，果然一次全都活生生地出現在了他的眼前！

談寶兒覺得嗓子有點發燙，問一旁的陳驚羽：

「陳將軍，晚輩經驗不足，你給我估計一下，這城下到底有多少魔人軍隊？」

這個問題乃是城頭諸人族士兵關心的，只是他們都已沒有勇氣問了，這會兒聽到談寶兒問，所有的眼光就都集中到了陳驚羽臉上。

陳驚羽面無表情道：

「骷髏族四百萬，人族四十萬，鷹族十萬，其餘各族各七十萬，共八百萬！」

「八百萬！即便是當初的武神港聖戰，魔人也只有三百萬吧！」談寶兒覺得自己要崩潰了，回頭問胡風，「胡將軍，京中有多少守軍？」

胡風嘶啞著嗓子，張了好幾次嘴，才終於擠出兩個字：

「十萬！」

「十萬！」談寶兒直接跳了起來，他一把拉住若兒的手，「不行了老婆，咱們快點跑路吧！乖乖個夛，十萬對八……八百萬？這仗還怎麼打？死人了死人了，老子還是去如歸樓端盤子……喂，老婆你怎麼不走啊？」

若兒掙脫他的手道：「別說笑了，老公！別說大敵當前，你絕對不會拋下城中百姓獨自逃生，就算你要走，也不會去什麼樓裏端盤子啊？哎呀，你看！」

談寶兒定睛看去，只見那八百萬魔人部隊在此刻已經集結完畢，很快分成了四支混合部隊，其中一支徑直朝東門撲了過來，而其餘的三支則朝大風城的其餘三門撲去。

「看起來，虎騎突襲和高手刺殺這兩招雷霆招數失敗之後，他們這是要包圍大風城強攻了！」陳驚羽眉頭大皺，轉首朝若兒道：「主人，請你將三十六將分成四組，分別鎮守四門，不然城池瞬息可破！」

若兒微一沉吟，道：「邪王，你和雷王、拳神……這八人一組，以你為首，去支援西門。夜無傷，你和吳衛國、小孟……一組，你們到北門去，布天驕元帥在那裏，你們聽他的調配吧。皇甫御空和刀神……你們一組去南門，這是我的權杖，各門將領見了自然認識，這只是權宜之計，隨後我會去叫父皇給你們聖旨。其餘人留在這裏，聽談將軍調遣！」

眾人見她一介女子，在這許多男兒都只剩膽戰心驚的緊要關頭，卻指揮若定，分配人數井井有條，毫不慌亂，都是嘖嘖稱奇。

時不我待，雲臺三十六將得了權杖之後不敢再停留，紛紛以最快速度分往其餘三門支援。

若兒將頭望向談寶兒道：「老公，我這樣分配可好？」

談寶兒眼見四處城門都已快被圍住，心中悶到極處，聞言強笑道：「看起來我老婆可是比我合適統兵多了，嘖嘖，也不知本將軍是幾輩子修來的福氣呢！」

若兒又是甜蜜又是開心，臉頰微紅，緊緊抓住他的手。

談寶兒跑路不成，本來心情欠佳，但看她方才指揮若定，英姿颯爽，這會兒卻又小女兒情態，全然是為自己，心中長長一嘆：「罷了罷了！有這樣的好女孩給你陪葬，談寶兒你就算是死在這裏也夠本了！」

當日談容在龍州面對的是百萬魔人大軍，好歹身後還有四十萬兒弟支持，但今日自己卻要面對敵人八百萬，身後只有兩萬來人。看起來談容這個名字，終於要消失在歷史的煙靄之中了。

他朝若兒笑笑，本來還想說點什麼，但耳朵裏卻已滿是沉重的腳步聲，忙朝城下看去，只見那兩百萬魔人軍隊這一會兒的功夫卻已到了護城河前。

談寶兒一眼望去，只見城下密密麻麻的，滿是黑白兩種顏色，天地間再也看不到別的事物。他雖然只有一次真的打仗的經驗，卻也知道魔人現在雖然沒有攻城，但一旦發動，必然是雷霆萬鈞。大風城有守軍十萬，分散到四門，便只有兩萬五千，以兩萬五對兩百萬，這場仗即便是真的戰神臨世，怕也是不用打了。

剛才他還想跑路，現在才知道，一旦自己剛才真的跑了，只怕不等自己真氣耗盡，這些傢伙一人一口口水就能將自己淹死了。

看起來，今日就是老子的死期到了！意識到這一點，談寶兒心中非但沒有恐慌，反而是一片的平靜，精神力前所未有的強大起來，一瞬間，這大風城四周一草一木的動靜，都巨細無遺地盡皆映上心來。

於是談寶兒終於又看到了謝輕眉。謝輕眉風采如舊，一身白衣地站在城下百萬骷髏族大軍之首，和身邊的一個骨骼比較大的骷髏正在交談著，似乎在說著什麼。在兩人的身旁，還有著其餘六族的一名將領模樣的人，在畢恭畢敬地聽著兩人的對話。

難道這東門的攻擊，竟然是以謝輕眉爲首嗎？他正要聚集功力去聽這兩人說什麼，卻忽見謝輕眉伸出玉指，朝城上一指，她身後的萬馬千軍便在此時勢如雷霆地動了起來。

同一時間，在大風城的其餘三門，魔人攻城的大軍也同時行動起來，四大城門都遭遇到了百倍於守軍的力量的攻擊。一時，地動山搖，那八族士兵發出的吶喊之聲，直讓整座大風城都在顫抖。

出乎談寶兒的意料，衝在魔軍最前面的並非是以勇猛著稱的虎騎，也不是數量最多最適合做炮灰的骷髏族，而是魔人中最擅水戰的魚族。

眼見魚族接近吊橋，談寶兒就要指揮士兵放箭，卻忽然發現這些魚族士兵並沒有上吊橋，而是紛紛跳下護城河裏去。

談寶兒看得一片茫然，心道：「難道這些魚族感受到本將軍身上的無敵氣勢，自動跳河自殺了？」

「放箭，快放箭！他們要搭橋！」若兒驚叫起來。

城頭士兵如夢初醒，忙搭箭射去，但卻已經遲了。這時那些跳進水裏的魚族卻已全數化爲一條條丈尺長的大魚，手掌大小的銀色魚鱗上翻，組成一座銀色的浮橋。

這些魚鱗堅硬無匹，箭支射在上面，如中鐵石，立時迸發出火花，四處亂飛。談寶兒看得倒吸一口涼氣：「這些傢伙難道都是千年王八精，殼子這麼的厚！」

但這個時候，卻沒有人來回答他的問題。

魚鱗浮橋搭起之後，方圓百丈之內的護城河便成爲了平地一般，骷髏兵發出陣陣骨節交錯的難聽聲響，踏著魚鱗橋排山倒海一般衝了上來。本是集中到城門上的士兵，不得不化整爲零，蔓延百丈去防守。

那些骷髏兵到得城下，頓時百人一組如疊羅漢一般疊了起來，一陣劈里啪啦的爆響之後，一群骷髏首尾相接的組合在一起，頓時便有上百的骷髏雲梯組合而成。首尾的骷髏兵各自用力，於是整座雲梯便貼在了城牆之上。

城上人族士兵大驚，各自舉箭去射，法箭射中之處，頓時騰起熊熊火焰，雲梯瓦解。但是那骷髏兵有百萬之巨，前赴後繼，剎那間便又組成上千的雲梯，架到了百丈方圓的城牆上。

緊隨骷髏族後面的虎狼兩軍全部棄了坐騎，和魔人八族之一的人族士兵一起登上雲梯，如潮水一般朝城上湧了過來。同一時間，蛇人游過護城河上的吊橋，和虎族的黑虎一起拍打城門，空中的鷹族卻也凌空朝城頭撲下。

一時間，大風城的四面八方，從陸地到空中，充斥了八百萬魔影。士兵們射天射地，拼死抵抗，但這城池的覆滅，卻已是瞬息間之事。

談寶兒發出一氣化千雷，拚死護住身邊的若兒，不讓魔人上城，心裏卻是充滿了絕望，

「難道英明神武的談大英雄，今日竟要壯志未酬身先死，長死英雄淚滿斤了嗎？」

卻在此時，大風城的正中央，忽然刮起了一陣輕微的旋風。

那旋風本來不甚大，但瞬息之間，卻從兩級微風變成了八級颱風，摧枯拉朽一般刮過了大風城的四處城牆。

談寶兒感覺頭頂上空有了一個巨大的陰影，慌忙抬頭去看，隨即失聲驚呼：

「媽啊！這是什麼玩意兒？」

請續看《爆笑英雄5天下無神》

遊戲時代 I
天機破 上下

內容簡介

天是熱的，地是旱的，
四野無風，人如蒸籠中的饅頭。
我在戈壁大沙漠裡，而我卻不知自己為何置身於此。
我想不起我的過去，我的未來一片混沌，
現在，我只是一支商隊裡最低層的苦力。
在商隊被沙漠大盜「一陣風」多次襲擊後，
我意外成為嚮導，並肩負著護送聖女前往東方絲綢之國的使命。
然而，我不幸遭沙漠鬼城裡的沙蛇螫傷，陷入昏迷，
醒來後卻發現自己置身在一個截然不同的世界！
這裡有高聳入雲的四稜高樓，寬闊筆直的大道，
大道上有無數飛馳而過的金屬怪獸。
更奇特的是，在這個世界我見到了一個女子，
她居然是「一陣風」……

遊戲時代 II
創世書 上下

內容簡介

傳說在人類遙遠的蒙昧時代，
曾經有過一個高度發達的遠古文明出現在大西洋上，
那就是今日沈睡在百慕達三角海底的亞特蘭提斯，
這片也被柏拉圖等古代學者稱爲大西洲的神秘大陸，
究竟有過怎樣的文明？
又爲何會突然沈沒？
它沈沒的時間爲何與各民族都有過的大洪水的傳說暗合？
這其中又有沒有其內在的聯繫？
更令人不可思議的是，
探險家在沈沒的海底，
發現了比埃及最大的胡風金字塔更爲巍峨宏偉的海底金字塔，
它與古埃及金字塔是否有著神秘的聯繫？
守護著埃及金字塔的獅身人面獸斯芬克斯，
又有著什麼不凡的來歷？
《遊戲時代》第二卷將爲您一一作答。

遊戲時代III
毀滅者上下

內容簡介

「一個握血而生的嬰兒，將成爲蒙古人未來的英雄，
領導蒙古人跨上征服世界的馬背，將毀滅帶給所有文明！」
一個關於「毀滅者」的預言在漠北草原興起，
一個民族以令人無法相信的速度集結起來，
如狼群般從漠北草原蔓延到整個歐亞大陸，
以不可阻擋之勢攻城略地，肆意屠戮，
只因爲他是上蒼派出的「毀滅者」！
主人公追隨著毀滅者的步伐，
火燒花剌子模都城玉龍赤傑、飲馬浩淼里海，
翻越天塹高加索，縱橫廣袤無垠的俄羅斯大草原……
兩萬怯薛軍的西征，縱橫馳騁數萬餘里，
擊潰了數十倍的各族軍隊，
不僅締造了世界軍事史上前所未有的奇蹟，
也揭開了這次西征的真正企圖。
《古蘭經》中有著怎樣的秘密？
中原道教名宿，長春真人丘處機不遠萬里、歷盡艱辛
去見天底下最大的可汗，又是出於怎樣的動機？
隨著主人公探索的步伐，一個個歷史謎團漸次揭開，
同時新的謎團又出現在他的面前。

遊戲時代 IV
尋 佛

內容簡介

貞觀年間，大唐高僧玄奘，不遠萬里去往遙遠的天竺取經，
他究竟是要取什麼樣的經書？
一個被誤認爲是蒙古探子的東方人，
闖入了天竺佛教聖地那爛陀寺，
此時的那爛陀寺只剩斷垣殘壁，
玄奘大師當年苦苦追尋的佛門真經，卻偏偏就藏在這廢墟之中。
主人公破迷蹤密道，看透曼陀羅幻境，
終使佛陀遺書得以重見天日。
誰知婆羅門教日、月、星三宗祭司聞風而動，
風雨雷電四大修羅傾巢而出，
而主人公身邊，尙潛藏著一個帶有嗜血基因的「吸血鬼」。
妻子的誤解，同伴的背叛，
佛陀遺書的得而復失，身陷修羅場的絕望，
都沒能動搖主人公心志，
他終於奪回了佛陀遺書，拿回了失落多年的戰神之芯。
當他真正掌握《天啓書》奧秘之時，
新的時空爲他開啓，
曾經的戰神終於重新駕起傳說中的戰神之車，
突破遊戲世界的束縛，駛向廣袤無垠的星海……
在歷盡磨難之後復甦的戰神，將開始屬於他的全新傳奇。

遊戲時代V
通天塔

內容簡介

傳說遠古時期，
人類欲建高塔直達天庭，以示與神平等之決心。
人類這種團結一心的精神令神靈也感到恐懼，
於是變亂了人類的語言，使不同族群的人們語言不再相通，
人們因誤會而內訌，高塔最終沒能建成，
這就是《聖經》上記載的巴比倫通天之塔。

在浩渺無垠的星空中，也有一座巴比倫塔，
不過它不是外形上的高塔，而是人類精神上的通天之塔。
它集中了人類多個領域的精英，創造了驚人的科技成果，
就如同巴比倫塔威脅到神靈超然地位，
它從誕生之初就注定了被毀滅的命運。

然而，誰也不能阻止人類探索的步伐！
以主人公爲代表的人類菁英，
沿著亞里斯多德、柏拉圖、牛頓、愛因斯坦等等先輩的足跡，
用實際行動向諸神發出了自己的最強音。
通天之塔，又開始在最偏遠荒涼的星域冉冉升起。

遊戲時代 VI
銀河爭霸

內容簡介

銀河聯邦作爲人類社會名義上的最高權力機構，
漸漸失去了對大財團的控制能力，
在這個戰亂紛紜的動蕩時代，
一心建造人類通天之塔的主人公也無法再獨善其身。
尤其前輩們遺留下來的各種科研成果，
更是成爲各方勢力覬覦的目標。
投入到這個戰亂時代，聯合支持自己的大財團，
成爲了主人公唯一的選擇。
掌握了《易經》、《古蘭經》、《天啓書》等密碼的主人公，
似乎已是縱橫星海的不敗戰神，
直到他遭遇人類歷史上最偉大的軍事統帥
——曾經下落不明的毀滅者，
才真正遇到了一生中最強大的軍事對手。

最糟糕的民主也勝過最完美的獨裁，
弱小的聯邦政府並沒有像周王朝那樣覆滅，
而是在無數英雄滾燙熱血澆灌下，
重新煥發出強大的生命力，
所有貌似強大的利益集團，最終都成爲了歷史的灰燼。

遊戲時代 VII
天之外

（END）

內容簡介

銀河聯邦的勝利，
昭示著人類社會新時代的到來，
當全人類重新走向團結和聯合，
巴比倫通天之塔必將以前所未有的速度直達「天庭」。
人類探索世界的步伐開始走向更爲廣袤的時空和星宇，
天堂在哪裡？地獄又在何方？
廣泛瀰漫於宇宙之中不爲人知的暗物質和暗能量，
又是怎樣一種存在？
黑洞之內又有著怎樣的奧秘？
佛家的「空」，道教的「道」，
穆斯林的「真主」，基督徒的「上帝」，
它們是否是對同一種存在的不同描述？
科學範疇的超弦理論與宗教範疇的四大皆空，
如何在作者的筆下成爲和諧的統一？
人類社會的終極文明究竟又是怎樣一種的形式……
所有這一切都是科學或宗教暫時無法回答的終極難題。

大話英雄 ④ 治亂興亡 (原名：爆笑英雄)

作　　者：易 刀
發 行 人：陳曉林
出 版 所：風雲時代出版股份有限公司
地　　址：105台北市民生東路五段178號7樓之3
風雲書網：http://www.eastbooks.com.tw
官方部落格：http://eastbooks.pixnet.net/blog
信　　箱：h7560949@ms15.hinet.net
郵撥帳號：12043291
服務專線：(02)27560949
傳眞專線：(02)27653799
執行主編：朱墨菲
美術編輯：吳宗潔

法律顧問：永然法律事務所　李永然律師
　　　　　北辰著作權事務所　蕭雄淋律師
版權授權：蔡雷平
初版換封：2015年7月

ISBN：978-986-352-177-8

總 經 銷：成信文化事業股份有限公司
地　　址：新北市新店區中正路四維巷二弄2號4樓
電　　話：(02)2219-2080

行政院新聞局局版台業字第3595號
營利事業統一編號22759935

定 價：280元　特價：199元

國家圖書館出版品預行編目資料

英雄傳說 / 易刀著. — 初版. —
臺北市 : 風雲時代, 2015.04-
冊 ;　公分
ISBN 978-986-352-177-8(第4冊 : 平裝). —

857.7　　104004304